蓝天的女儿
一位女飞行员的传奇故事

苗晓红 ◎ 著

人民日报出版社
北京

图书在版编目（CIP）数据

蓝天的女儿 / 苗晓红著. —北京：人民日报出版社，2023.3

ISBN 978-7-5115-7677-4

Ⅰ.①蓝… Ⅱ.①苗… Ⅲ.①纪实文学－中国－当代 Ⅳ.①Ⅰ25

中国国家版本馆 CIP 数据核字（2022）第 257687 号

书　　名	蓝天的女儿 LANTIANDENÜER
作　　者	苗晓红
出 版 人	刘华新
责任编辑	周海燕
封面设计	元泰书装
出版发行	人民日报出版社
社　　址	北京金台西路 2 号
邮政编码	100733
发行热线	（010）65369509　65369527　65369846　65363528
邮购热线	（010）65369530　65363527
编辑热线	（010）65369518
网　　址	www.peopledailypress.com
经　　销	新华书店
印　　刷	大厂回族自治县彩虹印刷有限公司
法律顾问	北京科宇律师事务所　010-83622312
开　　本	710mm×1000mm　1/16
字　　数	280 千字
印　　张	21.25
版　　次	2023 年 8 月第 1 版
印　　次	2023 年 8 月第 1 次印刷
书　　号	978-7-5115-7677-4
定　　价	68.00 元

目录

第一章　苦难童年
- 一、生于乱世…002
- 二、母女离散…003
- 三、寄人篱下…007
- 四、屈辱年代…008

第二章　应征入伍
- 一、中学园地…014
- 二、进入"炼狱"…022
- 三、女飞惊艳…026
- 四、入党誓词…030

第三章　航校纪实
- 一、五年禁令…034
- 二、长春春早…036
- 三、风云突变…043
- 四、天路坎坷…046

第四章

奉调进京

一、重返徐州…056

二、笨鸟化凤…059

三、主席座机…062

四、孕妇教官…066

第五章

难忘航程

一、雏鹰亮翅…076

二、大同救灾…083

三、"二九"空难…087

四、河北空投…094

第六章

情感天地

一、图书为媒…102

二、言传身教…111

三、爱情危机…118

四、"包办"婚事…132

第七章

激情岁月

一、初为人母…144

二、双星折翼…147

三、恩师捐躯…152

第八章

迟缓时光

一、首探双亲…160

二、嘉兴坠机…167

三、冒险偷书…171

四、云端丰碑…175

第九章

特殊时日

一、改飞三叉…180
二、爱的奉献…187
三、重任在肩…190
四、驰援唐山…193

第十章

时来运转

一、云消雾散…202
二、鸿运当头…205
三、飞往前线…209
四、女性天地…213

第十一章

再回青春

一、广州航班…220
二、哀荣双至…225
三、刀下有情…230
四、日本友人…234

第十二章

最后冲刺

一、当回国宾…240
二、喊声无价…243
三、极限飞行…247
四、姐妹聚散…250

第十三章

告别军装

一、编写师史…256
二、姐妹情深…259
三、老家巨变…263
四、玉碎竹林…267

第十四章

驭笔飞翔

一、蓝天女儿…275

二、首批女飞…283

三、一代天娇…288

四、四代飞女…294

第十五章

夕阳无限

一、重上云霄…302

二、芳华专访…309

三、书房变迁…313

四、治癌秘方…317

结束语　日月同辉…328

后记…329

引言

2023年是中国共产党建党102周年，100多年的风雨历程，一个多世纪的沧海桑田，在中国共产党的坚强领导下，全国各族人民团结一心，不断夺取革命、建设、改革的伟大胜利。新中国妇女航空事业历经70余载，从无到有、从弱到强，取得了前所未有的成绩。一大批优秀的女飞行员脱颖而出，她们用精湛的技术、安全的飞行记录向全世界展示了中国女飞行员的光辉形象，诠释着中华女儿独立自主、自强不息的民族精神。

我作为这个群体中的普通一兵，为这个闪光的群体感到无比自豪。同时我将用自己的经历，为新中国女飞的成长做证，证明没有中国共产党就没有新中国女飞行员的今天。

第一章

/

苦难童年

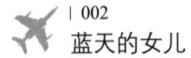

人呱呱坠地来到人世间，便离不开母爱。离不开母亲乳汁的哺育，离不开母亲怀抱的温暖，离不开母亲微笑的甜蜜，离不开母亲双手的搀扶。然而，我母亲的乳头是干涸的，胸脯是清瘦的，微笑是苦涩的，双手是无力的。尽管如此，我的亲娘仍和其他母亲一样，将她能给我的母爱都给了我。但当我刚能记住母亲温情的时候，贫穷与战乱却将我可怜的一点母爱也给剥夺了，我被迫背井离乡，过着亡国奴般的屈辱生活。这就是我的童年，苦难的童年。

一、生于乱世

山东省临朐县冶源镇，山清水秀，人杰地灵，是一座历史悠久、文化底蕴丰厚的名镇。然而就是这样一处有利于繁衍生息的风水宝地，却并没有给我幸福的童年，因为我生不逢时。

1937年4月26日，我出生于冶源西村一贫苦农家，父亲苗晋卿靠着种一亩多地，农闲做点小买卖养活一家五口。即父亲、母亲苗陈氏、姐姐苗长修、哥哥苗长江和我苗长明（小名小红，上学时改为晓红）。后来母亲又生了两个女儿苗长淑和苗长贞。由于劳力少，孩子多，正常年月都只能勉强糊口。

我出生不到三个月，日军侵华战争全面爆发，侵华日军大举向山东进犯。当时山东的乱局，襁褓中的我，自然没有记忆，若干年后才从老人口中和文学作品中得以知晓。冯德英所著《苦菜花》给我的印象最深，有些章节至今仍记忆犹新："七七事变不久，第五战区副司令兼山东省主席的韩复榘，不放一枪，丢下三千八百万人民逃跑了，日本人很快打进来。而当地的一些大小国民党头目，不是望风而逃，就是摇身一变投降了日本。那各地的军阀土匪更是横行霸道，趁势抢杀掠夺人民。整个山东到处一片混乱，处在水深火热之中。"（摘自《苦菜花》1958年版第105页）

正常年景我家都只能勉强度日，"水深火热"之中的生计就更加艰难了。刚出生的我离不开母乳，而母亲自己连饭都吃不饱，哪有充足的奶汁喂我？我成天饿得哇哇哭。那年，我姐姐8岁，哥哥4岁。姐姐没有上学，小小年纪就帮父母干活。她看我哭得可怜，便常去二大爷家讨米汤喂我。我祖父生有六个孩子，三男三女。我父亲在男孩里排老三。我二大爷家因劳动力多，生活稍微宽裕点，没少接济我家。

日军占领冶源后，没驻兵，而是交由伪乡政府管辖，只不定期下乡抢夺粮食。我家没外出逃难，在家过着朝不保夕的屈辱日子。我3岁那年初秋，日本兵来冶源扫荡，见大爷家门前的几棵石榴树上结满石榴，便上前抢摘，大爷忙去劝阻："你们别摘，石榴还没熟，不能吃。"日本兵见大爷阻拦，便用枪托殴打他，没几下就将大爷打倒在地。日本兵走后，家人将大爷抬上床，擦洗头上伤口。那年月，穷人无钱治伤，十多天后大爷就撒手人寰。

二、母女离散

我4岁那一年秋末，独自一人下到老龙湾玩耍，一不小心掉进了水里，幸好二大爷的二儿子苗长昇到湾里挑水，见状将我救起。当他把湿漉漉的我送到母亲怀里时，母亲的眼泪都吓出来了，而父亲则在一旁责骂我:"野丫头,就知道瞎跑。"

这事我有朦朦胧胧的记忆,是我人生最初的记忆。意外落水的事也改变了我的命运。这年母亲怀上三妹,原本家里就人口多,劳力少,又加上兵荒马乱,我家的日子很难熬。眼看母亲临产,又要添新口,全家面临饥寒交迫的困境。为了解困,只有减员。减谁?姐已12岁,是半个劳力,哥已8岁,已能自立。而我4岁,是全家的拖累,自然只有减我。父亲早有将我送往姑姑家的打算,只因母亲坚决反对,没有成行。此次溺水,父亲有了借口,他再次向母亲提出将我送走:

"二妮子小,无人照看,容易出事,这次没淹死是万幸。再说俺家缺吃少穿,成天喝野菜稀粥,妮的肚子都喝大了,送走她是为她寻条活路。"

父亲脾气暴,一不顺心,说打就打,说骂就骂,一家人都畏之如虎。母亲在父亲面前更是如小绵羊一般温顺,从不敢说个不字,但在送我走这件事上,是破天荒第一次,态度异常坚决,打死也不同意。父亲见硬的不行,便来软的,哄我母亲说:

"我知道你舍不得二妮子走,想她。我有个办法,她走之前,我带她去县城照张相,你想她时就瞅瞅相片。"

我娘是个明白人,她心里清楚,送我走是缓解家庭困难的唯一办法,送我去济南姑姑家总比在农村忍饥挨饿、担惊受怕强。

作者4岁离家前小照

第一章 苦难童年

济南虽是敌占区，但日本为了所谓的"大东亚共荣圈"，在济南不像在农村常下乡扫荡，相对稳定。娘之所以不同意送我走，完全是出于母女的血肉之情，天下有哪位母亲愿与亲骨血离散。娘在爹罕见的"软话"面前妥协了，同意放我走，但向爹提出："不能让二妮破衣烂衫这样走，得给她做件新衣服，照相也显得乖些，她姑见了也不会嫌妮丑。"爹第一次答应了娘的要求，娘也第一次为我当了一次家，做了一次主。不久爹就买回了几尺带点的花布，娘亲手给我缝新衣。唐代孟郊有首《游子吟》写道："慈母手中线，游子身上衣。临行密密缝，意恐迟迟归。"这正是当年娘给我缝新衣的真实写照。很快一件带花点的长袍子便做好了。我从小都是穿姐和哥的旧衣裳，穿上新衣后，就像长了翅膀的小鸟，乐得要飞起来了。第二天爹背着我，到临朐县城照相馆照了一张小照。这是我第一次照相，我也成为我们家第一个到照相馆照相的人。

娘虽同意送我走，但总是找各种理由一天天拖着。凡进入倒计时的事，总有数到一的时候。初冬一天的大清早，全家人就开始忙活，娘和姐给我做吃的，爹和哥则忙着拾掇我家唯一的运输工具——独轮车。我坐独轮车先到离冶源一百来里的益都（现为青州市），再乘火车去济南。二哥长昇也过来了，他帮爹把独轮车从益都推回冶源。

我人生记忆的起点是那次溺

作者母亲照

水，但那次记忆朦朦胧胧并不清晰，而母女离别的一幕，总像刚发生的一样，只要想起，那凄楚的情景就能重现。爹在独轮车车轮的两旁各绑了一个藤筐，我坐在右面筐里，里面垫了一件大棉袄。左边筐里放着一些衣服、食品等。爹娘、哥姐及亲戚们都哄我，说是爹去大城市做生意，带我去玩。我信以为真，乐呵呵地穿着娘做的新袍子，坐进了筐子里。娘用手扶着筐沿，迈着一双小脚，挺着大肚子，跟着走，反复叮咛着："二妮，听爹的话，在外不像在家，要乖些。"

到村口了，爹让娘还有姐姐、哥哥等送行的亲戚，不要再送了。娘听爹的话，停了下来，二哥推着我继续往前走，走不多远，我突然听到有人在哭，我猛然站了起来，回身望去，是娘在哭。这时我似乎明白了，一面往外爬，一面哭喊着："娘，我不去大城市玩，我不离开娘。娘，不要推我走。"娘见状，不但没有前来接我，反而立马转身匆忙向村里走去，留下那永远挥之不去的瘦弱背影。贫穷、战乱，夺走了我正需要的母爱，迫使我远离了生养我的故土。

上火车后我不再哭闹了，而是被火车这个庞大的"怪物"吸引了。一个乡下小丫头，别说火车，就连汽车也没见过。那时火车很原始，也很破旧。但它不但会跑，跑得比马还快，而且会"呜呜"大叫，太神奇了。到姑姑家后，我也没哭闹，只怯生生地紧跟在爹的身边，寸步不离。姑父赵东甫，当时50多岁，姑母苗士宜，50岁。他们家在济南市经七纬九路宝砚里，是一座大院。姑父是一家面粉厂的老板，家境比较富裕。

三、寄人篱下

　　姑姑嫁到赵家已 30 多年了，没有生育，就将二大爷家的两个女儿过继过来，收为养女。我是到她家的第三个孩子，但不是她的养女。因为我在赵家的身份问题，姑和爹还闹得很不愉快。姑原想将我也和二大爷家的两个女儿一样，收为养女，改姓赵，但我爹死活不同意，他对姑说："我家二妮，是因家里一时揭不开锅，让你代养，不是卖给你。二妮到你家后，一不改姓，仍姓苗；二不改名，仍叫长明；三不改口，只能叫你姑，不能叫你娘。"气得姑骂爹："你就是茅坑里的石头又臭又硬，连自个儿闺女都养不活，还穷横穷横。"骂归骂，但还是拗不过爹，只得照办。他们亲姐弟俩的这场争论，既决定了我在赵家的地位，也决定了我在日后的一场政治运动中的命运，这是后话。

　　我被送到姑姑家的第二年，也就是 1942 年初冬的一天上午，姑给我穿上她做的新衣裳，要领我去照相，说老家来信，娘想我常哭，爹让姑给我照张相寄回去，以安慰我母亲。听说此事后，我脱掉姑给我穿好的新衣服，找出娘给我做的长袍子。姑见我要穿旧长袍，一把夺过去，生气道："这小

作者 5 岁时与姑姑合影

袍多土。你穿它照相又不好看，你爹还会骂我小气，不给你做新衣。"不知哪里来的勇气，我竟顶嘴说："俺就是要穿娘给我做的花袍子，不让俺穿，俺就不去照相。"姑连骂带哄了好一阵，我就是要穿娘亲手做的花袍子。姑无奈："你呀，跟你爹一个臭脾气，'犟'！"她只好让我穿上母亲做的小花袍，去照相馆照了一张合影。

爹送我来姑家时，曾为我改不改姓的事与姑发生过争吵。当时我年幼，并不理解姐弟俩争论的意义。但随着年龄的增加，我逐渐感受到了姓苗和姓赵，叫姑和叫娘的区别。平心而论，姑对我很好。到她家后，我没挨过饿，也没受过冻，更没挨过打，比起在冶源老家，生活好过多了。但离开父母、哥姐等亲人，来到一个完全陌生的环境，像个被抛弃的孤儿，让我感到非常压抑、郁闷。我失去了往日的欢乐活泼。直到有一年两个姐姐都戴上了银镯子，而我没有。我问她俩："为什么你们有我没有？"大姐讥笑道："因为我们姓赵，你姓苗。"我又哭着问姑，姑则哄我说："你还小，等你长大后再给你买。"我信以为真，不再哭闹，可等我长到18岁，姑也没给我买。当我彻底明白姑在赵家的处境地位之后，才真正理解姑让我姓赵做她家女儿的良苦用心，她是真心为我好。旧社会妇女地位本就不高，不能生育的妇女地位就更低，更何况姑父还有两房小老婆。因此赵家的大小事全由姑父做主。我不像两个姐姐叫他爹，自然也就享受不到女儿的待遇。姑姑再疼我，也只是心有余而力不足，最多只能偷偷给我点私房钱。

四、屈辱年代

听姑姑说，日寇刚进济南时，也是奸淫烧杀，城内外居民，家家闭

第一章 苦难童年

户，哭声四起。后来济南成了日军南进的后方供给基地。为了保证前方的物资供应，日军采取了以华制华的怀柔政策，成立了伪政权和各种商会，商店开始经营，企业工厂开始生产，市面才较为安定。

济南的日本人慢慢多了起来，姑姑家所在的经七路住了不少日本官员、军人的家眷，还有商人等。济南老百姓都十分惧怕这些日本人，碰见他们后都躲得远远的。因怕被日本人欺侮伤害，姑姑吓唬我说日本人专抢五六岁的小孩，不让我出门。日本投降前的那些年，我几乎都是提心吊胆地躲在家里，外面发生的一切我一概不知。日军侵占济南后所犯下的种种罪行，都是我上中学后才知道的，参观"万人坑"时，我才直观了解到日寇在济南残暴的兽性。

日伪时期我在姑姑家的"院墙"里，躲过了日军的铁蹄，比绝大多数生活在日占区的儿童幸运得多，但我毫无幸福快乐可言。我像一只孤寂的小鸟，在小小的院子里整整待了4年多。在这4年里，我唯一的乐趣就是听姑姑讲古代巾帼的故事。在我幼小的心灵里扎根的故事有"花木兰替父从军""佘太君百岁挂帅""穆桂英大破天门阵""岳母刺字""梁红玉击鼓抗金兵"等。这就是我的童年记忆。屈辱的记忆在我心中埋下了民族复兴强我中华的种子。

济南于1937年12月26日沦陷，1945年10月25日光复。光复后的次年春天，父亲带着哥哥来到了济南，主要是为安排我和哥哥上学的事。那年哥哥13岁，在老家上过几天学。我9岁，姑姑家的两个姐姐都上中学了，而我连小学门儿都没进过。姑姑为何不送我上学，自然是因为我姓苗不姓赵，不是她家的孩子，怕万一出事无法向我爹交代。

那时我们兄妹都算大孩子了，父亲让我俩插班。我虽没上过学，但在两个姐姐的指教下，已认识不少字，也会简单的算术题。又从姑姑嘴里听到了不少历史故事，受其熏陶，我对历史课情有独钟。这种偏好延续至今，这也是我爱研究中国女飞行员历史的原因吧！哥哥识字更多，还会珠算。为能插入高年级，1946年上半年，由一位私塾先生给我和哥哥补课。上学和补课的费用由父亲支付。

1946年下半年，我和哥哥都考进了济南市经七路小学，他插班读四年级，我读三年级。日伪时期，济南市民都盼着中国军队将日军赶出中国，早日结束亡国奴生活。万万没想到，盼来的国军和各类接收大员，不仅没给济南人民带来幸福安宁，反而带来物价飞涨、民生凋敝的新灾难。学校也并非学习文化知识的场所，而是成了国民党反共宣传的机器。校长几乎每星期都要在大操场给学生训话，他张牙舞爪训话的凶样儿，在我幼小的心里烙上磨不去的印记。小学头两年所学内容，没有留下什么记忆，唯独校长的训话印在脑中。

1948年9月24日，济南解放。由于受社会上的反动宣传和学校校长的蛊惑，全家人开始像躲日本人一样躲在家里不敢出门。不久街上传来锣鼓、鞭炮和欢呼声，声浪愈来愈高。苦难中沉寂多年的济南，陡然有了生机。受其吸引，我们也大胆地从久闭的家门走上街头。我一出家门，便被视野中的沸腾场景惊呆了。一队队身着粗黄布军装的解放军男女战士，迈着整齐的步伐，雄赳赳地从欢迎人群中走过。这画面彻底颠覆了我心中的解放军形象，我对他们的钦佩之情油然而生。特别是那些英姿飒爽的女兵，让我情不自禁地产生了一种也想成为其中一员的冲动。泉城的天空，随着战火硝烟的散去，出现了历史上从未有过的朗朗晴天。我这只笼中的小鸟，从此有了自由翱翔的蓝天。

新中国成立后，我继续在济南经七路小学读书，上五年级。那位反动校长不知去向，换了一批老师。我们班主任是新来的，非常严厉，教我们数学，教室焕然一新，教室正前方墙上被换上了毛主席和朱总司令的彩色像。那时最爱唱的歌是《东方红》《解放区的天》和《三大纪律八项注

第一章 苦难童年

意》。1949年中华人民共和国成立后,经常唱的是《义勇军进行曲》和《没有共产党就没有新中国》等。新中国成立时,学校开了庆祝会,扭秧歌,打腰鼓。我和我们班几位要好的女同学还到照相馆照了一张合影,那是我第三次进照像馆照相,是第一次没有大人陪伴,我长大了。1950年夏天我从小学毕业,考进了山东省立第三中学,成为一名中学生。

作者(左一)与小学同学合影

第二章

/

应征入伍

早在20世纪初期,华夏女儿就开创了飞天的奇迹,二三十年代曾涌现出一批杰出的女飞行家,其中有1915年第一位驾机上天的卢佐治夫人;第一位在飞行中牺牲的欧阳英;国内培养的首位女飞行员朱慕菲;誉满全球的女飞行家张瑞芬;不当影星历险蓝天的著名飞行家李霞卿;为抗战献身的李月英等。她们的事迹曾轰动过欧美。然而,她们中的绝大多数都是凭借洋人的飞机和帮助,在异国他乡学会飞行的。其他少数人则是在地方办的飞行团体学会飞行的,国民党中央政府和中央空军,没有培养过女飞行员。

解放了,中国人民站起来了,中国妇女站起来了。她们从被禁锢的家庭中走了出来,开始支撑起新中国的半边天。1951年春天,空军遵照党中央、中央军委的指示,决定培养新中国第一批女航空员,分别从华北军区预科总队和华东军政大学等单位,选调了55名优秀女学员,到空军牡丹江第七航空学校学习飞行、领航、通信和飞机维护。从此,新中国开始成批地培养女航空员,至今,仅空军就培养了13批蓝天女兵。我有幸成为新中国第二批女飞行员。

一、中学园地

1950年6月,我小学毕业,考入了山东省立济南三中,这是一所名校,是创建于1948年的省重点中学,中学6年我都是在这里度过的。上中学后,由于我是贫农的孩子,开始享受国家的助学金,直到高中毕业。助学金使我第一次直接感受到了共产党的温暖,社会主义的优越。当时有

第二章　应征入伍

山东济南三中新校舍

一种掉进蜜罐里的感觉，全身的每一个细胞仿佛都是蜂蜜的结晶，充满了甜蜜感。初中三年，我正处在青春萌动期，思想如奔腾的野马，分外活跃，对一切事物都感兴趣。如1952年3月9日，《人民日报》头版刊登了3月8日新中国首批女航空员起飞典礼的盛况。我看后，万分激动。便将全部文字内容摘抄在日记本上，时常翻看。主要内容有："首都七千妇女'三八节'隆重集会举行庆祝女航空人员起飞典礼。"

"朱总司令在经久不息的欢呼声中，向女航空员和到会的妇女代表讲话。他说：'新中国的妇女从解放以来，在中央人民政府、中国共产党和毛主席领导下，已经有了很大贡献。现在我们又经过两年的培养，训练出了新中国第一批女航空员。她们都是我们新中国妇女的光荣，也是我们解放了的妇女的榜样。'

邓颖超在讲话中指出：'今天的女航空员起飞典礼，是只有在新中国才能出现的新事情。这也证明了我们妇女只要打破自卑感，有信心，有勇气，自强不息，努力学习，坚韧奋斗，我们妇女同男子一样，一切工作都可以做，而且是能够做得好的。'12时15分，第一架飞机离陆腾空。朱总司令和代表们站在一起凝望着飞机一架架稳健地飞入云霄。下午1时10

分,飞机飞临天安门上空,与首都人民见面后返回原地,接受献花。"

从那时起,我就像崇拜卓娅、舒拉、保尔、马特洛索夫以及志愿军英雄一样崇拜女飞行员,并与女飞行员结下了不解之缘。

由于我是苦出身,所以学习上特别努力,生活上特别简朴。从一年级开始,我就是一名听话、用功、刻苦、成绩优秀、受班主任和各科老师喜欢的女生。第五学期我光荣地加入了共青团,那年我15岁。1953年7月,我以优异成绩毕业,并顺利考入本校高九级,被分在第三班。

20世纪50年代初期,是中苏关系最佳时期。济南市大街小巷贴满了"向苏联老大哥学习!""苏联的今天就是我们的明天"等标语口号,偶尔也能见到苏联专家。校园里更是掀起了一股苏联热,唱的是《莫斯科郊外的晚上》《喀秋莎》《三套马车》等苏联歌曲;读的是《钢铁是怎样炼成的》《卓娅与舒拉的故事》《普通一兵》等苏联小说;看的是《夏伯阳》《幸福生活》《一个普通的战士》等苏联电影;胸前佩戴的是"中苏友好协会"徽章。向往苏联的幸福生活,崇敬苏联的战斗英雄,是当时年轻人的普遍追求,是一种时尚。我是共青团员,自然不会落后。上面提到的歌我都爱唱,《莫斯科郊外的晚上》是我的保留曲目;提到的书我都读过,《钢铁是怎样炼成的》中的名言,成了我的座右铭;提到的电影我都看过,《一

作者中学当少先队辅导员的照片

第二章　应征入伍

个普通战士》电影的主人公马特洛索夫成了我的偶像;"中苏友好协会"徽章我也戴过,是一名虔诚的苏联崇拜者。不仅我如此,同学们也都是如此,都会侃几句"乌拉""赫鲁稍"等俄语。

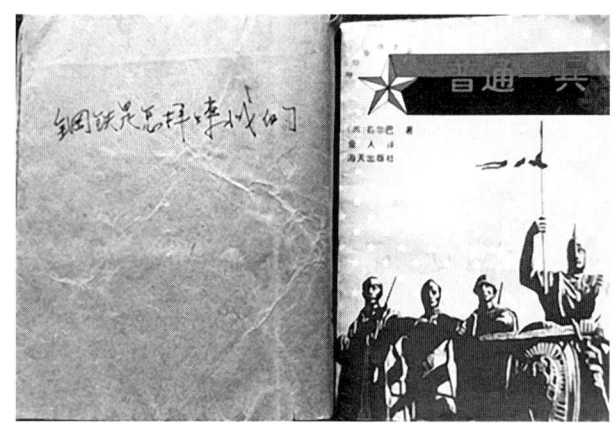

中学班主任推荐的两本书作者保存至今

我升高中后,非常幸运地遇到一位优秀的班主任杨明华,他也是我的语文老师。他博学多才,精通古今中外的文学名著。听他的课是一种享受,你想不听都难。他除精讲每一堂课外,还特别注重培养学生的课外阅读习惯,要求我们多读书、读好书。为引导同学们读好书,高中一年级一开学,杨老师便向我们推荐了两本苏联的红色经典小说,即《钢铁是怎样炼成的》和《普通一兵》,要求我们每人必读,还要写读书心得,记入语文成绩。我的爱书嗜好就是在那时养成的,我的文学功底也是在高中时打下的。

读了杨老师推荐的两本书后,全班掀起了一股崇敬英雄、学习英雄的热潮。在团支部大会上,有的同学提出用"苏联英雄"的名字为我们班命名。

班主任杨明华老师听了同学们的提议后十分高兴,便召集全班同学讨论。在用苏联英雄的名字给本班命名的问题上,大家没有异议。但以哪位英雄的名字命名,有些争论。一部分同学主张用"保尔·柯察金",另一部分同学则主张用"亚历山大·马特洛索夫"。

班主任为尽快达成共识,便启发大家:"同学们,想想志愿军英雄黄继光……"他的话未说完，有同学插话道："黄继光可是我们中国的英雄啊！"班主任接着问道："黄继光是什么式的英雄？""马特洛索夫式的英雄。"同学们齐声答道。其实班主任心中早有答案，便高声道："那我们班就以马特洛索夫的名字命名好吗？""好！同意。"大伙儿齐声叫道，并一致鼓掌通过。班主任知道同学们都看过小说《普通一兵》和根据小说改编的电影。但为加深同学们对英雄的理解，他用诗一般的语言，生动讲述了马特洛索夫的英雄事迹，最后他用电影《一个普通的战士》中一句振聋发聩的台词，结束了他精彩的演讲："他以自己的胸膛，扑灭了燃烧祖国的凶焰。"

最后，班主任告诫大家，不要高兴得太早，以英雄的名字为班级命名，不是小事，这是一种荣耀、一种担当，不是我们自己说了就算的，校领导要对我们班进行全面考核，希望大家学英雄见行动，让我们高九级三班，成为名副其实的英雄班集体。后来校领导从德智体三个方面对我们班进行了三个多月的考核，才正式授予我们班为马特洛索夫班。

我在济南省立三中6年，经历的很多事情或已忘怀，或已模糊，唯有这件事记忆犹新，永驻心中。说实话，我对《钢铁是怎样炼成的》一书的喜爱程度，远高于《普通一兵》。我之所以同意用马特洛索夫的名字为我们班命名，是因为马特洛索夫迎着火舌，向碉堡射孔的惊天一扑，使我血脉偾张，"他以自己的胸膛，扑灭了燃烧祖国的凶焰"的千古绝句，更彻底征服了我。什么叫死于泰山，马特洛索夫的壮烈献身真比泰山还重。这样的英雄，苏联有马特洛索夫，中国有黄继光，我为他们骄傲，他们永远活在我的心中，永远是激励我奋飞的动力。

1956年春夏之交，我们已完成毕业考试，正准备高考时，几位空军军官和兵役局的同志来我们学校招收空军飞行员，对象是应届高中毕业生，而且是男女生都招。这个消息像一股强劲的春风迅速吹遍校园，顿时整个

第二章 应征入伍

校园沸腾了，男女同学纷纷报名应征，就连非应届毕业生都争先恐后地要求写上自己的名字。

飞行员，对我们青年学生来说实在是太有吸引力了，当女飞行员更是不少女同学梦寐以求的事。我早就崇拜女飞行员，初一时，在日记本上记录了新中国第一批女飞行员的首飞典礼。高二时，又阅读了一批反映苏联女航空员生活的书籍与文章。1953年时代出版社出版的《一个女领航员的笔记》，是我最喜爱的课外读物，书中主人公，也是书的作者拉斯科娃，是我崇拜的偶像。但我从未做过当女飞行员的梦，我因崇拜而失去自信。在我的心目中，女飞行员是一群高不可攀的女神，她们一定是像拉斯科娃一样身材魁梧、体格健壮、喜爱运动、活泼开朗的女性，而我是一个身材纤秀、爱静不爱动的人。我虽然积极报了名，但并没抱什么希望，主要精力仍然放在学习上，准备报考北京大学。体检是在一所军队医院里进行的，当时许多同学都特别紧张，心跳加速，血压升高，心情总是平静不下来，而我以一颗平常心参加体检，不慌不忙，平平静静，反而在极其严格的体检中没挑出一丁点儿毛病。全校报名的女生中多因沙眼、血压等一些小毛病被淘汰，只有我一个人项项顺利过关，结论是飞行体检合格。这真是应了那句"有心栽花花不开，无心插柳柳成荫"的谚语。知道体检结果后，我自己都不相信，一时间仿佛是在梦中，在一个自己都不敢做的美梦之中。我虽没做过当飞行员的梦，但不是我不想当飞行员，说实话，我太想当飞行员了，山东出过很多优秀的男飞行员，抗美援朝中打下美国王牌飞行员戴维斯的张积慧就是我们山东老乡，要是自己能成为山东省的第一个女飞行员那是多么幸福荣耀的事啊！只是过去我总觉得自己不是那块料，不敢奢望罢了。这次体检我才发现自己的身体竟是这么完美，真是太棒了。我这个不太喜欢运动的女生，身体竟是最好的，我们学校的老师和同学也都为我的体检合格又祝贺又惊叹，谁也没有想到唯独我能通过体检

作者（右四）参军时与马特洛索夫班女同学合影

关。体检后是严格的政治审查，一个多月后我接到了正式的入伍通知书。我不敢做的梦竟变成了现实，那种从天而降的喜悦冲昏了我的头脑，很多天我睡不着觉，吃饭也不知道是什么滋味，整个人在兴奋激动的旋涡里漂浮。我本来就是班上的尖子学生，这一下更成了全校关注的风云人物，成了全校师生心目中的空中英雄。那期间我是出尽了风头，收到了来自方方面面的羡慕赞美，听足了种种褒奖之词。我还没有沾上飞机的边就被老师和同学们夸到天上去了，筑起了我的蓝天梦。

　　正当我准备到兵役局报到时，一件意想不到的事发生了，它差一点儿改变了我的人生航程，我临朐县冶源镇老家后院"起火"了。新中国成立后，我家境况有较大改善，两个妹妹上了学，哥哥在南京华东水利学院上大学，姐姐已出嫁，全家人过上了较为富裕的生活。我投笔从戎是件大事，因此姑姑将我体检政审合格，即将入军校学习的事写信告诉了父亲。一天放学回家，看见父亲来了，我心里就有些紧张，我了解父亲的心意，准是拖我后腿来了。父亲读过几年私塾，脑子里装了不少"万般皆下品，唯有读书高"以及"书中自有黄金屋"一类的东西。他送我到济南读书，就是想让我和哥哥一样上大学。父亲坐在椅子上铁青着脸，见我进屋也不理我，只是用两眼怒视着我，坐在父亲对面的姑姑脸上也挂满了寒霜，显然两位老人刚为我的事吵过嘴。

　　"你不考大学了？要去当兵？"父亲明知故问。我点了点头。在我们

第二章 应征入伍

家父亲是"牧羊犬",其他人都是"小羊羔",他的话就是圣旨,全家人都得唯命是从。但这次我是铁了心,打死我我也要走自己已选好的路,何况还有姑姑和学校老师同学的支持。再说这是在济南城里,而不是临朐乡村,父亲再凶也不能把我怎么样,所以我在父亲面前也不像儿时那样怯懦害怕了。

"你知道我们一家省吃俭用,送你念书多不容易,眼看就要高中毕业考大学了,你成绩又好考上大学没问题,为什么放着当工程师、当专家的路不走,偏偏去当没出息的兵,去开那玩命的飞机?开飞机是女孩子干的事吗?老老实实复习功课,准备考大学!"

为了说服父亲,我和姑姑给他讲了许多参军光荣、当女飞行员更光荣的好话,我说:"有多少人挤破脑袋想当女飞行员,我是千里挑一挑出来的。能够入选是件万幸的大好事,怎么能放弃呢!"可是我父亲思想太顽固,怎么也转不过弯来。后来他火了,一拍桌子站起来指着我的鼻子吼道:"你要是不考大学,胆敢去当兵,你就不是我苗晋卿的女儿。从此,俺们父女一刀两断!"说完拂袖而去。姑姑喊着父亲的名字追了出去,我呆呆地站在原地没有动,父亲的最后通牒并没有动摇我参军当飞行员的决心,我太珍惜这突如其来的机遇了。后来我哥哥曾问我:"晓红,你是哪里来的那么高的觉悟和胆量,竟敢和父亲决裂?"我告诉他:"我太爱英雄,太

作者与父亲合影

爱蓝天了,是英雄和蓝天给了我胆量,我才有了天大的胆子。"再有就是学校领导、老师和同学们的鼓励,让我这一贯顺从父亲的弱女子才敢违抗严父的旨意。同时我了解父亲,他之所以反对我参军学飞行,坚持要我上大学,无非是想要我功成名就,好出人头地光宗耀祖。我想只要我不半途而废,真正在飞行事业上干出一番业绩来,那时候再荣归故里,父亲是不会将我拒之门外的。我就抱着这样的信念,走过由老师与同学用鲜花组成的长廊,告别了母校,踏上了通往云端的路,开始了我的飞行事业。

二、进入"炼狱"

1956年6月30日,我带领8名山东姑娘(济南4名、青岛4名),乘火车从济南出发,前往徐州空军第五航空预备学校报到。五预校坐落在徐州市西北郊的花园村,原来是国民党空军的一处训练基地,有一条简易的土跑道,校舍是一码齐的平房,校园很大。在我们到来之前,河北省、北京市、上海市、天津市的姑娘已先期报到,很快140多名姑娘陆续从祖国的四面八方来到了这里。我们被编成一个女学员中队,下分3个区队,12个分队。我被任命为三区队副区队长,区队长是从海军选调来的刘道义。她的经历特殊,1951年年初报名参军,被分配到陆军二野十军三十师野战医院,成了一名优秀的护士,荣立过二等功。朝鲜停

特殊学员刘道义穿陆、海、空军装照

第二章 应征入伍

战后，野战医院改编为海军杭州疗养院，刘道义换上了海军军服，并被提为护士长，刚满18岁就光荣地加入了中国共产党。1956年7月她报名参选空军女飞行员，在众多报名者中脱颖而出，最终被空军录取。她又脱下海军军服，换上了空军军装，因她穿过陆、海、空三军军装，故有"刘三军"之称。在140多名学员中，她是唯一一名从军队招收的学员，也是唯一一名戴少尉肩章的学员，其他人全是应届高中毕业生，都戴学员肩章。

原来我有一种很强的优越感，认为自己是学校的高材生，是我们山东省女学员的负责人，可一到预校我才发现这140多位姑娘，可以说是集中了当年应届高中毕业女生的精华，算得上藏龙卧虎、人才济济。她们中竟有好几名共产党员，最晚报到的一批学员中有不少是已经接到名牌大学录取通知书的高材生，甚至有几名是留苏预备生。例如，从哈尔滨来的李丽真已经被哈工大电机系录取；从江苏来的汪云已经拿到了南京航空学院的录取通知书；从北京来的黄秀清在1952年"三八"节给第一批女飞行员献过花，现在是共产党员；从唐山来的李秀云、苏国光等好几名女生是留苏预备生。她们都毅然放弃了多年苦苦追求的目标，和我一样穿上军装来到了军营。我暗暗下定决心，不能落在别人后面，要争取早日成为一名共产党员，一名合格的军人。

现实和理想总是有差距的，徐州预校和我想象的相去甚远。这里没有矫健的飞机，没有舒适的宿舍，也没有牛奶面包，更没有保健医生侍奉左右。预校不是天堂，而是"炼狱"，我们过的是一般姑娘难以忍受的军旅生活，可以说是苦不堪言，现在回想起来还不寒而栗。一间20平方米左右的简陋平房里，分两边靠墙放着连在一起的12块床板，上面铺着薄薄的褥子，白床单用图钉固定在床板上，橄榄绿的被子每天都要叠成方方正正的豆腐块，并要用夹板敲打得有棱有角放在床头上。一个豆包布蚊帐睡觉时罩在我们的身上，又闷又热。每当号声将我们从睡梦中叫醒后，没等醒过神来就开始了一天紧张、严肃、单调乏味的军旅生活。起床穿衣大小便3分钟,练口令7分钟,早操半小时,洗漱整理内务半小时。140多名姑娘中,刚到预校时有近半数留着长长的发辫。辫子是姑娘美的一部分,可是几分钟的洗漱时间哪里还有空梳理它,起先有的姑娘提前醒来在蚊帐中梳,后来训练紧张了,谁也醒不过来了。我是齐耳的短发,没有这份拖累,可有位天津来的姑娘,她叫韩淑琴(后来成了我最亲密的战友),留着一条又粗又黑的大辫子。有一次出早操,她因为梳理辫子迟到了。当她急匆匆地跑到队列前面时,中队长板着面孔向她吼道:

"韩淑琴,你为什么迟到?"

韩淑琴红着脸低着头不回答,她是个倔强的姑娘,性格和男孩子差不多,是篮球场上的一员猛将。

"我在问你话,你听到没有?今晚班务会上做检查,纪律评分扣分。"中队长一点儿情面都不讲地继续吼道。

韩淑琴抬起头来,盯了一眼中队长后,转身向宿舍跑去。中队长怕出事叫区队长刘道义赶紧跟了进去。原来韩淑琴跑回宿舍后,找出剪刀剪掉了自己心爱的辫子,正捧着发辫落泪。这样一来,韩淑琴不但没有再受批评,中队长反而表扬了她,并号召所有留辫子的学员向她学习。从此140多名女学员全变成了清一色的齐耳短发。

因为我们都是高中毕业生,预校没设文化课,主要是队列训练,从单兵动作学起,而后是班、排、连队形变换,这些动作看别人做很简单,可练起来就苦了,拔一天慢步下来腿脚都肿得鼓鼓的,像是灌了铅,走路都变了形。除了队列训练外,我们还要接受大运动量的军事体育训练,所有项目都是根据飞行员需要安排的,有打旋梯、滚滚轮、跳鞍马、拉单双杠、俯卧撑、仰卧起坐,还有各种垫上运动等,这些项目都要求我们几十次到上百次地连续做。我原本是不太爱运动的,现在不管爱与不爱,这是上课，谁要达不到要求就要被淘汰。为了不掉队，我每次都是拼出吃奶的力气尽量达到或超过教员提出的指标。每天8小时折腾下来，累得连吃饭的劲都没了，只想睡大觉。可是那时候就是星期天也甭想睡个懒觉，没完没了的劳动活还等着我们呢！这会儿我才真正尝到了当兵辛苦的滋味，没有在那个年代当过兵的人是想象不到的。从一个女学生到一个女军人，这个转变真像蝉蜕一样，蝉蛹从地下钻出来，艰难地爬上树干，痛苦地脱出厚厚的外壳，才能

作者的好姐妹许君清（右）和曾月英在劳动

变成蝉而展翅高飞。我们这些从学校温室里走出来的女学生，进入预校这所"炼狱"，痛苦地磨掉身体和心灵上的污垢，才能成为一名合格的飞行员预备生，进入航校学习飞行。

两个多月过去了，我们连飞机、飞行员是啥样都不知道，而是成天围着宿舍、操场、课堂、工地这几个地方转。刚穿军装时的那种新鲜感已慢慢消失，当飞行员遨游蓝天的那种诱惑力也渐渐弱化。我们中间出现了因不能吃苦而要求退学的意志薄弱者。不过绝大多数女学员，为了飞上蓝天都经受住了考验，甚至有个别学员还把预校当"天堂"，上海姑娘诸惠芬就是其中一位。

诸惠芬1937年1月出生于上海嘉定一个贫民家庭。父亲是工人，诸惠芬4岁那年，父亲因劳累过度撒手归天。留下母亲和诸惠芬及刚出生的弟弟，一家三口全靠母亲给人做小工度日。母亲的微薄收入，很难养活全家，不久，弟弟夭折。1943年，诸惠芬6岁时，母亲也不幸因积劳成疾而病故，诸惠芬被叔叔收养。那些年，正是大上海兵荒马乱、物价飞涨的非

诸惠芬

常时期,叔叔的微薄收入难以维持全家人的生活,为了生计,幼小的诸惠芬经常上街捡瓜皮、烂菜叶,帮助婶婶做针线活。她的童年是在苦水中度过的,因此吃苦是她的强项,她在回忆预校生活时写道:"尽管学员生活单一、辛苦,每天8小时在操场训练,个个晒得像黑妹,却很开心……生活环境一切都比家里好,像进了天堂,无忧无虑,一个月的时间就长了10斤。"正因为她能吃苦,在后来的飞行生涯中,其创造了一个又一个奇迹,是唯一被空军授予"优秀女飞行员"称号的女飞。

三、女飞惊艳

9月初,一个特大喜讯使我们振奋起来。新中国第一批女飞行员代表要从北京开飞机来徐州看望我们。

那时的徐州,正是秋高气爽的好季节。那天我们全体女学员列队站在礼堂门口,等待着欢迎我们心中的偶像,也想看看自己的未来到底是个啥样子。下午1点多,两位女飞行员在校首长和中队首长的引导下朝我们走来,她俩上身穿着咖啡色的单皮夹克,下身穿着深蓝色军裤,脚穿咖啡色长筒飞行皮靴,走在人群之中,宛如两颗光芒四射的明星,令人惊艳。我想,女飞行员竟是这样英姿飒爽,气度非凡,太神奇了。她们的今天就是

第二章　应征入伍

我们的明天，我一定要经受住预校的各种考验，一定不能被淘汰，顶住考验就是胜利，我就能成为像她们这样的女中英杰了。女飞行员自有女飞行员特有的风采。她俩坐在主席台上，微笑着打量我们这些年轻的小妹妹。当校首长向我们做介绍时，我才知道她俩一位叫周真明，是机长；另一位叫邱以群，是飞行员。周真明大姐讲话了，她从容地站起来，面对我们这些未来的女航空员，没拿稿子即席而谈。她说："空军首长非常关心大家，让我俩代表第一批女航空员，来看望你们这些小妹妹。"

掌声响彻礼堂，在场的男学员也拼命鼓掌助兴。顿时我的眼里涌动着泪花。我坐在前排，能看清周大姐脸上的一切，她太漂亮了，白皙细嫩的皮肤，明亮有神的大眼，时隐时现的笑靥，色泽光亮的黑发，给人一种英武之美。过去我对女飞行员的仰慕还十分抽象，这次在我心中却有了具体鲜活的形象。她们也不都是五大三粗的，周真明大姐的身材不胖不瘦，非常匀称。她身高1.65米左右，跟我差不多。

"小妹妹们，我们希望你们好好学习，刻苦锻炼，争取早日和我们比翼长空……"

她的讲话不长，但精彩纷呈，句句都深深地铭刻在我的心里。

翌日上午，我有幸和其

1956年3月《解放军画报》封面人物周真明

他十几名女学员,代表全体小妹妹送两位大姐姐去大郭庄机场,而且还要乘坐她俩驾驶的飞机,在徐州市上空做体验飞行。当天晚上我几乎一夜都未曾合眼,满脑子都是周真明和邱以群大姐姐的音容笑貌,而且以一种难以按捺的激动心情,期盼着天明,盼望着看到飞机、坐上飞机。

当我们来到机场时,看到一条又宽又长的亮晶晶的水泥大道,两位大姐姐告诉我们,这就是飞机起飞降落时用的跑道。在跑道的一侧,还有和它一样长,但更宽阔的水泥道叫停机坪,是用来停放飞机的。驻大郭庄机场空军部队的战斗机,整齐地停放在停机坪上。在尽头是一架草绿色的双发动机、后三点式大飞机,活像一只大青蛙骄傲地仰着头趴在那里,这就是两位大姐姐驾驶的飞机。机务人员已经做完了飞行前的预先准备工作。一到机场,周真明大姐便进入飞机驾驶舱做飞行前的直接准备,邱以群大姐一面检查飞机外部,一面给我们介绍飞机的性能构造。她说:"这是苏联制造的里–2型飞机,毛主席今年5月份视察南方时就是坐的这种飞机。"

一听说毛主席坐过这种飞机,我们都有一种仿佛见到了毛主席的幸福感。"你们给毛主席和其他中央首长开过飞机吗?"有一位大胆的小妹妹问道。

"毛主席今年才首次乘坐我们中国空军飞行员驾驶的飞机,因此这样的殊荣还没轮到我们女飞行员头上。不过,今后会有机会的。"邱大姐自信地笑了。经她这么一解释,在我们的理想世界里又多了一个将来要为毛主席和其他中央首长开专机的闪光目标。由周真明、邱以群两位大姐驾驶的飞机就要起飞了,螺旋桨撕裂着空气,发出震耳欲聋的吼叫声。我们拥坐在客舱里,将面庞紧紧地贴在舷窗上,心情既激动又紧张。飞机还未离地,我的心就悬起来了,这毕竟是头一次坐飞机。里–2型飞机是一种活塞式下单翼后三点式飞机,最大时速只有250多公里,最高升限只有

第二章　应征入伍

5000多米，稳定性差，易受气流影响。那天，老天爷仿佛有意为难我们这批首航的姑娘，气流非常坏。飞机升空后，有很长一段时间是在紊乱的云团中飞行，时而被气流高高抛起，时而被低低摁下。开始时，我们还叽叽喳喳有说有笑，对着地标地物指指画画，有的还高兴地唱起了《红梅花儿开》。谁知坐飞机并不浪漫，更不是一种享受，没一会儿就觉得头晕起来，天地都急速地旋转着，再也看不清地平线了，紧接着胃里的混合物直往嗓子里冒。我开始还咬紧牙关坚持着，当有人开始对着空中机械员递过来的清洁袋呕吐时，便再也顶不住了，也翻肠倒肚地吐开了。呕吐似乎也能传染，除个别人外，大多数姐妹都吐了，客舱里充满了酒糟般的酸臭味。一向爱美爱干净的我们，这时也顾不得自己的仪容了，眼里流出的泪水与胃里冒出的酸水混在一起，弄得满脸都是。那"惨状"既可笑又狼狈。

我当时想，我们这些呕吐了的姐妹，平衡器官肯定有问题，恐怕不适合飞行，有被淘汰的危险。刚坐飞机时的那股高兴劲已完全消失在云雾之中，一颗忐忑不安的心也如飞机一样，被云团笼罩。心情越不好就越想吐，越吐我的心情就越不好，我首次乘坐飞机就进入了这种恶性循环之中。当时，真想打开机舱门跳下去。飞机终于落地了，我们一个个蔫头耷脑地正要下飞机，周真明和邱以群两位大姐从驾驶舱神采奕奕地走了出来，和我们的狼狈相形成了鲜明的对照。一看她俩，我的心更凉了，再次萌发了我不是当飞行员那块料的自卑感。周真明大姐一看我们的狼狈样，便笑着安慰我们："小妹妹们，你们第一次坐飞机就遇上了这种鬼天气，加上你们昨晚可能没睡好觉。不要怕，我们刚飞行时，遇到这种恶劣天气也吐得很厉害，后来逐渐适应了，就不吐了。"

"真的？"我脱口而出。

周大姐笑着点点头，并走到我身边，拉着我的手说："蛮漂亮的，你

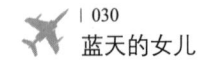

叫什么名字？"

"苗晓红！"

"我希望在航校毕业生名单上有你苗晓红的名字。好好学习，刻苦锻炼，相信自己，你一定能飞出来。"

"相信自己！相信自己！"在返回预校的路上，我一直默念着周大姐的这句话。就是这四个字把我送上了万里蓝天，闯过了航道上的风风雨雨、沟沟坎坎。

四、入党誓词

体力劳动对城市姑娘来说是件异常艰苦的事情。在预校半年多，除了军事训练、体育训练、政治教育，就是繁重的体力劳动。特别是星期日，几乎都是干体力活。在地方上学时，我们都盼着过星期天，可在预校时，大伙都怵星期天。有的姑娘私下里把星期日叫"劳改日"。1956年正是军队院校大搞正规化建设的年代，校园里修建任务没完没了。所有的松树围墙要剪得一样高一样宽；所有的壕沟都要挖出新鲜的黄土色，都要修整得见方见棱。每次修沟时，运土是最重的活，那时连个小推车都没有，全靠我们用肩膀抬和挑，为了逃避这繁重的劳动，有的同学

作者（后排右一）与山东籍同学合影

第二章 应征入伍

情愿去打扫厕所。我虽然是从济南市参军的,但我一入预校就给自己定下了一个崇高的目标——加入中国共产党,在当时,这是比上天开飞机还要急于实现的目标,因此,在训练、学习和劳动上我都和那些已经入党的姐妹比着干,甚至有些方面我得超过她们。那时我还没有真正懂得共产党员的全部内涵,只知道共产党员是社会上最优秀的分子,是最受尊重的人,入党是人生中最光荣的事情。劳动是最能考验人的,一个人能不能吃苦,在劳动面前一清二楚,所以每次劳动我都找最脏最累的活干。在我们女学员中,只有我能挑着满满的两筐土在工地上穿梭,其实我也是咬着牙干,挑一天土下来,肩膀上磨得鲜血淋淋,可我从来不叫苦不叫累。中队讲评时,中队长和指导员经常表扬我,说我这个山东姑娘泼辣能干,能吃苦耐劳。因为我各方面表现突出,在预校我多次受到大队和中队嘉奖(全校学员在校期间没有人立过功)。

我的表现不仅经常受到女学员大队和中队领导的表扬和嘉奖,还得到了好大姐刘道义的鼓励。她是区队长,我是副区队长,我与她的接触交流自然比其他同学要多得多,感情也深得多。11月上旬有一天晚饭后,她拉我到操场散步,中途她笑着告诉我:"晓红,根据你的突出表现,大队党支部准备吸收你入党,指定王培德中队长和我作为你的入党介绍人。"当时我喜呆了,呆呆地望着道义不知说啥好。道义见状,收起笑容正色道:"这只是支部的初步意向,你能不能入党,还得看支部大会的投票结果。不过据我的了解,支部大会投票,你不会有问题,你群众基础好。"

经党支部全体党员举手通过,校党委批准,1956年12月8日,我正式加入了中国共产党,实现了我的追求。和我同一天入党的姐妹,有后来成为优秀领航员的巧姑娘李丽真,担任过空军航空兵某部团副政治委员的领航员于富兰,担任过我们师副政治委员、党的九大代表的领航员王善富。女学员大队党支部,为我们4人举行了隆重的入党宣誓仪式。

作者回顾 66 年前入党宣誓情景

当天晚上，道义又拉我到操场遛弯，首先向我表示祝贺，紧接着语重心长地对我讲了一番肺腑之言。她说："晓红，我是你的大姐，又是你的介绍人，在你大喜的日子里，给你多唠叨几句，希望你谨记。一个人入党不容易，要经过一段时间的严格考核审查，才能成为一名共产党员。入党后更不容易，要经受各种艰难险阻的考验，甚至是生死考验。希望你一辈子牢记入党誓词，一生践行入党誓词，为共产主义奋斗终生，不辜负我这个入党介绍人对你的期望。"

夜空一弯新月，向大地播撒着轻柔的月光，道义的教诲随月光流进了我的心扉，我无限感激地指着新月回道："道义，好大姐。请你放心，只要月亮永远围着地球转，我就不会背叛中国共产党，我会永远跟党走。"道义笑了，面庞如圆月一般灿烂。

1956 年 12 月 8 日星期六，是我生命中最值得庆贺的日子，也是最值得纪念的日子，我成了党的女儿，有了新的生命，有了终生奋斗的目标。

第三章

/

航校纪实

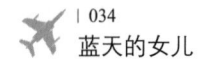

1957年2月，我以优秀的成绩从预校毕业，跨进了空军第二航空学校的大门，和我一起进吉林长春航校的共116人。另有20多位姐妹因各种原因被淘汰，没能进入航校。

一、五年禁令

1957年2月，我们116名前往航校学习的学员，途经北京时受到了空军首长的接见，地点是空军所属的前门招待所。当时的北京火车站就在前门，出火车站往北走不了一千步便到了招待所。接见是在招待所的礼堂里进行的。听说空军司令员刘亚楼上将要接见我们，我们这些刚当半年多兵，还从未见过将军的女学员，既好奇又兴奋，挺着腰板昂着脑袋端端正正地坐在礼堂里（是一个只有200多个座位的小礼堂），等待着将军的到来。

司令员和政委身材都不算魁梧，然而他们的威严还是给我们这些女兵留下了深刻的印象。特别是刘司令员的讲话，既使我们感受到党的亲切温暖，也使我们看到了自己要走的并不是一条充满浪漫色彩的路，而是一条异常艰苦的甚至要做出巨大牺牲的路。他说："我们新中国已经培养出了第一批女航空员，她们没有辜负党中央、毛主席和人民的期望，都成器了，正在为航空事业做贡献。她们为中国妇女树立了榜样，你们要很好地向她们学习，争取早日成器。为此，我代表空军党委要求你们，像第一批女航空员那样，5年内不准谈恋爱，不准结婚，已经有恋爱对象的要赶快断掉。这不是我们不讲感情，这是飞行事业的需要，你们要想飞出来必须这样做。谁不能做到这一点现在就提出来，我们可以让她走……当然，你们也要放心，只要你们专心飞行，能成器，你们的将来空军党委全给包下来，你们不要有什么后顾之忧……"

当时的空军政委吴法宪也讲了话。其他要求我们都没太在意，就是5年不准恋爱、不准结婚这一条印象最深刻，影响最深远。它决定了我们一生的爱情、婚姻和家庭，改变了一些姐妹的命运，演绎出了一幕又一幕的爱情悲喜剧。因为我们这些姑娘都是原来学校的佼佼者，无论是相貌还是才华都是出类拔萃的，几乎每位姐妹的石榴裙边都围着一群仰慕者、追求者。那时我们正处在18岁到20岁的花季里，情窦已开，有些姐妹已选定了意中人。因此，刘司令员的话，对我们来说，无疑是一根"无情棒"。但为了能进航校学飞行，我们也跟第一批大姐一样，没有一个姑娘为了爱情退出奔赴航校的队伍。

作者（右）和老伴（左）与刘亚楼女儿刘煜红合影

在北京我们还游览了北海公园，我们每个人都爬了白塔，我们还在九龙壁的正反面互相呼叫名字听回音。我这个山东农村出身的乡巴佬，原来以为我们那"四面荷花三面柳，一城山色半城湖"的泉城济南，是世界上最美的城市。当我站在白塔上鸟瞰北京城时，才知道天外有天，外面的世界更精彩。我下决心断绝和所有男同学的通信，专心致志飞出来，到更大的世界里去遨游。

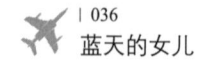

二、长春春早

中国古人将人成仙后的飞升称为羽化。航校即是我们修炼飞行的殿堂。我们从这里踏上了通往云端的路,开始了我们人生的羽化。

我们乘火车继续北上,经过一天多的行程,来到了坐落在长春市的空军第二航空学校。航校由校直机关、理论训练处和飞行团(分初教团和高教团)组成,整个学习分为内场和外场两个阶段。我们先被安排在理论训练处学习航空理论。116人被分成三种专业,48人为飞行学员学飞行理论课,48人为领航学员学领航理论课,20人为通信学员学通信理论课。我很幸运地被分在了飞行学员班,这意味着我将成为一个名副其实的女飞行员。而学习领航和通信理论课的只能成为女航空员,给飞行员当助手,她们是永远握不到驾驶杆(盘)的。我的入党介绍人、最亲密的大姐刘道义因为身高不够被分配学领航。虽然我们每个人都是奔着当飞行员来的,但公布名单后大家都表态坚决服从分配。我们那时头脑都非常单纯,遇到问题不怎么思前想后考虑得失,一句常说的话就是,"我是党的一块砖,哪里需要往哪里搬",坚决服从分配,一切听从党安排。所有的不满和不高兴,最多就是在私下说几句牢骚话。每个人要学的专业就这样顺利平静地定下来了。

我们到航校后最大的喜事是:空军派第一批女飞行员陈志英和女领航员魏砾两位大姐来培养训练我们。陈志英是理论训练处学员大队副大队长,兼我们女生中队的中队长,魏砾为副中队长。陈大姐身高1.70米以上,可谓身材魁梧,浓眉大眼炯炯有神,五官组合得非常俊美。她思想技术俱佳,是新中国第一位女飞行指挥员,加之她为人热情厚道,在男女飞行员中威信很高,领导也很器重她,被誉为女航空员的"大旗"。当时她已28岁，还未谈恋爱。魏砾大姐身材适中，长着一张白皙秀气的脸，大学文化，说话总是慢声细语，很像个大家闺秀，当时她31岁，刚结婚，丈夫是位出色的空中机械师。她领航技术出众，有"中国女领航泰斗"之称。在以往的飞行经历中，她们都演绎出不少传奇故事。她俩与我们朝夕相伴，同吃同住，是解开我们思想疙瘩的钥匙，激励我们前进的榜样。

另外让我们高兴的是，航校各方面的条件与预校相比，有天壤之别。打个不恰

航校任职时的陈志英

当的比喻吧，如果说预校是"地狱"，那航校就是"天堂"。我们住的学员大队楼是日伪时期的宪兵司令部，楼房高大坚固，地下一层地上五层。吃、喝、拉、撒、睡不用出楼。2月的东北室外正是冰天雪地，楼内却暖融融的，连毛衣都穿不住，我们再也不担心手脚生冻疮了。

最让我们感到解放的是，除了早操，严格残酷的军事队列训练基本上没有了。飞行人员的体育训练项目我们都已熟练掌握，而且这里的体育课主要是滑冰和打球。我们这些没有出过关的姑娘一上冰场尤其感到惬意。宽敞明净的室内体育馆，便于我们风雨无阻地开展各种体育活动。航校也没有那么多劳动活让我们干，星期天基本上能自由支配。

我们的学习环境也非常好，教学大楼里"航空"气氛很浓，各专业教室内都有相应的挂图和实物设备。分配给我们授课的教员都是最棒的，讲起课来生动活泼，富有吸引力。每次上课都是在航空知识的大海里游弋，非但不枯燥，相反是一种高品位的享受。一般来说，学生都是怕考试的，可是在航校理论学习阶段，我最喜欢的就是那种三堂会审式的考试。

考场内外都悬挂着横幅，教员、主考教员、训练处的领导、航校的领导坐在铺着红布的考官席后面，我们学员按顺序走进考场，然后到试题箱里抽考题，一般是每人三题。展看考题后就要面对全体考官口述答案。死记硬背绝对不行，因为考官们随时都会"节外生枝"地追问一些题外"小插曲"，只有对所学理论融会贯通又思路敏捷、反应极快的学员，才能对答如流、侃侃而谈。我是学习成绩最好的学员之一，考试成了我展示才华表现自我的最好机会。

进入航校就是真正的航空学员了，所以我们的生活待遇也提高了一大截。大宿舍睡8个人，小宿舍睡3个至4个人。每个人一张钢丝床，上面有个榻榻米草垫，躺在上面就像睡在席梦思上一样舒坦。入校之后，我们每个人都领了一套空勤人员穿的毛衣毛裤，还有一件小羊羔皮的军大衣，一双黑色高筒皮鞋和一双翻毛皮鞋（俗称大头鞋），一顶咖啡色驼绒棉帽。我们也吃上了空勤学员灶，早餐有牛奶、面包、鸡蛋，各种点心应有尽有，特别是每天都有我最爱吃的萨其玛，并且每天都会发糖和水果，其中也有我最爱吃的大虾酥。

理论学习阶段，航校的文化机关针对我们这些女学员人才济济多才多艺的特点，经常给我们组织各种各样的文化体育活动，这些活动，给了我们施展

作者在滑冰

第三章 航校纪实

各种才能的机会。沈本华、韩淑琴率领着我们女子篮球队，所向披靡打败了长春市的所有女子篮球队。孙玉兰写词、教员给谱曲的《女飞行员之歌》，成天回荡在我们的大楼里。黄秀清、张宏霞自编自演的诗歌朗诵充分抒发了我们这些年轻姑娘的情怀。王慕尧和司秀英的夫妻观灯曾代表航校参加了沈空的文艺会演。芦德芬、任庆芬等编导和参演的红灯舞代表空军参加了全军会演。我的拿手绝活是山东吕剧"李二嫂改嫁"和"榆次情歌""五哥放羊"。俞亚琴和程惠艳唱的越剧"梁祝十八相送"，水平直逼范瑞娟和傅全香。每逢周六和大节日，我们都通宵达旦地跳交谊舞，其间穿插着演节目。记得有一次表演"十大姐"的山东大个子孙爱英扭着扭着，大红绸裤子掉了下来，惹得我们笑了一晚上，而且以后什么时候一想起这件事，总要前俯后仰地笑个不停。那时候，我们的学习和生活可谓是团结、紧张、严肃、活泼。我曾在日记里写过这样两句诗，以抒发当时的情怀："谁说江南春来早，北国也有二月春。"

当然，理论学习阶段也不是所有人都那么轻松。我的好大姐刘道义因为原来只有初中文化，学习领航理论就很吃力。因为领航理论不仅要理解，而且有很多复杂的公式需要计算，还需要算得又准又快。道义是个非常要强的姑娘，曾作为海军的英模代表出席过全军的英模大会。为了不掉队，她经常用节假日补课学习，平时则经常到储藏室挑灯夜战，当然她也得到了教员和很多姐妹的热心帮助。特别是魏大姐，几乎天天都要给道义吃小灶，因为她是领航界的泰斗，又是大学生，领航学原理上的难题，她都能通俗地给道义讲明白。在魏大姐等人的倾力帮助下，道义以全优的成绩通过理论考核，转入外场训练。除了她之外，还有少数数理化较差的姐妹也遇到了不同程度的困难，但她们都像道义一样，以勤补拙，通过刻苦努力战胜了它们，胜利通过了理论学习关。

应该说，我们迈进航校大门的第一步，是走得比较顺利的，理论学习

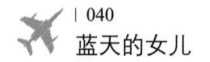

成绩绝大多数是 5 分，少数是 4 分，消灭了 3 分，更没有不及格的。

学习航空理论阶段，陈副大队长没和我们在一起，她到大屯机场学飞特技去了。原来她们第一批女飞行员因为是速成，只飞了 7 个月就毕业了，没有飞特技课目。而我们是正规学制，在校时间是两年，因此要飞特技科目。陈大姐为了带飞我们，主动向院领导提出，要飞特技科目，院领导同意了她的意见。

陈副大队长创造了中国航空史上的奇迹，在短短的一个多月时间里，就飞完了雅克-18 教练机的全部特技课目，成为新中国历史上第一个飞特技的女飞行员，开创了新中国女性飞特技的先河。

陈大姐在机场飞行这段时间，我们女学员中队的行政管理工作，全由副中队长魏砾大姐负责。她人虽内向，平时话不多，但谈起以往飞行的那些事儿，话匣子一打开，她就和平时判若两人，也很健谈。我们第二批的小姐妹，自预校坐过周真明和邱以群驾驶的飞机后，对第一批老大姐便有一种神秘感，有空就缠着魏副中队长讲她自己的故事，她也不矫情，很愿意和我们年轻人摆龙门阵，下面是她讲述的三个故事。

引领轰炸机飞行员炸黄河冰坝的故事

每年开春之后，黄河开河解冻，上游河水带着大块冰凌顺河而下，在包头一些河道狭窄处，形成一道道冰坝，使河水骤涨，危及包头等城乡的安全。人民空军几乎每年都要派轰炸机执行炸冰坝的任务。我曾多次完成了配合轰炸机部队炸毁冰坝的任务。很高兴能为保护包头等地城乡群众生命财产的安全做点儿贡献。

林海上空冒险空投的故事

1956 年，我所在机组，奉命给正在大兴安岭灭火的工人空投食品和灭火工具。飞临目标上空时机长按响了空投铃。铃响过后，救援物资却没投下去，这时我便到后舱察看。原来负责空投的机械员是首次空投，有些紧张，没往下推空投物。我没责怪他，而是帮助他将空投物资推到舱门附近。铃响后，由于保险绳系在机械员腰上，我只好左手抓住跳伞用的钢索，冒险用右手帮助机械员往外推空投物资。机械员见我都不害怕，也忘了害怕，两人合力，顺利地完成了空投任务。

飞机返航落地后，机组的同志开玩笑，说我是"昔日文学生，今日武将军"。哈哈，我算啥武将军，真正的武将军是老陈，陈志英。

援救七名食物中毒农民兄弟的故事

1956年2月14日，我正进行夜间复杂气象的大半径转场训练，航线北京—济南—南京—南昌—广州。当时的飞机还没有自动导航系统，主要靠我们领航员根据地标和罗盘指示度数确定航线。在复杂气象条件下，看不见地标地物，全靠磁罗盘和无线电罗盘指示导航，那个时期领航员就是飞机的"眼睛"，责任相当重大。我引导机组飞过南昌正准备飞广州时，突然接到地面指令，让我们到长沙大托铺机场降落，执行紧急任务。夜间突然改航，对我来说是一次考验。我运用头脑里平时积累的资料，很快便画出了飞长沙的航线。飞机穿过重重夜雾准时在大托铺机场降落。

落地后，我又面临新的更严峻的考验。原来湖南某山区7名农民兄弟食物中毒，当地没有特效药，急需从省城空投救命药。时间就是生命，地方有关部门当即向空军求援。恰好我们机组正在不

魏砾（左）送年轻女领航员张筱龙出航

远的空中飞行，这一急救任务便落到了我们机组头上。生命高于一切，救人刻不容缓。为了救人，我忘了疲劳，飞机着陆后，我抓紧时间到气象台了解当地天气情况，到航行部门借了一张军用大比例尺湖南地图，了解了空投点大体方位后，就载着药品紧急起飞了。

我们在夜间已连续飞行了5个多小时，男同胞都较疲惫，唯有我这个女同志还好一点儿。困乏我不怕，但没有目的地的资料，让我犯难。地标地物、风向风速等一无所知，航线上没有导航台，空投点没有指挥组等一系列困难摆在我的面前。夜里，要找到没有任何资料的小山村，真比大海捞针还难。怎么办？关键时刻，多年积累的领航经验被激活了。起飞后，我利用湖南广播电台和机场导航台做背航飞行，并在大比例尺地图上找到了小山村的经纬度坐标，计算出了海拔和实际高度。我引导飞机顺利地找到了设有三堆篝火的空投点，飞机一次进入便将救命药送到了翘首以盼的农民手中。

魏大姐的话音一落我便鼓掌惊呼道："神了，您一出手便从'大海里捞到了绣花针'。那么多复杂问题，都被您波澜不惊地轻松解决了。魏大姐，您太优秀了。"

当天晚上我久久不能入睡，魏大姐的故事，演化成了一部《茫茫夜空救亲人》的电影，在我脑屏幕上放映。镜头一个个闪过，感悟一层层加深。如果当晚不是魏大姐领航，"救命药"能及时送到中毒农民兄弟手里吗？答案是不确定的。思想觉悟高，不怕疲劳能吃苦，这两项素质，空军部队领航员基本都具备，但像魏大姐那样，能大海捞针的领航员不多，能一伸手就从大海里捞到针的人更是寥若晨星，少之又少。我为能遇到这么神奇的大姐而庆幸，心中又多了一面旗帜、一根标杆。当一名优秀飞行员，除思想、作风、身体要合格外，飞行技术必须过硬。报效祖国，为人民服务，没有真本事不行。

三、风云突变

正当我们急切地盼望着早日转入外场学习飞行技术时，风云突变。1957年2月，航校开始了整风反右运动。当时，理论教员大部分是大学以上文化水平，再加上我们这100多位高中毕业的小知识分子，理论训练处成了航校知识分子的云集地。在这之前我们虽从报纸上看到了一些有关整风反右的报道，但当运动直接波及我们时还是感到茫然。于是，领导给我们做动员报告，号召我们积极行动起来给党提意见，帮助党整风。不几天，大鸣大放大字报就席卷了校园。当时是"停课闹革命"，所以我们不是开会给党提意见就是看大字报、写大字报。一时间，大字报、大漫画、对联、横幅把教学大楼和宿舍大楼贴得满满当当、铺天盖地。我们这些还没有经过政治风雨的女学员，非但想不到后果的严重，相反还感到好玩。在我们女学员中队，有一位北京姑娘叫孙秉云，因为讲了新中国成立初期苏联军队从我国东北边疆拉走大豆和机器的事，又讲了她祖父如何勤俭持家成为地主等言论，运动后期被打成了右派。还有一些同学讲了家中和朋友来信反映的对现实不满等情况，也被定为右派言论。我是是拿着党的助学金读完中学的，党对我有恩，我打心眼儿里感激党、热爱党。我对党只有恩要报，没啥意见可提。加上我当时几乎和外界没有联系，思想上又有牢固的信念：党是正确伟大的，是不会有错误和缺点的，因此，我无大字报可写。但我是党员，又不能置身于运动之外，只好写一些建设性的，诸如冰场开放时间应该再多一些、图书馆的书籍应该再丰富一些等无关大是大非的大字报。

反右派斗争，在我们女学员中队是分两步走的。先批判右派和右派言论，然后是自我批判。在批判右派和右派言论时我是"温和派"。对社会

作者（左）与汪云合影

上的大右派，我有切齿之恨，因为他们疯狂攻击党，辱骂我们党。可是在我们女学员中队，批判右派分子孙秉云和一些同学的右派言论时，我怎么也恨不起来。

自我批判主要批四个主义：个人主义、自由主义、享乐主义、本位主义。同学们之间先互相批评，而后整风小组对每个人做出小结，最后是学员中队党支部对每个人做出整风反右运动的组织结论。

因为我航空理论学习成绩优异，整风反右运动中立场坚定，对党忠诚，运动结束后，我被党支部大会一致同意由预备党员转为正式党员。同时我还介绍我们班的学员汪云、孙文玉入了党。

1958年初春，一件让我们始料未及的事发生了。根据整风反右运动的表现与每个学员家庭情况，即个人和社会关系的变化，航校对我们进行了再次政治审查。100多名女学员大多数被淘汰，我自己也在其中。因为我姑父是资本家，组织上决定我不能转外场学飞行，而被分配去学气象。孙秉云和一些有所谓严重右派言论的同学要去北大荒劳动，还有被分配去民航当空姐的（被淘汰的同学中也有个别要求回家重新上大学的）。在宣布名单前，陈志英大姐找我谈话，对我做了很多表扬，要我做好被淘汰的思想准备，要求我正确对待组织分配，并且要我在宣布分配名单的大会上，代表被淘汰的同学讲话，表示服从组织分配。听到淘汰二字，犹如五雷轰顶，我差点儿背过气去。但我还是强忍揪心的悲痛点了点头，然后跑到厕所里大哭了一场。

全部学员谈话以后，我们女生中队就像炸了锅；除少数留下的同学高兴外，被淘汰的学员中，有悲痛委屈的，有暗地里愤怒谩骂的，但没有一个人公开地大吵大闹，这就是那个时代的特色。

我在分配大会上表态发言后的当天晚上，陈大姐又到宿舍里找我，她非常亲切地领我到她的办公室，看着我可怜兮兮的样子说："晓红，你真的愿意走吗？"

她真诚慈祥的问话化解了我冰冷的心，我委屈的泪水再也忍不住了，不是泪如泉涌，而是放声痛哭。一年多了，我放弃名牌大学的诱惑，与父亲断绝关系（我虽每到一地都给他老人家写信，但他从未回复），与姑母家生冷疏远极少往来，与原来的同学中止联系；我吃苦耐劳，努力学习，事事处处听党的……哪一条我不是为了飞上蓝天，可这些都没有用。只有一条，我的姑父是资本家，处处事事影响我。但是，我不敢向陈大姐诉说这些委屈，我只是一面哭一面说："我不想走，我想飞行，我想飞出来。可我是共产党员，我要服从组织分配……"我边说边哭，越哭越伤心。

陈大姐看我哭得那么伤心，便止住我："别哭了，大队党委又慎重研究了你各方面的情况，决定让你留下来学飞行。"

听到意外降临的喜讯，我乐傻了，不知道自己是在做梦还是在现实生活中，半晌才清醒过来，然后拉着大姐的手忙不迭地说着："谢谢您，谢谢您……"

"你别谢我，让你留下来学飞行，是大队党委集体研究决定的，你应该感谢党。今后你一定要好好飞，不要辜负党组织的期望。"

我心里清楚，没有陈大姐和魏大姐的争取，我不可能留下。当然，归根结底是党的关怀，大队党委和陈大姐、魏大姐都是代表党的，是党给我发放了飞向蓝天的通行证，我永远感谢党。

我们入预校时共140多人，经过预校和航校理论学习阶段的筛选淘汰，最后转入外场训练时只剩下44人了。其中21人学飞行，17人学领航，6人学通信。当初我们从地方学校都是千里挑一甚至是万里挑一选出来的佼佼者，竟有近百人被淘汰，淘汰率高达68.2%。我们被留下的31.8%，真可谓是幸运者中的幸运者。我们到预校的8名山东姑娘，只留下我和梁振英两个人，我学飞行，她学领航，毕业时她被留在航校当领航教员。被淘汰的同学很快按组织分配，无奈地踏上了新的征程。

四、天路坎坷

我们这些被留下的44名幸运儿，不久便转入外场，上机飞行。领航员、通信员在长春大房身机场。我们21名飞行学员被分到初教机团，在长春大屯土跑道机场。

为了把整风反右运动耽误的时间补回来，航校领导决定用8个月的时间让我们飞完大纲规定的全部课目。为此校领导从各团抽调了大批优秀飞行教员和干部，加强女学员的教学和领导力量。初教一团组成女学员大队，大队下设两个中队十个教学组，每个教学组两名学员，剩下的一个人由校飞行技术检查主任亲自带飞，陈志英大姐因先期改装飞了初教机，所以她还是我们的飞行副大队长。

自入伍以来，我们就焦急地盼着能上飞机学飞行，现在这一愿望终于实现了。我们先在地面由教员带着在飞机上实习，把每一个电门、每一块仪表、每一个发动机的部件都摸得一清二楚，每一个飞行数据都能倒背如流。那时候还没有模拟机，我们就由教员带着在飞机座舱里练习操纵动作。二三月的长春还很冷很冷，可我们全然不顾。每当我们身穿皮飞行

第三章　航校纪实

服，脚穿裹着翻毛的大狗皮靴，由宿舍向机场行进时，心里就火辣辣美滋滋的。有人戏称我们像一群小狗熊，可我们每个人都感到自己是最美的，要是领导批准我们可以着全副飞行装具上街，我们很乐意到大街上招摇过市，一展风采。除了在飞机上练，回到宿舍我们还要练，两个人面对面坐着互相脚蹬脚，练习蹬方向舵，还握着扫帚练习拉驾驶杆。我们还到二楼房间，从窗户往前方看，感觉飞机由下滑转入拉平的高度，坐大卡车时，教员也叫我们斜着看前方，感觉拉平高度。总之，凡是能利用的条件和机会，我们都在练习模拟飞行。对我们内场学习理论时所取得的优异成绩，和转入外场后勤学苦练的拼劲，教员和领导都非常满意，他们对我们每个人都信心十足。

1958年4月1日，这是我终生难忘的一天，这一天我们正式开飞了。先由教员带我们每人飞行一个起落，我们不操纵只观摩，然后每人由教员带着在地面滑行一圈。我们当时飞的是一种苏制雅克-18初级教练机。这种教练机安全性能特别好，操纵轻便灵活，分前后两个座舱，一般是学员在前舱，教员在后舱，前后舱各有一套完整的操纵系统，两套操纵系统联动，带飞中学员出现误差教员可随时修正和纠正，以使学员学到正确的操纵方法，并保证飞行安全。教员飞的起落航线标准完美，令我赞叹不已，加上雅克-18飞机前后舱都是玻璃罩，视野开阔，从玻璃罩俯瞰大地，各种地标地貌清晰可见，而且没有一点儿过去坐里-2型飞机时恶心呕吐的感觉，我真有点儿得意忘形飘飘然了。练习地面滑行，加减油门、蹬舵、刹车、减速等一系列动作，我都做得很不错，不时从耳机里传来教员赞许和肯定的简短评语。可是就在我把飞机滑回停机坪准备关车前，发生了一件令我终生蒙羞的事情。当时我感觉飞机滑行速度太大，要冲过旗门（每个停机位置两侧插着两个小红旗做标志，飞行术语叫作旗门），便向后握刹车杆减速，但是我的动作太粗猛，飞机急骤减速后，由于惯性太大拿了大顶（机头下冲机尾翘起），结果将机头的螺旋桨打坏了一叶，整副螺旋桨（两叶）报废了。这在当时就算一次地面三等事故。

事故发生后，我不知所措傻了眼，泪水夺眶而出，红着脸、低着头不敢出座舱。坐在后舱的教员急忙跳出座舱，跑向飞行指挥塔台向指挥员报告情况。然后指挥员（我们的飞行大队长）、陈志英大姐，还有其他领导干部和教员一同来到飞机前，每一位领导都向我送来亲切安慰的目光，他们让我离开座舱，并说这不是大事，而且带飞阶段出的一切问题都由教员负责，让我接受教训好好飞，不要影响情绪。我的教员饶和风，本来就长着一张慈祥的妈妈脸，现在仍然是一点愠怒都没有，还一个劲地哄着我："小苗，别哭，这都怪我思想麻痹，和你没关系。就算是地面三等事故，也是我的，你不要受影响，我们都接受教训。你聪明好学，我有信心把你带出来。"

饶和风教员是四川籍，相貌慈祥，待人温和，是新中国成立初期二航校毕业的高才生，毕业后留校任教。他兼任初教机和高教机两种机型的教员，刚从高教二团抽调到初教一团来带飞我们。他带飞经验丰富，教学质量高，经他带飞的学员没有被淘汰的，是一位非常优秀的老教员。我本来为自己有这么好的教员带飞而庆幸，可万万没有料到还未飞行就闯了祸，发生了三等事故，拔了他的安全红旗。我越想越感到对不起他，而且还小心眼地琢磨，教员表面上承担事故责任，内心说不定怎么恨我呢！尽管各级

作者（左）与恩师陈志英

领导和饶教员给我做了很多思想工作，开导我，安慰我，鼓励我，但我自己还是背着一个沉重的思想包袱开始升空飞行。

因为思想不解放怕再犯错误，头几个飞行日我就掉了队。开始教员总是哄着我，怕我紧张，可他越是来软的，我就越提不起劲头。一连几天过去了，饶教员找到了我的症结所在，他不再怜惜我，而是狠狠地批评甚至是训斥我。他板着面孔问我："你到底敢不敢飞？"

我说："怎么不敢？这几天我不是天天在飞吗？"

他腾地站起来指着我的鼻子说："你天天飞什么？你手脚是在杆舵上，可你从来不主动操纵，那都是我飞的，你只是做做样子。我看你是吓破了胆不敢飞了。"

教员这一激，反而解开了我的疙瘩，想想开飞头几天我是缩手缩脚，生怕动作量大了再出事故，所以该做动作时我总是等着教员先动。飞机在天上飞，速度那么快，我不主动操纵，教员只好做，这样我就掌握不了操纵时机和动作量。当时我们转入外场的21名飞行学员非常团结，曾在誓师会上表态一定要努力学习，互相帮助，要一个不落地都飞出来，所以谁遇到困难大家都来帮助找原因想办法，陈志英大姐更是无微不至地关心着我们每一个人的思想和技术。原来她以为我这个吃苦耐劳、泼辣能干的山东姑娘掌握技术不会难，所以就把注意力放在了几个腼腆内向又比较胆小的姑娘身上。当她得知我被那次地面事故吓得在空中不敢操纵时，就多次找我谈心，为我解疙瘩卸包袱。

陈大姐详细地给我讲了她们第一批女飞行员学飞行时的经历。她说："我们是在牡丹江空军第七航校学飞行的，飞的是美制和日制双发式飞机。我们那时学飞行比你们要困难得多，大多数姐妹文化较低，我自己只读完了小学，所以学理论就很吃力。我们只有加班加点白天黑夜地学、记、背，为此，很多人都失眠。过了理论关后，飞行的条件也比你们现在要差得多，飞行中遇到了不少挫折，但我们就是凭着一定要为新中国妇女争气，不让一个人掉队的坚定信念，克服了一个又一个障碍，最后都飞出来了。当我们驾驶飞机飞到天安门上空，接受中央首长和首都人民检阅时，那些曾经讥讽我们、贬低我们、看不起我们，甚至打赌说我们要是飞出来，鸡毛也能上天的死顽固，都自觉地低头认输了。"

"晓红，我们女同志掌握飞行技术没有什么先天的不足，相反我们比男同志更细腻、更柔和、更有耐力。如果能充分发挥女性的优势，我们一定能比男人飞得好。但是，我们女性也有一个致命的弱点，就是容易自卑，爱面子，特别是遇到一点儿挫折就容易陷进去不能自拔。你是一个性格外向、泼辣的山东姑娘，不应该那么脆弱，你要战胜自己，打掉一切私心杂念，大胆地操纵，不要怕出事，任何错误教员都会及时给你纠正过来的。你知道，你的飞行权利来得多么不容易，领导们研究了多少次，同志们给你说了多少好话，你难道就不珍惜吗？你难道就不想争这口气？现在领导们、你的教员，还有另外20个姐妹，都在为你着急，你自己好好想想，究竟还敢不敢飞？"

陈大姐语重心长的一番话，使我猛然醒悟，近两年的苦和累我经受住了，这一切不都是为了要成为一个真正的飞行员吗！难道我就这么一个跟头栽倒，再也爬不起来了？教员对我发火是恨铁不成钢，陈大姐耐心教育我是要我争气，姐妹们关心我是不让我掉队。我也知道，还有几个进度较慢的姐妹在看着我，我如果挺起来了对她们也是一种促进和鼓励。我一直是女学员中的先进分子，是共产党员，我不能就这样滑下去，我要迎头赶上进度，赶上比我好的，带着和我差不多甚至进度更慢的姐妹都飞出来。第一批14个女飞行员全部毕业分到部队，我们第二批21个女飞行员也不能淘汰一个。

思想一解放，技术动作就大有长进。我虽然是第二批放单飞的，但越飞越好,进入了优秀者的行列。特别是在特技飞行课目中,60度大坡度盘旋,我压的坡度一度不少,让飞机翻跟斗我做得干脆利落,做失速进螺旋我不犹豫胆小,很有男子汉气魄,教员非常满意。从我的例子中教员们还总结出了一条经验,不再怕我们哭鼻子。原来哄我们多、批我们少,以后他们表扬批评兼施,有的教员还在空中向我们女学员发火打杆(用驾驶杆急速地左右晃打),我的好朋友、小妹妹曾月英就因为聪明淘气,技术水平波动,被教员用驾驶杆打得两腿发青。讲评会上教员怒气冲冲发火的也不少。开始我们受不了,但后来我们都不计较不在乎了。因为飞机从起飞到降落这个过程是一个动作接着一个动作,就是飞得再好也不可能没有缺点毛病。教员批评我们就是鞭策我们,就是要我们精益求精好上加好。同时教员也是为了打掉我们这些小知识分子的虚荣心,让我们少一些小心眼、小计较,多一些豁达开朗、胸怀大度,这样将来我们才能成为一名经得起挫折、经得起批评的优秀飞行员。

我飞行技术的飞速进步,给饶和风教员极大的安慰,他那布满皱纹的老妈妈脸(航校教员长期在机场工作,风吹日晒,又加上带飞新飞行员非常劳神劳心,相貌都格外显老),经常带着舒展的笑容,我们的师徒关系非常融洽。可是不久他就被调回高教团了,我只能不断以自己优异的飞行成绩向他报喜,而使我终生遗憾的是,不管我怎么好好飞,都无法给他抹去那次地面的三等事故。饶教员走后,我的继任教员是周戍元,他原来的学员是沈本华和潘隽如。就是这位周教员带着我们三个完成了雅克-18机型的后期飞行课目。

通往蓝天的路的确不平坦,在航校学习飞行时,除了我开始就栽了跟头之外,其他姐妹也不是一帆风顺,几乎每个人都经受过不同程度的挫折。

我的同组姐妹沈本华,她是我们教学小组的组长。她身高1.7米,身

作者（右）与沈本华在部队合影

材匀称，面貌姣好，聪明伶俐，掌握技术快，是我们女飞行学员中的佼佼者。她虽然飞得好，但也出过两次大事。一次是险些不放起落架落地。那天有点儿轻雾，航线建立较大。在航线三边上，她一面紧紧盯着地面降落地带的"T"字布标志，怕丢失机场，一面心里埋怨前面的飞机航线飞得太大，忘了放起落架。飞机对正跑道下滑时，因为没放起落架，阻力小速度大，油门减到最小速度还是大，可沈本华就是没反应过来。正当她收完油门准备落地时信号员发现飞机没放起落架，急忙发射了一颗红色信号弹。这时，她加大油门猛然将飞机拉起复飞。由于复飞时飞机离地面高度不到一米，所以吹起很多干草和黄土，地面的人都捏了一把汗，以为她出事了。飞机复飞后，沈本华按规定程序收起落架时才发现操纵手柄仍在收的位置。如果不是信号员尽职尽责，及时发射一颗红色信号弹，飞机不放起落架落地的后果是难以想象的。

俗话说，福无双至，祸不单行，过了几天领航教员带她飞三角航线，飞机升空平飞后，沈本华为了辨别地图上的地标，便打开了座舱盖，陡然一股强大的气流袭进座舱，将她手中的地图席卷而去，急得她不知如何是好。领航教员怕她紧张再出事急忙承担责任，说吹走的地图是自己没给她用夹子夹牢。下面的航线按领航教员告诉她的数据飞，按计划完成了三角航线，飞回双城机场。飞机回场落地后，沈本华和领航教员如实向领导汇报了丢失地图的经过。为此她受到了非常严厉的批评，因为她不仅违反了飞行时不准开座舱盖的规定，更严重的是丢失了一份绝密的军用地图，上面有很多绝密资料。

一到航校我就和沈本华一个班，我当班长她当副班长，现在又是一个教学组，我们关系非常好，所以我一面劝她别难过，别背包袱影响下面的飞行，一面又帮助她提高认识，看到问题的严重性。当时我们整个教学组都非常紧张，就怕那张飞走的地图找不回来出大问题。那个年代的人，每一根神经都绷得很紧，遇到事总往复杂的阶级斗争方面想。丢地图的事很快被航校的保卫部门当作头等大事对待，由保卫科长带着几名干事，到那个转弯点下面的几个公社，发动群众找地图，结果找了几天几夜也没有找到。有一天，一名干事到老乡家找水喝，和一位老大娘聊天时，发现她拿的鞋样纸像是地图纸。那个干事向老大娘要过来一看，正是从沈本华丢失的那张地图上剪下来的。顿时他如获至宝，喜出望外地询问大娘鞋样纸是哪里来的。大娘告诉他是在山坡上捡柴时捡到的，摸着纸很挺括就拿回来剪鞋样子用了。干事忙追问：还剩下没有？大娘听干事说这是绝密文件，便把所有的鞋样子都交了出来。一听说找回了地图；沈本华和大家都如释重负。地图风波总算平息了。

航校飞行时，我们女飞行员中发生的最重的一次事故是飞机打地转擦坏了翼尖。我的好朋友俞亚琴，是一位非常聪颖的浙

作者（二排右一）与航校教员和同学合影

江姑娘，她的模仿能力很强，掌握技术很快，训练进度一直比较靠前，可是这件事情就发生在她身上。那天她飞完最后一个起落，脱离跑道时一时疏忽，没有保持好方向，飞机进入了地转，因为速度较大，致使一侧机翼的翼尖擦地，并且导致机翼大梁变形，需送工厂检修。这次事故的教训，使我们进一步认识到飞行的严肃性。飞行是门科学，来不得半点儿含糊，不管你飞得多么好，只要你稍有疏忽，不按规定办事，它就要惩罚你，轻则损坏飞机，重则机毁人亡。虽然我们在学习飞行技术的过程中出了一些问题，但没有发生报废飞机甚至伤人的严重事故，飞行质量绝大多数也是优秀。只有一个湘妹子性格太内向，干什么事情都羞答答的，操纵飞机总是思前想后缩手缩脚，飞行质量差一些。为了让我们都飞出来，领导又派了一名经验非常丰富而且非常有耐心的教员专门带飞她一个人。

经过8个多月的艰苦训练，1958年12月初，我们21个女飞行学员全部通过了毕业考试。那天机场上红旗招展，气氛热烈庄严，我们的老校长刘风还亲自上飞机考试了两个人，他非常满意地给打了5分。我两次起落航线也都赢得了5分。因为我各方面表现突出，飞行考试后又被大家评为五好学员，还荣立了三等功。后来听我哥哥说，当立功喜报寄回山东老家时，我那两年多没有理我的倔老头父亲，竟拿着喜报到处向亲戚四邻炫耀他的二闺女当上了女飞行员，还立了功。

第四章

奉调进京

我们女飞行学员毕业的同时，由魏砾大姐率领的17名女领航学员和6名女通信学员也在大房身机场完成了全部课程，以优异的成绩毕业。丰富多彩、跌宕起伏、曲折坎坷的航校生活结束了。陈、魏两位大姐完成任务后奉命调回北京原部队，我们第二批44名女航空员集中到长春二航校校部等待分配命令。

一、重返徐州

我们44名第二批女航空员，除4名领航员被分配到第十六航校（培训领航员、通信员的航校）当领航教员外，其余40名全部被分配到驻徐州市的空军某航空兵运输部队。其中，为迎接新中国成立10周年大庆，有9名同志因要参加全军运动会和全军文艺会演没有和我们同行。她们是：飞行员李秀云、潘隽如、沈美珍，她们被抽调去学滑翔机，代表解放军参加全国第一届运动会。比赛中，沈美珍创造了滑翔机女子单人留空时间最长的全国纪录，李秀云和另一位滑翔员一起，创造了滑翔机女子双人留空时间最长的全国纪录，她们为解放军争了光，受到了贺龙元帅的亲切接见。韩淑琴、沈本华被沈阳空军选去打篮球，由于她俩球技超群，又被选入空军篮球队，参加了全军篮球比赛，并获国家一级篮球运动员称号。飞行员俞亚琴和领航员王慕尧，通信员芦德芬、任庆芬则被选到沈阳空军文艺演出队，参加了全军文艺会演。

我暗自庆幸自己没有被选去，我还是想专心飞行。我一心急盼着早日被分到部队，改装新机型，成为一名能执行各种飞行任务的飞行员。记得

第四章 奉调进京

那是1958年的最后一天，我们30多位姐妹依依不舍地告别了航校首长和教员，离开长春，欢欢喜喜地坐上了南下的列车。

1959年的元旦我们是在火车上度过的。我们像一群刚出巢穴的小鸟，叽叽喳喳在车厢里飞来飞去。一会儿帮助列车员搞卫生给旅客送茶水，一会儿给疲倦的旅客表演节目。我们把自己的激动和亢奋带进了列车，也传染给了乘务人员和旅客。他们都用赞许的目光望着我们

作者（左）与张凤云表演舞蹈

这一群扛着学员肩章的女军人。有的旅客想打听我们的职业，为了保密，我们异口同声地回答他们：我们是军校的女学员，解放军女战士。旅程在欢乐的氛围中变短了，我们坐在硬座车厢里竟没有一点儿疲倦的感觉，不知不觉中目的地徐州到了。

火车进站刚停稳，就看见站台上有许多空军军官和战士向我们走来。他们是部队首长和机关的同志，是专程来迎接我们的。他们像欢迎贵宾一样把我们接进了部队驻地，徐州大郭庄机场（原来的战斗机部队已被调走，现在驻着一支航空兵运输部队）。我们对这里并不陌生，我们就是在这里第一次尝到了坐飞机的滋味，第一次见到了女飞行员。从离开徐州到重返徐州，两年多的时间里，我们有了质的飞跃。离开徐州时我们只是一名普通的女战士，而现在我们已经长了翅膀，成为一名会飞的女飞行员了。

到部队后，我们都想尽快改装新机型，早日执行任务，报效祖国。可是，我们刚到没几天，这个部队的文艺演出队就把我和张凤云以及领航员

许君清、叶佩佩、张连芳抽出去了。幸好参加完武汉空军文艺会演后，我们就回到部队参加改装新机型的理论学习，总算没落下进度。我们准备改装的飞机就是两年前周真明大姐带我们上天的苏制里-2型运输机。不同的是，我们这个部队的里-2型飞机全是货机，而周真明大姐飞的是机舱里有舒适沙发座椅的客机。这是因为徐州的航空兵运输部队主要是执行货运任务，而周真明大姐所在的部队，主要是执行党中央、国务院、中央军委首长及外宾的专机任务。我们当然也希望能被分到北京西郊机场，飞专机能见到首长，那多么光荣幸福。

　　北京的长城、颐和园、故宫等很多名胜古迹我还没有游览过。其实最吸引我们的，还是第一批女航空员的老大姐都在北京，曾经到航校训练、培养过我们的陈志英、魏砾大姐当时都已经回北京原部队了。要是能到北京，能和第一批女飞行员大姐们一起飞行，那该多么浪漫多么惬意啊！可是既然空军领导分配我们到了徐州，我们也就不再做去北京的梦了。谁知，幸运之神再次眷顾我。我们刚进入改装飞行，只飞了一个飞行日，第二天就停飞了。大队政委召集我们全体女航空员开会，他说："空军首长指示，为了工作需要，要从你们中间选调一部分同志去北京航空兵运输部队，也就是北京西郊机场。无论调走的同志，还是留下的同志，都要正确对待自己的去留，在北京工作和在徐州工作都是为党工作，为人民服务，都很光荣，没有高低贵贱之分。特别是留下的同志，一定要正确对待，不要因此影响正在进行的改装训练……"

　　政委的话一下子点燃了我心中的梦幻之火，特别希望自己能调到北京。当政委宣布调走人员名单时，我的心仿佛提到了嗓子眼儿。当听到"苗晓红"三个字时，我的身子就像在太空中飘飞一样失去了重量，太美妙了。从参军到最后分配，虽然我每每遇到挫折，但是结果我总是如愿以偿，总是走在幸运者的行列里。和我一起调往北京的第二批女航空员一共

18 人，其中 9 名飞行员是潘隽如、李秀云、沈本华、曾月英、汪云、韩淑琴、俞亚琴、黄秀清和我；6 名领航员是刘道义、李丽真、许君清、王善富、张筱龙、王慕尧；3 名通信员是：芦德芬、任庆芬、王谨。散会后，我们女宿舍里又喧闹起来，有笑的，有唱的，有跳的，还有互相拥抱祝福的，但是也有哭的有埋怨的。也可以说，这才是我们航校毕业的最后分配方案：18 人被分到驻北京西郊机场的航空兵运输部队；22 人分到驻徐州大郭庄机场的航空兵运输部队；4 名领航员被分到空军第十六航校。

二、笨鸟化凤

1959 年 3 月初，我们 18 个幸运儿乘坐飞机来到北京西山脚下的西郊机场，从此开始了我真正的飞行生涯。我与韩淑琴、俞亚琴、刘道义、许君清分在一个飞行大队，即第五飞行大队。看来我与陈志英大姐很有缘分，她是该大队的副大队长。大队长是一位从陆军挑选学飞行的、1942 年参军的老兵，他参加过抗日战争、解放战争，学飞行后又参加了抗美援朝、抗美援越等空运任务，还到过苏联、德国、捷克斯洛伐克、蒙古国等国家，除了能驾驶里–2 型飞机外，他还会飞伊尔–12、伊尔–14 飞机，毛主席最后一次乘坐的伊尔–18 专机也是他飞的。他是一位有勇有谋、性格非常豪爽豁达的老飞行员。因为他皮肤黝黑，绰号叫"黑子大队长"，真名叫王进忠。在这个大队里还有第一批女飞行员秦桂芳、何月娟、万婉玲三位大姐。一见面我就握着她们的手，高兴得蹦了起来。真是做梦也没有想到，我会成为陈志英大姐手下的一名飞行员。有她这么好这么了解我的干部直接领导我，我对自己更是充满了信心。

当晚，陈志英副大队长来看望我们的时候，给我们透露了空军首长调我们18个人来北京的内幕。她说："调你们来北京，是贺龙元帅的建议。"我们异口同声地追问她："贺老总怎么想起了我们？"她继续说道："起因是这样的，有一次，贺龙元帅乘坐女飞行员黄碧云同志驾驶的飞机，从张家口回北京，那天本不是黄碧云送贺老总，但首长看到黄碧云后执意要坐她驾驶的飞机，因为贺龙元帅急于赶回北京开会。开始黄碧云还信心不足，担心自己飞不好，她是我们第一批女飞行员中掌握技术比较慢的，还没有单独执行过重要专机任务，但在贺龙元帅的鼓励下，那天她飞得很好。贺帅走到驾驶舱看黄碧云的飞行动作，当飞机飞越山岳河流时，贺帅便问黄碧云，那些山河叫什么名字，黄碧云都及时准确地一一做了回答。贺老总听后高兴地称赞她不仅飞得好，还是一张活地图。飞机降落后，贺老总握着黄碧云的手笑着说：'你飞得很好，下次我还要坐你开的飞机。'自那以后，贺老总对我们女飞行员的成长就特别关心。他曾亲自到西郊机场的空勤食堂看望过我们女飞行员，还和空地勤人员一起进餐，可惜那一次黄碧云执行任务在外地，没能见到贺龙元帅。前不久，贺龙元帅坐飞机回北京时，在我们候机室里向前来迎接他的空军首长询问你们第二批女航空员的情况，当他得知你们都已毕业并全部被分配到徐州时，便指示空军首长要调一部分第二批女航空员来北京飞专机。这样你们才来到了首都。贺龙元帅建议调你们来北京的事，是我和黄碧云出席空军积极分子大会时，刘亚楼司令员对我说的。因此，你们要感谢就感谢贺帅

黄碧云

第四章　奉调进京

的关怀，也应感谢黄碧云同志，因为她飞得好，为我们女航空员赢得了信誉，才有了我们的团聚。你们不能光顾着高兴，而是要发扬航校艰苦奋斗的好传统，努力完成好改装任务，不辜负中央首长和空军党委的关怀，尽快成器，为我们女航空员增光添彩。"

陈大姐的一席话，使我们激动不已，彻夜难眠。那一夜我和同房间的韩淑琴、俞亚琴、刘道义几乎谈了一整宿，我们谈党和首长的关怀，谈陈大姐、魏大姐（魏大姐当时担任部队司令部机关的领航参谋）对我们的训练培育。我们都明白，虽然空军要调人来北京，但是挑选我们来肯定是她俩推荐的结果。想到这里，我们深感这两位大姐对我们不仅有师长之情，还有知遇之恩。我们心里都充满了幸福感，感受到了一种回到亲人身边、回到家里的温馨。

陈大姐让我们感谢黄碧云大姐，我们都想见到这位传奇人物，便向陈大姐打听她的情况。陈大姐简要讲述了她的故事。

"黄碧云从进航校到部队改装训练，掌握飞行技术都是比较慢的，理论学习差点儿被淘汰，外场飞行她也是最后一个放单飞，在领导和姐妹们心中她是只'笨鸟'，'三八'起飞典礼，飞越天安门没敢让她飞。起飞典礼没让她飞，对她的刺激很大，她偷偷地哭过好多次。她深深意识到，能驾驶飞机上天，对飞行员来说只是万里长征的第一步，要成为一名毛主席所说的人民飞行员，为社会主义建设和国防建设服务，必须具备高超的驾驶技术和丰富的航行经验，必须得到领导的信任。

黄碧云到部队后，她笨鸟先飞，虚心向老飞行员求教，只要有机会就上飞机认真观摩他们飞行，事后认真记笔记，总结心得体会。功夫不负有心人，她的飞行技能提高很快。特别是在一次本场训练中因避免了一次重大事故，得到了同行的赞扬与领导的信任。那是一次昼间复杂气象训练，飞机起飞不久便进了云。当时左座飞行员突然产生了错觉，转弯时，一个

作者（后）与晚年黄碧云合影

劲地压杆，眼看飞机就要失速了，黄碧云当机立断，果敢地往回压杆蹬舵，使飞机恢复了正常状态，保证了飞行安全。事后大伙儿都夸她，平时处事不温不火的，关键时刻一点儿也不优柔寡断，是块当飞行员的好料。此后，黄碧云执行了不少军事运输和专机任务。黄碧云这只笨鸟，成了名副其实的飞翔在碧空白云间的金凤凰。她创造了两项中国第一：第一个执行中央领导人专机任务的女飞行员；第一个执行出国专机任务的女飞行员。1955年7月24日，越南胡志明主席在河内总统府接见了黄碧云，并夸赞道：'你是新中国第一批女飞行员，了不起。我们也要培养女飞行员，向你们学习。'黄碧云在二大队，你们很快就能见到她，她的故事不少，以后你们问她本人吧！时候不早了，大家睡吧！"

我哪能睡得着啊，第一批大姐的身上，到底有多少动人的故事？我陷入遐想……

三、主席座机

第二天，由何月娟大姐带我们去机场停机坪，停机坪在跑道的西边，离宿舍驻地有两里多路。那时飞行人员和地勤人员除执行飞行任务外，平

第四章　奉调进京

时去机场都没有汽车接送,全靠两条腿(戏称11号车)。隶属于我们大队的十多架深绿色的里–2型飞机,整齐地排列在停机坪上,机头朝着玉泉山方向。我们大队装备的是清一色的里–2型飞机,何大姐详细地给我们介绍机场的各种设施和规章制度,领我们参观大队的飞机,其中有两年前周真明和邱以群两位大姐驾驶的那架飞机。见到它我们就像见到了久别重逢的老朋友一样,我们走进机舱,回忆起那次难忘的处女航。见到了飞机便想到了周、邱两位大姐,我便向何大姐打听她们的下落:

"何机长,周真明、邱以群两位大姐在哪个大队,怎么吃饭时没见着她们?"

"邱以群和她爱人一起调到十六航校去了。周真明嘛……"

她的话停住了,脸色也有点儿变,用气象术语表述就是晴转阴。

"她转业了。"何机长以异常沉重的口气回答道。

"啊?!"我们都很惊异,她那么精明强干、开朗达观,也还很年轻,还上过《解放军画报》的封面,怎么就停飞转业了?

"整风时,她说了错话,被淘汰了。你们今后也要注意,不仅要学好飞行技术,也要学好政治课,政治上千万不能出问题。"

不知为什么,周真明大姐转业的消息,宛如一片乌云,涌进了我那明净的脑海,也冲淡了我那浓浓的温馨,使我那高度亢奋的情绪猛然低落下来。我联想到在航校因整风运动被淘汰的那些姐妹,也想到了自己险些被取消飞行资格的苦涩。我暗暗告诫自己,在今后的工作生活中,一定要和飞行一样,小心谨慎,一步一个脚印,紧紧地跟着毛主席、跟着共产党走,不能有一丝一毫的偏航。

何大姐介绍完后,将我们领到一架机尾号为8205的飞机前。她指着飞机用十分自豪的语调对我们说:"这是毛主席1956年5月乘坐过的专机。"她话音未落,我们都高兴地蹦了起来,能来北京已喜出望外,做梦

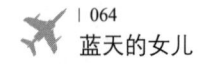

都没想到还能飞毛主席坐过的专机。

我还没有从惊喜中回过神儿来,何大姐已将我们领进了客舱。第一次见毛主席坐过的专机,客舱里的一切都透着新奇与神秘。客舱过道铺着红色地毯,右边是沙发座,左边有一个小包间,包间里有一张单人沙发床。包间的隔断是紫红色金丝绒布帘。正当我们仔细打量客舱陈设时,何大姐给我们详细介绍了毛主席乘机时的情景,她说:

"1956年4月,毛主席要乘飞机南巡。空军司令员刘亚楼为安全出发,建议他坐苏联飞行员驾驶的飞机。他的建议遭到了毛主席的反对,主席说:'我们有了人民空军,有了自己的飞行员,为什么要外国人驾驶?外国人驾驶的飞机我不坐,我要坐中国人驾驶的。'

毛主席所说的'自己'的飞行员,就是我们部队的飞行员。这是我们团第一次执行毛主席的专机任务。

5月3日上午7点半,毛主席来到机场,乘坐这架8205号里-2型飞机离开北京前往广州等地视察,6月4日又乘该机返回北京。

我们没有辜负信任,在航行中战胜了暴风雨等各种困难,安全圆满地完成了毛主席第一次乘坐空军专机的光荣任务。整个航程中,毛主席都非常高兴,多次到驾驶舱看望机组,在广州落地后与机组合影。从广州飞长沙途中,他还让工作人员给机组送西瓜。在北京落地后他赞扬机组道:'同志们辛苦了!你们是腾云驾雾,暴风雨中见成长。'

组织上挑选你们来西郊机场飞行,是对你们最大的信任,你们应感到骄傲、自豪。但同时也要明白,执行专机任务,毫不夸张地说,责任有天大。你们的一杆一舵,直接关系中央首长的空中行程,关系他们的安全。希望你们在老同志的带领下,尽快成为思想、技术、作风都过硬的让领导放心的飞行员。"

何机长利用参观毛泽东专机的机会,给我们上了一堂生动的党课。自

第四章　奉调进京

此之后，我心中又多了一份神圣的责任感。

说起 8205 号飞机，我穿越一下时空，讲一讲我们家和它的特殊感情。我老伴何孝明，从 1957 年就开始维护 8205 号飞机上的无线电设备，直到 1963 年，共 7 年。他对发生在这架飞机上的故事了如指掌。毛主席首次乘坐这架飞机时，他在航校学习没赶上，但机组成员他都熟悉，他一一询问过毛主席乘机时的详细情况。他根据所掌握的资料写过几篇文章，其中发表在《航空知识》2020 年第 4 期上的《神女应无恙 当惊世界殊——重读毛泽东〈水调歌头·游泳〉》一文，在社会上有一定影响。他将词与 8205 号飞机紧密地联系在了一起，这是他对《水调歌头·游泳》一词的独特见解。文中写道："飞机到达武汉上空开始下降高度时（指 5 月 31 日，毛主席从长沙飞武汉），毛主席兴致勃勃地来到驾驶舱……主席站在领航员身边，从飞机上居高临下，聚精会神地俯视着大地、江面，龟山兀立，蛇山蜿蜒，隔着滔滔江水遥遥相望，正在施工的长江大桥尽收眼底。毛主席无限喜悦，激动地连声说道：'啊，好看！好看！好看！'

"空中的难忘印象，激发了主席的创作灵感，当他第二次畅游长江之后，便写下了《水调歌头·游泳》这一名篇。（毛主席 5 月 31 日到武汉，6 月 4 日离开，其间曾 3 次畅游长江）

"我看过不少解读

2009 年国庆节作者老两口与孙女在 8205 号飞机前合影

《水调歌头·游泳》的文章，无一篇谈及毛主席乘坐8205号专机之事。其实毛主席的《水调歌头·游泳》，是孕育于8205号飞机之上，形成于万里长江之中，是空中感受与江中感受的有机结合，是诗人多视角观察的产物。'才饮长沙水，又食武昌鱼，''才'与'又'两个副词，是形容飞机速度之快。'风樯动，龟蛇静，起宏图。'是他在飞机上所见所说的：好看好看好看的形象化，是艺术的再现。很多人对这首词的理解不到位，是他们不全面了解词的创作背景。"

老伴的文章表达了他对8205号飞机的眷念之情，更是对毛主席的缅怀与敬仰。他对毛主席的感情很深，因为他是湖南人。他每隔一段时间就要带我和孩子们去航空博物馆看望他的老伙伴8205号飞机，在飞机前讲他与8205号飞机的故事，给我们上光荣传统课。

四、孕妇教官

在那一段时间里，我是多喜临门，福星总是高照在我的头上。大队领导确定由秦桂芳中队长当我们的改装教员，这又是一个意想不到的大喜事。早在航校时，陈志英大姐就多次向我们讲述过秦大姐的故事，我不仅从报刊上读到过介绍她业绩的文章，还在《人民画报》上见到过她的英姿。她可不是一位普普通通的女飞行员，她是一位名扬中外带有传奇色彩的蓝天女杰。我不仅有幸和她生活在一个大队，与她朝夕相处，而且她还成了我的改装带飞教官，我可以直接向她学习她那高超的飞行技术，聆听她对飞行的独特见解，这真是我飞行生涯中最大的一件幸事。

我们学完里-2型飞机的飞行原理、结构性能、特种设备等理论课后，秦中队按改装计划，3月初开始带我们上机飞行。我们刚放单飞，因迎接

第四章 奉调进京

国庆十周年和准备引进大型飞机，西郊机场要翻修扩建。于是我们改装新机型的飞行员，准备组成一支改装训练小分队，到沈阳东塔机场继续进行训练，这时秦桂芳中队长已有3个多月身孕，她能不能去沈阳，团与大队两级领导的意见高度一致，都不同意她继续当教员，让她留守。原因很简单，如果她去沈阳继续带飞学员，那就意味着她要怀着六七个月的

1958年3月《人民画报》封面人物秦桂芳

孩子飞行，这可是自中外有女飞行员以来从未有过的事，万一有个闪失，上自空军领导，下至她爱人王效英大队长以及第一批姐妹，都没法交代。当时我们学员的心情很纠结，一方面不希望中途换教员，强烈希望秦中队长能和我们一起去沈阳；另一方面又想让她留下，好好保护肚子里的孩子，不忍心为我们改装的事，让她冒风险。不过通过近半年的接触，我已了解她的性格，只有一个人能留下她，那就是她爱人王效英。除此之外，谁也没法让秦桂芳留下。但根据我的观察了解，这个唯一能留下她的人，又偏偏不会留她。因为他更了解她，而且特别支持她的飞行事业。果然不出我所料，能留她的人没有留她，那些留不住她的人自然无法让她留下。就这样已有3个多月身孕的秦桂芳，于4月底带着我们飞往沈阳，开始了紧张又愉快的飞行生活，书写了一段航空史上的传奇佳话。

盛夏的沈阳，也是暑气逼人。晚饭之后，我经常与秦中队长在机场漫

步。由于我常与秦中队长聊天，再加上其他老同志的介绍，我掌握了不少有关她执行飞行任务时的传奇故事。

故事一：林海雪原救亲人

作为一名飞行员，学会飞行不是目的，目的是运用所学的飞行技术为人民服务，为祖国效力。秦桂芳早就盼望着和男机长一样率领机组执行空运任务，做一头会飞的老黄牛，在万里长空耕云播雨，驮重负载。秦桂芳的这一强烈心愿，来自毛主席对女飞行员的厚望。

1952年3月24日，下午3点35分，毛泽东主席、刘少奇副主席、周恩来总理等党政军领导人在中南海颐年堂亲切接见了第一批女航空员，并和她们合影留念。接见时毛主席指着她们问刘亚楼司令员："她们都成器了吗？"司令员回答道："都成器了！"毛主席十分高兴，还语重心长地说："要训练成人民的飞行员，不要训练成表演员。"毛主席的教导，深深地烙在秦桂芳和所有女航空员的心里。后来她们把毛主席的这一教导演变成了一句警语："不做蓝天花瓶，要做蓝天战士！"这句话几十年来代代相传，已成为我们女航空员的座右铭。秦桂芳单独率机组执行空运任务的一天终于来了。

刚刚飞完本场起落的秦桂芳，还在回味着每一个飞行动作，脸上不时露出得意的笑容。

"秦桂芳，明天你与周映芝带一个机组去石家庄，你飞左座。"大队长给她带来了她日夜盼望的喜讯。

"我与周映芝带一个机组？教员呢，他不去吗？"

"他不去，这次让你俩单独执行任务。回头找教员帮助你们好好准备一下。"

"太好啦！"秦桂芳心里暗暗叫好。领导的殷切希望，教员的精心培养，自己的刻苦训练，明天就要有结果了。

第四章 奉调进京

"放心吧！我不会辜负领导的期望，一定打好这一仗！"秦桂芳非常自信地表态道。

翌日，精神抖擞的秦桂芳驾驶着战鹰，迎着曙光起飞了。航行中，她充分运用所学的飞行技术和积累的航行经验，准确无误地做着每一个操纵动作，顺利地完成了首飞任务，开创了新中国女航空员单独执行任务，为祖国社会主义建设做贡献的历史，成为新中国第一个单独执行任务的女机长，那年她20岁。

1958年11月，北国冬天的大兴安岭，是一片冰雪的世界，寒风呼啸，大雪飞扬，滴水成冰。一支由100多名工人与几百匹骡马组成的铁道筑路队，被困在林海雪原之中，与外界失去了联系。有关部门请求空军支援。部队领导将这一艰巨任务交给了秦桂芳。秦桂芳和机组人员经过认真准备之后，便驾驶里-2型飞机向着齐齐哈尔市三家子机场飞去，她们要以该机场为基地，长时间地执行林海救援任务。东北的凌晨寒气逼人，最低气温达零下30多摄氏度。秦桂芳带领机组成员，不等天亮就顶着凛冽的寒风，忍着刺骨的凉气，赶到机场给露天停放的飞机加温，做起飞前的各种准备工作。在风刀霜剑的野外作业，她的脸冻紫了，眼睫毛上结满冰花，露在皮帽外的缕缕青丝变成了条条银色的树挂。但她全然不顾，她那颗火热的心，已将漫天冰雪融化，并飞到林海雪原之中，飞到了受难亲人的身旁。

一轮红日冉冉升起，秦桂芳驾驶着战鹰，满载着粮

飞行在林海雪原上空的秦桂芳

食衣物,迎着朝阳起飞了。上是蓝湛湛的苍穹,下是白茫茫的原野,秦桂芳就在这蓝白之间的空域里疾进着。按预定的航线与飞行时间计算,飞机已到达目标上空。但翼下是无边无际的雪原,看不到任何地标地物,更没有发现被困的工人与骡马。她们便一边盘旋一边搜寻,一圈、两圈、六圈过去了,机组仍没有发现蛛丝马迹、半个人影(后来查明是地图有误差)。

"怎么办?返航,还是继续搜寻下去呢?"秦桂芳作为机长,必须在两者之间尽快做出选择。返航显然不行,不能置100多名工人兄弟的生命于不顾,可是总这么在空中盘旋,油飞光了也发现不了目标。秦桂芳从不优柔寡断,她毅然地一推机头,飞机从2000多米的中空下降到100多米的低空,并勇敢地冲进狭窄的山谷。飞机的轰鸣打破了雪野的寂静,被围困的铁路工人,闻声后跑出栖身之地,在一块宽敞的雪地上,用红色被面铺成一个大写的"T"字,为机组标明空投场。看到这红色"T"字布和振臂高呼的人群,秦桂芳比那些看到救星的工人还高兴。她一次次按响空投铃,一包包装满党和人民深情厚谊的救援物资,准确地落在"T"字布周围,落到了饥寒交迫的工人手中。

由于被困的人马太多,飞机载重量有限,为了维持工人和骡马的生存,秦桂芳和战友们一道,在异常寒冷的条件下,每天工作15小时左右,就这样日复一日地飞行了40多天。100多名筑路工人和几百匹牲畜得救了,她却累瘦了。尽管如此,她却乐在其中,因为她真正感受到了一名女飞行员的社会价值。

故事二:历险延安城

延安老机场的跑道,是1945年8月,毛主席去重庆谈判时抢修的简易跑道。跑道就在延河边上,东西方向,长1000多米。跑道西头有200多米长的保险道,延长线的不远处就是宝塔山,远处的山更多更高。总之,机场净空条件很差,自毛主席1945年10月11日从重庆回延安后,

第四章 奉调进京

这里就再也没有降落过像里-2型这样大的飞机。毛主席回延安乘坐的是美式C-47型飞机,外形与苏式里-2型相同。

1958年初秋的某一天,秦桂芳驾驶里-2型专机,载着14位省委书记从西安西关机场起飞,向着延安飞去。一个多小时后,专机到达延安上空,延河宝塔山历历在目,一览无余。秦桂芳操纵飞机由南往北通过跑道上空,做了一个狭长的起落航线,在两山之间的延河谷中缓缓地下降高度。一切都按计划进行着,谁知当飞机要着陆时,一系列意想不到的情况发生了。参谋所提供的资料上标明,跑道西头200米的保险道上有鸡蛋大小的卵石,谁知落地时秦桂芳却发现跑道东头也有碎石块(事后查明是参谋记反了方向)。她当时心里一惊,顾不得多想,赶忙将飞机拉起来,让飞机与地面保持一米多高的距离。因为里-2型飞机安装的是两台活塞式螺旋桨发动机,跑道上的碎石,会被高速旋转的桨叶所产生的吸力吸起,砸坏桨叶,打坏机身,甚至危及机组成员的安全。我老伴当年在嘉兴机场训练时,就差一点儿被桨叶的断片所击中。

飞机飘过200多米的碎石区后,秦桂芳正准备收油门落地,又突然发现跑道两侧的人群中有几个不知死活的年轻人往跑道上跑,急得领航员抓着秦桂芳的肩头大声叫道:"跑道上有人!"秦桂芳顾不得考虑剩下跑道的长度,也深知延安机场无法复飞的净空环境,但她还是将飞机再度拉起,飞机从这些人的头顶越过之后又飘出了100多米才接地着陆。延安机场的跑道本来就不长,而机场的标高

1958年秦桂芳执行延安任务时留影

又高，里-2型飞机在正常情况下着陆后的滑行距离一般得800多米，可当时留给秦桂芳的却不足700米了。要想在这么短的距离内让飞机停下来是很困难的。尽管秦桂芳采取了所有让飞机减速的措施，但飞机仍以较大的余速向前冲。在这种特殊情况下，为了保证飞机安全，只有采取两种紧急措施，第一种是打开尾轮锁让飞机打地转，这一紧急处置方案，当时显然不能用，因为跑道两侧全挤满了欢迎的人群。第二种是收主起落架，让飞机的机身蹭地面，也叫蹭肚皮，由于增大了飞机与地面的摩擦力，飞机会很快停下来。显然这一方案更不行，一是这样会打坏螺旋桨，而螺旋桨的碎片会像炸弹片一样飞出去伤人；二是这种措施会使飞机报废。眼看飞机就要冲出跑道了，秦桂芳机警地发现，在距跑道中心线40度左右的前方，有一道高约一米的土坡。土坡后面是一片平坦宽阔的沙土地。她急中生智，稍稍蹬舵，改变了飞机的滑行方向，让飞机向着土坡冲去。飞机冲上土坡时，她紧紧地把着驾驶盘，还稍稍地带了一下机头，不至于使飞机来个倒栽葱。飞机在秦桂芳的操纵下，蹦过土坡后，重重地墩在土坡后面的沙地上。飞机终于被她停住了，可这一墩真不轻，前舱除了秦桂芳与副驾驶还在座椅上之外，领航员、通信员和机械师全都摔了个人仰马翻。

秦桂芳顾不得查看机组人员的伤情，赶紧跑到客舱看望那14位省委书记。他们一个个都系着安全带，安安稳稳地端坐在沙发座椅上，全都安然无恙。秦桂芳一颗悬着的心总算放下了。她舒了一口气，以歉疚的口吻解释道："没想到落地时出现那么多意外情况，让各位首长受惊了，真对不起！"

14位省委书记及其他客人，没有一人脸上有不快之色，他们都面带笑容地感谢和宽慰眼前这位将他们从鬼门关拉回来的女机长。这个说："谢谢你，你处置得很好。"那个说："我们坐在飞机上，没感到有什么危险，只是墩了一下，不要紧。"

第四章　奉调进京

秦桂芳向我讲述那段往事时，颇有感慨地说："晓红，说实在的，当时是真没有空去想什么危险不危险，只知道如何想方设法使飞机停下来。可是事后一想，还真有些后怕，倒不是怕自己的小命保不住，而是为那14位省委书记害怕。要真是把他们给摔了，我岂不成了千古罪人。这是以往飞行中，唯一让我出过冷汗的一次，也是我飞得最过瘾的一次，因为这是对我的飞行技术与应变能力的一次最好的检验。我为此而骄傲！"

秦中队长的传奇故事太多了，很难一一写完。

秦桂芳在沈阳，一个夏天都没穿过衬衣，总是套着一件肥肥大大的旧军装。说心里话，她能和我们一起来东北，我们很感动。

她带飞的学员共4人，除我和韩淑琴之外，还有两名男学员，他们是从歼击机部队转过来的。我们4人经常做的一件事，就是起飞之前，先把秦教员坐的座椅调整好，免得操纵飞机时，驾驶盘顶到她肚子里的孩子。随着秦教员肚子里的孩子逐渐长大，她坐的座椅向后调到了尽头。在空中我们尽量注意动作，特别是着陆往后拉驾驶盘时，动作不能太猛，有时拉不到位，秦教员发现后，很少动手的她，会出手拉一把。

有一次着陆，我老想着一定要轻着陆，千万别影响教员肚子里的孩子。由于思想开小差，目测没掌握好，着陆时拉飘了，飞机蹦了几次后才重接地。当时我想到的不是教员给我打几分，而是她肚子里的孩子，那时她肚子里的孩子快7个

秦桂芳

月了，万一影响了孩子可咋整。一走神，又没控制好方向，眼看飞机就要偏出跑道，在这关键时候，挺着大肚子的她，压杆蹬舵，立刻把飞机纠正了过来，动作还是那么麻利，根本不像有7个多月身孕的孕妇。

当天晚上散步时，她说了一番令我终生不忘的肺腑之言，她说："晓红，你一向飞得很好，今天出现一系列差错，原因不在你，而是我肚子里的孩子。你的想法我明白，都是为了我好。可是你想过没有，由于你思想不集中，出了飞行事故，那我未出世的孩子就成罪魁祸首了。你应该了解我，我之所以来沈阳，唯一的目的就是把你们尽早带出来。不是我有意偏心，我对你和韩淑琴的关爱要多一些，因为你俩是女飞行员，是我们的接班人，'女飞'精神要靠你们发扬光大。我可以坦白地告诉你，我不是不考虑肚子里的孩子，这是我的第一个孩子，老王也很看重这个孩子，我当然要百倍呵护他（她）。但孩子与咱们的事业比起来，孰轻孰重，不用说你也清楚。万一孩子掉了，我们还很年轻，还可以再要再生，可你们的飞行时间耽误不得，流失的时间追不回来。当然，不是说离开我地球就不转了，也可以换教员带你们，但中途换教员，会影响你们的训练进度，因为教员了解学员和学员适应教员都要有一个过程，这个过程需要时间。同时我相信我自己总结出的格言：'娇贵非福，皮实非灾。'他（她）未出世就随娘顶风雨、踏云浪，将来一定比娘还皮实。"从这次谈话，我才真正接触到了秦桂芳中队长的内心世界。

1959年国庆前夕，我们顺利地完成了改装训练计划，回到了北京。1959年10月29日，秦桂芳的第一个孩子出生了，是个男孩，取名王秦岳。离她产前最后一次飞行才两个多月。

由于这件事太离奇，至今仍有人怀疑它的真实性。还有更离奇的，产前10天，她还在塔台指挥飞行。秦桂芳就是这么一个神奇的女人，神奇得令人难以置信，要不是我亲身经历，我也不信。

第五章

难忘航程

在秦中队长为我们创造的轻松愉快的气氛中，我和韩淑琴以及另外两名男学员，都比较顺利地掌握了里–2型飞机的基本驾驶技术，完成了改装训练任务。此时，西郊机场已施工完毕，我们于8月下旬回到了北京。

去沈阳时，我们学员是作为乘客坐着飞机去的，返回北京时我们是自己驾驶着飞机飞回来的。经过改装训练，我成为航空兵运输部队的一名战斗员，一名真正的女飞行员了。尽管翅膀还不硬，但是毕竟能飞了，开始了我为党、为人民在万里空疆效力报恩的征程。不仅我和韩淑琴完成了改装训练，分到专机部队的同批姐妹，绝大多数也完成了改装训练，在老同志的带领下开始执行各种飞行任务。祖国领空的各条航线上，多了一群女兵的身影，增添了一道道绚丽的彩虹。

一、雏鹰亮翅

北京天安门的天空是神圣的，除大型阅兵活动外，平时任何飞行器不得飞越。历史上有幸飞越这一禁区的飞行员屈指可数，女飞行员更是寥寥无几。

女飞行员首次飞越天安门是1952年3月8日，那天全国妇联与解放军总政治部为共和国首批女飞行员举行起飞典礼，12名女飞行员驾驶6架里–2型运输机飞越天安门广场，接受首都人民和中央领导的检阅。当她们驾机飞临天安门时，毛泽东主席走出办公室，观看了她们的飞行表演，并于3月24日在中南海颐年堂与刘少奇、周恩来等中央领导亲切接见了她们。

第五章 难忘航程

2009年新中国成立60周年的阅兵式上，空军第八批也是首批战斗机女飞行员，驾驶15架红白相间的战斗教练机，拉着5色彩烟准时飞过天安门上空，接受祖国人民的检阅。

中国女飞行员前两次飞越天安门都创造了历史。之后，何晓莉等个别女飞行员随受阅机群也曾从天安门飞过。其实，飞越天安门的女飞行员不只是见诸报端的以上两批和少数个人，我也有幸从天安门飞过。国庆十周年前一天下午4点多钟，我们大队领导通知我到领航室下达任务，我万万没想到，是让我作为副驾驶和中队长李桂森一道，执行飞越天安门的特殊任务。我以为是梦，但大队长的声音使我感受到这不是梦，而是真真切切的一次极为特殊的光荣任务，他说："今晚7点半，中央新闻电影制片厂的摄影师和一批画报社记者，要乘坐你们的飞机，到天安门上空观察地形，选择最佳摄影位置，为明天的实拍做准备。"接着他说明了任务的特殊性，提出了具体要求，布置了航线。下达完任务后，我久久平静不下来，因为这是我第一次执行任务，又是这么重要的任务，怎能不激动呢。

当晚7点半，我们机组载着近20名摄影师和记者从西郊机场起飞，按计划航线，经丰台飞向杨村机场，再转向通县机场，通场后向西直飞市区长安街，我们的前半段航线与当年首批女飞行员受阅时所飞航线相同，但到长安街后我们与首批女飞行员所飞航线就不同了。她们是从东向西直飞天安门

作者在里-2型飞机机舱门口向接机人员致意

广场。我们飞临王府井南口时没再往前飞,而是转向南,经历史博物馆东侧后再右转弯,经前门后再次右转弯,飞经人民大会堂西侧后再向西调转机头往回飞,实际就是围着天安门广场的南侧,飞了半个圆圈。

由于是绕飞,机长决定,由东向西绕飞时,我在右座,天安门及广场在我的右下方,便于观察,这时由他操纵飞机,让我观察地面。返回时则相反,由我驾驶飞机,他观察地面。这一分工,使我有了饱览天安门夜景的机会。

国庆前夕的北京夜晚,已是华灯齐放,一派节日景象。长安街似地上银河,镶嵌在灯的海洋之中;天安门广场已聚满了欢庆节日的群众,他们拉起横幅,在广场上欢歌起舞。天安门城楼的灯光,尤其是那八盏大红宫灯,分外显眼,从900米高的空中望去,好似几粒透明的红色夜明珠,闪烁着不灭的光芒。天安门城楼两侧的观礼台上摆满了鲜花,准备迎接四海嘉宾。当晚的天安门广场真是"火树银花不夜天",美极了。

首都国庆前夜之美给了我巨大的震撼,55年来,它一直珍藏在我的心底。在我的飞行生涯中,我执行过各种各样的飞行任务,有专机、有战备、有科研、有抢险救灾等,但1959年国庆前夜的这次任务留给我的印象极为特殊,令我终生难忘。

此次飞行我有幸创下两项中国女飞纪录:第一项,我是至今唯一在夜晚飞越天安门广场的女飞行员;第二项,我也是至今唯一在天安门上空滞留时间最长的女飞行员,当晚飞行了半个多小时。这是党对我的绝对信任,是最高荣耀,我为此感到骄傲和自豪。

我的首次飞行任务,受到姐妹们的"嫉妒",说我太幸运、太光荣了。其实我更羡慕几位执行周恩来总理专机的姐妹,她们第一次执行任务就见到了敬爱的周总理。

1959年11月22日早上8点整,一架机尾号为4209的伊尔-14型专

第五章 难忘航程

机，从北京西郊机场起飞，向着江南杭州飞去。驾驶这架专机的机长是专机团副团长刘发科，副驾驶是女飞行员曾月英。乘机首长是周恩来，同机的有邓颖超、彭真等。航线的前半段，天高云淡，气流平稳。但临近长江时天气变坏，云层越来越厚，到太湖上空时已是乌云密布，气团上下翻滚，时而将飞机托起，时而将飞机揿下，飞机似脱缰的野马很难驾驭。第一次执行周总理的专机任务，曾月英既兴奋又紧张，遇到这种恶劣天气时，她反而显得很平静，全部精力都用在操纵飞机上，一心只想配合机长使飞机尽量保持平稳，让总理等客人少受颠簸之苦。

曾月英在驾驶飞机

正当机组与强气流搏斗时，地面又传来了杭州机场正下大雨，能见度仅一公里左右的气象报告。降落机场是这样的天气条件，备降机场的天气也和杭州近似。而且到其他机场备降，势必影响总理行程，总理此次来杭州是为出席毛主席重要会议。机组经短暂研究后，刘副团长决定按原计划降落杭州机场。为了确保专机安全，机组再次明确分工，曾月英的任务是配合机长操纵飞机，并负责报告飞机高度，寻找跑道。在机组的密切配合下，4209飞机冲破雨帘，准时安全地降落在杭州笕桥机场。专机在停机坪停稳关车后，服务员打开驾驶舱，邓颖超在彭真的陪同下走了进来，彭真一进门便高声道："邓大姐听说有一位女飞行员驾驶飞机，急忙前来看看。邓大姐您是不是搞宗派呀！"邓颖超忙笑道："这不是搞宗派，这是新中国妇女大翻身的体现，是妇女能顶半边天能力的体现。"邓颖超说完，便紧紧握着曾月英的双手，亲切地说道："你真年轻，要好好飞，一定要干出一番事业来,证明我们新中国妇女是有能力干好任何工作的。"激动万分的曾月英忙答道:"请您放心,决不辜负党的培养,听毛主席的话,做一名蓝天女战士。"周恩来又忙与刘副团长握手致谢:"杭州今天天气很复杂,你们能安全平稳降落很不简单。你们辛苦了,谢谢同志们!"

当晚,浙江省歌舞团演出,机组应邀参加。曾月英期盼能再次见到周总理与邓大姐,结果没盼来总理,见到了邓颖超。大姐一见曾月英显得格外亲切,忙将她拉到身旁坐下。演出间隙,大姐又给小曾说了不少鼓励的话。几天后,原机组又执行了接周恩来、邓颖超等回北京的专机任务。飞机在西郊机场降落后,周恩来与邓颖超再次来到驾驶舱与机组道别。周总理与曾月英握手时特别嘱咐她好好飞,在祖国的蓝天上为中国妇女闯出一片天空。邓颖超则亲拥着曾月英道:"一定要热爱飞行事业,竭尽全力完成祖国和人民交给你们的一切任务。"

周总理和邓大姐下飞机时,曾月英一直站在客舱门口,含泪目送专车离去。虽然周恩来、邓颖超离开了西郊机场,但他们和蔼的形象、亲切的话语,永远留在了曾月英的心里,一直温暖着她、激励着她。

1960年3月4日,女飞行员汪云和女领航员许君清,执行了送周恩来去南宁的专机任务,任务完成得非常圆满,周恩来异常高兴,下飞机后与机组合影留念。这张珍贵照片,如今被陈列在航空博物馆里。

当天晚上,周恩来、邓颖超设便宴招待机组,宴席上最高档的一道菜是梅干菜扣肉。三年困难时期,这道菜别说普通百姓,就是空勤灶也难得一见。用餐时,两位姑娘显得有些拘谨,她俩见首长和男同胞都不吃肉,自然是不好意思夹肉吃。邓大姐发现大家的筷子都不往扣肉碗里伸,便笑道:"今晚是我掏腰包请同志们,大家不要客气。"周总理用筷子指着那碗扣肉说:"这是专门招待你们飞行人员的,吃吧,把肉吃光。"说完周恩来用公筷给两位姑娘夹肉吃。总理和大姐给大伙儿夹肉吃,他俩却

第五章 难忘航程

始终没舍得尝一口。席间，邓大姐问汪云："你是南方人吧？""江苏高邮人。"周恩来听她说是高邮人，忙笑着说："咱们还是老乡哩！"当许君清说自己是江苏淮安人时，周恩来更是高兴地说道："那咱们更是老乡了。"接着邓大姐对坐在两旁的姑娘又说了许多鼓励的话："过去我经常去看望第一批女航空员，最近忙一些，去得少了。你们不要辜负党和人民的期望，好好地飞，为中国妇女争光。"周恩来还问了她俩的年龄与飞行情况，希望她们早日成为部队的技术骨干。他还特别提到上个月，专机团周连珊机组夜间到山西平陆空投药品，挽救了61位中毒民工生命的事。他说："独三团是一支政治、思想、技术、作风都过硬的部队，是党和人民信得过的部队。在独三团工作是你们的光荣，但你们肩上的担子很重，责任很大。你们的工作很辛苦，谢谢你们。"

1960年3月4日，是农历二月初六，此时的北京还是天寒地冻，一片萧瑟，而南宁却风和日丽，春意盎然。汪云、许君清两位南方姑娘，由北方来到南方，沐浴在和煦的春风之中，周总理与邓大姐的关怀、鼓励更让她们倍感温暖，心花如木棉花一般怒放。不仅如此，她们还从周总理、邓大姐身上学到了许多传统美德，总理与大姐给她俩上了终身受益，永世难忘的一课。

"你们不要辜负党和人民的期望，好好地飞，为中国妇女争光。"这也是邓大姐对全体女飞行员的教诲与期盼，值得我们永远铭记。

1961年大年初二的晚上，陈大姐来到我们宿舍，进门便问："姑娘们，明天你们有啥安排？""外出玩！""准备去哪儿玩？""正商量呢，还没定下来。""一年多来，你们飞得都不错，为奖励你们，明天我请客，请你们去天安门玩咋样？"

"好，太好了！"我带头鼓掌叫好，其他人也叫好附和。第二天一大早，我和韩淑琴、俞亚琴、刘道义、张筱龙、陈大姐六人穿着便衣，乘公

从左至右陈志英、作者、俞亚琴、刘道义、张筱龙、韩淑琴

交车,来到了祖国心脏天安门广场。我们虽然都来过,但如儿女见久别的母亲一样,每次见面都会有不一样的感受,都会增加一份新的感情。这次陈大姐将我们领到天安门城楼下,近距离仰视毛主席向全世界庄严宣告中华人民共和国成立的地方。虽未登上城楼,我激动的心都快蹦出来了。

在金水桥上,放眼南望,历史博物馆、人民大会堂、人民英雄纪念碑尽收眼底。1959 年国庆前夜,我驾机从天安门飞过,空中俯瞰,这些伟大建筑在层层光环环绕下,显得绚丽夺目,一派节日气氛。而此时此刻,在和煦春光的拂拭下则显得分外庄重雄伟。1957 年我初到天安门广场时,有过很惊奇的感受。尽管当时人民英雄纪念碑尚未建成,人民大会堂和历史博物馆连设想都还没有,但天安门广场的宏大也曾令我无比惊叹。仅仅 3 年多,再览广场胜景,真是今非昔比,天安门广场变化之大、变化之快,令人咋舌。这是什么速度?这是新北京速度,一夜旧貌换新颜的社会主义发展速度。

遗憾的是,当时,我还不知道天安门与新中国女飞行员之间的历史渊源,否则我会去城楼寻找邓颖超大姐的足迹,寻觅新中国"女飞"的根。

1949 年 10 月 1 日开国大典,邓大姐站在天安门城楼上,看到人民空军的战鹰飞越天安门上空时,异常兴奋,便对全国妇联主席蔡畅大姐说:"希望有一天,有女飞行员驾机飞越天安门,新中国应培养女飞行员。"

从此，时任全国妇联副主席的邓大姐，便萌发了让新中国妇女飞天的梦想。可以说天安门城楼是新中国女飞行员的起始点，是"女飞"的根，这也是我越年老越爱北京天安门的原因。

我们6位女飞行员背靠天安门城楼，面对天安门广场，听陈大姐忆1952年"三八"飞越天安门的盛况，讲述毛主席接见她们时的情景，告诉我们毛主席"要训练成人民的飞行员，不要训练成表演员"的教诲。陈大姐春节请我们吃的是极为丰盛的精神大餐。

二、大同救灾

1960年5月9日晚8点左右，大队党支部正在召开支委扩大会。会议中间，秦桂芳奉命带着机组急匆匆地去了机场。我猜想，一定又来了紧急任务。

当晚，秦中队长几点钟回来的，我不知道，只记得除了我们刚改装的几名新飞行员之外，其他的空勤人员都连夜起飞去了大同，而且两天一夜没回过宿舍，也没进过食堂，只见他们走了又回，回来后又走，不停地在北京—大同之间往返飞行。可惜我眼瞅着他们飞来飞去而没有自己的事，干着急。

事后，我才知道。1960年5月9日下午1时45分，山西省大同煤矿发生了历史上罕见的煤尘大爆炸，数百名煤矿工人被埋在井下。党中央、国务院立即调集大批抢救人员、医务人员和物资前往大同救灾。当晚8点，正在参加大队党支部支委扩大会的秦桂芳被叫走后，大队长让她紧急起飞，连夜飞往大同。

当时的大同机场，只有一条土跑道，也没有夜航设备，晚上从没有飞机起降过。白天也只有民航的运-5型飞机在这里飞行，可是时间就是生命，为了使数百名矿工尽快脱险，市里决定打破常规，将汽车摆在跑道两侧，车头对着跑道，有飞机起降时，所有汽车同时打开车头大灯，以代替跑道灯。

谁知天不作美，当晚以及以后的几天里，大同刮起六七级大风，阵风有时超过八级，风向与跑道中心线正好是90度，属于大侧风，超过了里-2型飞机落地时正侧风不得大于8米/秒的极限。在这种条件下，飞行条令规定飞机是不允许降落的，因为飞机有被吹翻或落地后偏出跑道的危险。可是有数百名埋在井下的矿工兄弟急等抢救，有大批积聚在机场的医务人员、医疗器材、药品及其他抢救物资急等抢运。空军党委根据周总理"不惜一切代价，抢救矿工兄弟"的指示，当即做出决定，命令我们部队，发扬不怕牺牲的精神，凡能升空的飞机全部连夜紧急起飞，执行救援任务。

部队领导接到命令后，压力很大，在这种大侧风条件下，让这么多机组夜间执行紧急任务，这是自部队组建以来从未有过的事，必须慎重。虽说是不惜一切代价，但安全仍是前提。团首长经过认真研究，决定派秦桂芳机组打头阵，去大同机场试飞大侧风、短跑道情况下的夜间降落。由于情况紧急，秦桂芳机组只做了一些简短的准备就起飞了。

飞到大同后，她先在机场上空盘旋了两圈，用无线电高度表测试了机场的实际标高，对侧风的影响

秦桂芳急匆匆吃饭中

第五章　难忘航程

做出了准确判断，然后建立起落航线对准跑道准备着陆。这时她发现两侧的灯光异常，从空中望去，只见光不见灯，便问身后的领航员："你仔细瞧瞧，那是啥跑道灯？"

领航员紧贴舷窗，仔细观察那些直射跑道的光柱："我的天呀！全是汽车灯。"一听说跑道两侧全是汽车时，机组成员的心陡地提了起来，大伙儿的眼光全盯着机长秦桂芳，意思很明显："这么大的侧风，跑道两侧又是汽车，万一偏出跑道，小命还不得报销。"

秦桂芳回头扫了大伙一眼，笑道："甭制造紧张空气，我不会让你们去和汽车接吻的。"说完她一推机头，平稳地驾驶着飞机，向着由汽车灯柱织成的光网落去。她用自己创造的"上风头修正法"修正大侧风，同时用小下滑角带油门下滑，以减短飞机着陆后的滑跑距离。她驯服了大侧风，把飞机安全地降落在灯网之中。

这时候，地面顿时沸腾了，大同市长亲自来到飞机前，紧紧握着秦桂芳的手，含着热泪不停地说着："谢谢！谢谢！谢谢解放军！"在场的人们发现第一个驾机降落的竟是一位女机长的时候，一双双眼睛如同跑道两侧的汽车灯一样，瞪得圆圆的、亮亮的，满是惊诧，都愕然地站在大风之中，望着从天而降的仙女。

秦桂芳虽然着陆成功，但她心中有数，在这种大侧风条件下夜航降落，不是所有机长都能做到的，于是她给市长建议，撤走所有汽车，换上不怕风的气灯、电池灯或矿灯。她简要给市长讲了用汽车灯照明的危险性，市长表示马上照办。

秦桂芳试航之后，连夜返回北京。部队首长根据她的汇报，召开了紧急动员大会。会上，团长给所有执行任务的机组下达死命令："同志们，这是一场关系到数百名阶级兄弟生命的特殊战斗，必须像秦桂芳机组那样冲上去。"团长铿锵有力的话语，震撼着每一名飞行人员的心，鼓舞着他们向大同灾区飞去。一批又一批医务人员、医疗器械，一批又一批救援物资从全国各地抢运到了大同。秦桂芳除试航之外又和其他机组一起连续飞行了两个晚上和一个白天，共30多个小时，这期间她没睡过一个好觉，没吃过一顿热饭，全都是利用装卸物资的空隙，小憩十几分钟，啃几口干粮，喝几口水凑合。秦桂芳是女飞行员中特别能战斗的一位，有股铁姑娘的劲头，但尽管如此，执行完任务后，她也累得饭都不想吃，脸也懒得洗，一头栽倒在床上，睡了一天一夜才醒过来。

秦桂芳大姐在我的身边，总是那么平凡，她在我的心中，却总是那么高大。她那超群的胆识、丰富的飞行阅历吸引着我。大同抢救任务后的一天晚上（那时飞行员只有周六晚上可以回家过夜，其他六个晚上全都要在集体宿舍度过），我和韩淑琴把秦中队长找到我们房间，让她给我们讲飞行故事。她是个不会忸怩作假的人，于是就打开了她的话匣子：

"你们甭听别人叨叨我怎么聪明、飞得好，其实我只是爱用功用脑，爱观察。这次大同救灾，我最大的贡献不是我运送了多少救灾人员和救灾物资，而是我提出了撤掉跑道两侧的汽车，换上防风的气灯。如果不撤走汽车，那两架偏出跑道的飞机就要撞上汽车，那会是什么结果，救矿难就会变成新空难（当晚有两架飞机受大侧风影响，飞行员控制不好，飞机偏出了跑道）。要想保证飞行安全，光飞得好还不行，还要多观察，多动脑筋。只要你

作者（左）与晚年秦桂芳合影

们不偷懒，努力学习，将来一定能超过我和第一批的大姐们。"

坐在我们面前的秦中队长，一点儿都不骄傲，她真是太实在了。她永远是我最崇敬、最佩服的教员，也是我最亲密的战友和大姐。历史的车轮已飞转到新的世纪，我们女飞行员队伍也有了十来批、几百名之多，但就飞行员的素质而言，我个人认为除岳喜翠等个别后来者之外，秦桂芳大姐是最杰出的，她永远是我学习的榜样。

三、"二九"空难

有人将飞行员比作尖刀上跳舞的舞者，随时有遇险的可能。当时，我虽然只是蓝天上的一名新兵，但也见过了死神的魔影。

1961年，领导安排我们新飞行员，进行昼间复杂气象训练，抽出一架里-2、两架伊尔-14飞机组成一支游击方式的训练小分队；哪里有阴雨天气，我们就到哪里去训练。昼间简单气象改装训练中，我在秦中队长带飞下可以说是一帆风顺，没遇到技术难点，也没遇到意外险情。但是在以后的昼间复杂气象和转场训练中，幸运之神已离我而去，我遇到了一次又一次的危险，使我开始懂得"飞行是冒险者的事业"这句话的内涵。

有一次在广州白云机场飞昼间复杂气象，当天是低云伴着霏霏细雨。李秀云飞完后将飞机滑回停机坪，准备上飞机的潘隽如和我，跑到飞机舱门前等着飞机停稳后登机。可突然间，飞机又猛然向前滑动，水平尾翼将我俩打倒在地，同时飞机又在原地转起来，飞机的大尾轮朝着我的脑袋滚过来，说时迟那时快，我凭着飞行员特有的快速反应，下意识地向外面滚去，飞机尾轮从离我不到半米远的地方辗过，我的飞行图囊被压得粉碎，而我虽然全身沾满泥水却毫发无伤。站在塔台上指挥的刘发科副团长，以

潘隽如

为我和小潘被碾成肉泥了，大喊赶快抢救，可救援人员还没跑到，我们两个已经又站到了机舱门旁，全然不顾身上的泥水，还要继续飞行，高兴得刘副团长一个劲地夸我俩聪明，反应快，是当飞行员的材料。后来得知是因为李秀云的滑行动作不好，带飞教员在原地给她做示范动作，才导致这一幕险情。事后我细想起来，真是非常后怕，要不是我急速滚离飞机尾轮，那么重的飞机压到我的身上，死不了也得落个重伤残。正如刘副团长所说："这两个丫头命真大。"不仅是命大，也是造化大。在这之前不久，我们同期的女通信员王谨就在进城的路上被汽车撞成了脑震荡，导致成天头晕而被停飞。我如果因此被撞成了残废而停飞，真不知自己有没有勇气面对今后的人生。

在地面遇险不久我在空中又险些送命。为了增加航行经验和提高各种机场环境下的起降应变能力，部队组织我们年轻飞行员到边远地区转场训练。那是一次以乌鲁木齐为中心，到南疆北疆各个机场起降的大半径转场训练。那天我们从乌鲁木齐的地窝堡机场起飞，向南疆的阿克苏飞去。途中要绕过一些6000多米的高山，因为里–2型飞机的最高升限只有5000多米，所以航线设计是通过一个山口绕飞过去。我们前阶段飞得不错，检查主任钱学晟放我和韩淑琴单飞，他坐在客舱向俞亚琴传授经验。当时我和韩淑琴只顾了按仪表操纵飞机，生怕飞不好，坐在客舱的人不舒服，就没有做领航计算，而且我们的领航能力也很弱，这条航线也没飞过，所以一切就按领航员的"指挥"飞。而领航员那天正巧出了错误，他把偏流修正反了，我们的航向飞大了，不是对着山口而是对着山口右侧的山峰飞，

第五章 难忘航程

万幸的是，当天航线上的天气较好，时而云中时而能见。就在我们再飞几分钟就要与高山相撞时，飞机突然穿出了云层，一见正前方的高峰，吓得我和韩淑琴急忙压杆蹬舵减小航向往山口飞去。如果是云中飞行，机毁人亡无疑。这次差点儿粉身碎骨的教训，使我深深地认识到，一个好飞行员绝不能只会蹬舵压杆驾驶飞机，而应该是飞行行业中的多面手，像秦中队长那么优秀的飞行员都说："我骄傲是因为我飞得好，但我从不自满，因为我知道，飞行技术的提高是无止境的。"看来要学的东西实在太多了。

我虽侥幸两次与死神擦肩而过，但我们部队有10名飞行人员在空难中牺牲。

1962年，我国开始走出困境，各方面的形势都有所好转。部队的飞行训练时间随着器材和油料供应的好转而大幅度增多，基本上恢复到了正常水平。但是，就在年初，我们部队发生了一次异常严重的飞行事故。

1962年2月9日，也是大年初五，部队放完春节假刚上班的第一天，北京地区下起了罕见的大雪，古诗云"燕山雪花大如席"，这是北京大雪的真实写照。那天纷纷扬扬的飞雪，绵绵不断地向地面盖来，转瞬间，西郊机场变成了银色世界，西山恰似一条银龙，盘卧在机场的西侧，长河宛如一条玉带，镶嵌在机场的东边，跑道好似一条宽阔的银河，通向远方蒙蒙的天际。瑞雪兆丰年，年关刚过的这场大雪，必将给北京人民带来一个好的年景，给西郊机场带来的却是一场大空难。

为了提高飞行员在复杂气象条件下的飞行技术，部队领导决定抓住北方这难得的复杂天气，组织昼间和夜间复杂气象训练。当天上午向飞行人员下达飞行任务后，即开始飞行准备和机务准备。为了抓住天气，吃过午饭就开始飞行，首先是伊尔–14飞行员飞，而后是我们里–2飞行员飞。下午3点多钟才轮上我飞。真是过瘾，我驾驶着飞机迎着风雪由南向北起飞，飞机刚一离地便被白茫茫的飞雪所裹，平时清晰可见的昆明湖、万寿山、玉泉山等地标地物都从视野里消失了，飞机好似穿行在时间的隧道之中。我只能按仪表指示操纵飞机，按我们的行话就是"仪表大航线"。降落时，飞机过了近距导航台（一般离跑道头1公里左右），高度下降到50米了，才隐约看到跑道中心延长线的灯光。我们沿着灯光往前飞，并继续下降高度，40米、30米、20米，飞机飞近跑道了才看清楚跑道头上的那些橡胶轮胎黑印，那是飞机多次着陆时留下的痕迹。飞机接地了，外面的世界仍不明晰。在以往的飞行记录中我在雨天、云天、风天的气象条件下飞行不少，但像这样的大雪复杂天气还是第一次遇到。那天不只是雪大，还伴着结冰，使飞机的操纵性能变差。严重结冰将导致飞机的流线型破坏，而使飞机失去操纵，所以每飞三次仪表起落就要将飞机滑向停机坪，一方面换人，一方面给飞机敲冰，同时对飞机进行检查。飞行员没有过硬的技术是无法在这种天气条件下起降的，指挥员没有魄力和胆识也是不敢在这种气象条件下组织训练的。昼间复杂气象训练顺利结束了，我们过了一次大雪天起降的瘾。晚上还要进行夜间复杂气象训练，这是飞行员最高难度的训练课目，当时我们这些羽翼未丰的小姐妹还没有资格飞。

晚饭后，我和韩淑琴、刘道义、张筱龙没去礼堂看电影，而是在宿舍谈论当天飞行的心得体会，大家都说在这种气象条件下飞行够刺激的，而且特别眼馋那些晚上也能飞的老飞行员。陈志英、秦桂芳，还有三大队的伍竹迪等大姐都整装待发，在飞行教室做准备，等伊尔–14飞机飞完后，她们接着飞。

我们什么时候也能像她们那样成为全天候飞行员呢！正聊得起劲的时候，猛然听到"轰隆"一声巨响，震得玻璃窗哗啦哗啦直响，我们不约而同地从床上蹦起来往门外跑，然后就跟着人流往机场跑。刚跑出几步就看到万寿山后面升起了一股冲天的橘红色火柱，我们不知道发生了什么事，呆呆地望着那股火柱发愣。不知是哪位老同志说了一句："坏了！伊尔–14

第五章　难忘航程

飞机撞山了！"接着机场的各种车辆急速向营门驶去。我们正在发愣，张筱龙突然大叫一声：

"不好，小李子在飞机上。"

"不会，今晚没有她的计划。"

"吃晚饭时，她说要去观摩别人飞行。"

我本来就缩紧的心一下子揪得更紧了。小李子叫李丽真，是我们同批的领航员。正当我们惊魂未定的时候，大队干部派人把我们撵回了宿舍，并传达部队首长的命令，全体空勤人员回自己宿舍休息。我们人虽回到宿舍，心却飞到了失事现场，而最急于知道的是摔的哪架飞机？飞机上有哪些人？他们是生是死？尤其是我们的小李子究竟在不在失事的飞机上？飞机是因什么原因摔的？……我的性子急，实在憋不住，就拽着她们几个偷偷跑到了当晚飞行的二大队打探消息。刚迈进二大队女同志宿舍的门，就看到小李子正和几个姐妹抱头痛哭。当时我们部队一、二大队是装备的伊尔–14飞机，飞机和人员经常调配使用。当晚摔的飞机是一大队的，但人员两个大队都有。因为小李子刚从机场回来，就向我们讲了飞机失事的大概经过。

当晚的夜间复杂气象训练，天气比昼间稍好一些，是间歇性小雪，水平能见度有2公里左右，但这在夜间也够复杂的了。晚6点30分，第一架飞机由一大队尚登峨大队长当教员，当绿色信号弹在雪夜中升起后他由南向北准时起飞。起飞后不久，他连续三次向地面报告天气与预报相符，可以飞行。第二架3246号飞机，由一大队副大队长赵秉刚当教员，带飞二大队的年轻机长吴长渠，间隔5分钟后起飞，1米、2米、10米、50米……飞机向玉泉山和万寿山之间的山口爬升。突然，飞机的发动机发出了不寻常的吼叫，指挥室的扬声器里传出了赵副大队长急促的声音：

"鸿雁，3246右发故障！"

"加满左发油门,争取高度……"

指挥员副团长时念堂话音未落,就看到了冲天的火光,紧接着便听到了"轰隆"的巨响声。

后来才知道,3246号飞机是撞在红山口的黑山上,飞机烧成灰烬,机上十名同志全部罹难。他们都是我们部队飞行、领航、通信、机务专业的骨干和精英,也是我们朝夕相处的领导和战友,都曾经多次执行过中央首长和外宾的重要专机任务。3246号飞机失事对我们部队的打击是巨大的,损失是惨重的。我们彻夜无眠,谈论死者的生前事迹,回忆着他们的音容笑貌。这次空难使我第一次真切地感受到了飞行事业的危险性,尝到了失去身边战友的滋味,唯一感到安慰的是我们同批的女领航员李丽真死里逃生,幸免于难。

李丽真1937年8月出生于哈尔滨。她虽在北国长大,却有江南妹子的玲珑身材与细嫩的肌肤。因为她心灵手巧,领航技术高超,被大家称为"巧姑娘"。她比我晚入伍,参加过1956年的高考,并收到了哈尔滨工业大学的录取通知书,但她和我一样迷恋蓝天,毅然放弃了上大学的机会,走进了女航空员的队伍。

那天我们都飞了昼间复杂气象,晚上的夜间复杂气象没有我们的份,但一向好学的她,为了尽快掌握夜间复杂条件下的领航技术,便跟着机长吴长渠偷偷上了3246号飞机,但起飞前被赵副大队长发现,将她撵下了飞机,她才躲过了这次劫难。

李丽真确实是命大,半年前,她还遇到过一次险事。那是1961年的夏天,她和我们同批的女飞行员沈本华,在老机长胡国光的带领下,驾驶飞机到福建沿海的晋江机场接首长,当飞机到达机场上空时,因为地面通知有误,遭到了高射炮的猛烈射击,幸好飞机的各种数据与高炮部队所掌握的敌机数据大相径庭,因此才未被击中,保住了飞机和机上人员。我们

第五章　难忘航程

都说，李丽真两次大难不死，必有后福。也有人说，李丽真是福星，愿与她一个机组飞行。

虽然我们一夜未眠，但第二天一早仍是按时起床。我们知道在这种困难的时候，应该管好自己，不给领导添麻烦。正当我们自觉地打扫室内外卫生时，大队值班员吹哨集合，说要到机场扫雪，上午有专机任务。那年代，还没有现代化的扫雪设备，全靠人工用铁锹铲，笤帚扫，然后用木板推到跑道两边5米外的草地里。所以每次扫雪都特别热闹，欢声笑语、打打闹闹，不是雪球横飞就是雪埋活人。扫雪也是大家在一起玩雪、赏雪的好机会。但1962年2月10日早上的扫雪场面，却异常冷清，整个跑道上只有铁锹撞击地面的"当当"声和木板与地面摩擦的"沙沙"声，人们的心和这银色世界一样被冻结了。

按常规，部队摔飞机后，要停飞进行整顿，总结经验教训，处理后事，安抚人心，特别是昨晚摔的是我们部队当时最好的飞机伊尔-14，教员、副大队长赵秉刚是我们部队最优秀的飞行员之一，而且这次事故是部队成立以来损失最大的飞行事故，为什么不停飞，还要执行专机任务，难道不怕祸不单行？是哪位首长这么信任我们部队？后来才知道，2月9日白天，空军向我们部队下达了送总参谋长罗瑞卿到外地视察的任务。当晚发生飞行事故后，空军司令员刘亚楼和政委吴法宪即到事故现场察看，并向罗总长报告了事故情况。罗总长一面指示

李丽真

要认真总结接受教训,一面坚持按原计划坐我们部队的飞机去外地视察。第二天上飞机前,罗总长对我们部队的领导干部说:"一支经得起摔打的部队才是过得硬的部队。我相信你们,我今天、以后仍然要坐你们的飞机。"

摔飞机后,整个部队的士气非常低沉,但是罗总长专机的轰鸣声,就像一针强心剂,又将那低落的士气鼓舞了起来。经过一段时间的检查整顿,部队各项工作很快走入正轨。实践证明,我们部队确实是一支经得起摔打、不怕牺牲的飞行部队,不愧是党中央、国务院、中央军委关怀和空军党委直接领导下成长起来的飞行部队,在70多年的专机飞行任务中,从没发生过严重飞行事故,保证了专机的绝对安全。

四、河北空投

从1962年起,我由一名右座副驾驶,成长为一名能单独率领机组执行任务的机长。1962年以前,我虽然已经执行了不少飞行任务,但那都是跟着老机长飞。有时虽然是在左座正驾驶的位置操纵飞机起飞降落,但也是由老机长给把关保险,万一有什么问题由老机长处理和负责。经过了近三年的训练和锻炼,从1962年开始我被命为机长,可以和其他新机长搭配在一起带领机组外出执行任务了。我第一次当机长执行的任务,是到静海机场,协助那里的轰炸机领航员进行投弹训练。我飞的飞机是专门为这种任务而改装过的,客舱里安装了供领航员使用的雷达和瞄准目标的仪器,机腹加装了挂弹机构。我们机组成员中的另一名新机长是高永生,领航员是我们同批的女领航员张筱龙,通信员是一个年轻小伙子叫王庆彬,还有两名空勤机务人员。我们这次执行任务的时间有一个多月。因为是首

第五章 难忘航程

次单独带领机组执行飞行任务,我特别谨慎,每次飞行都兢兢业业,任务完成得很好,回部队时兄弟单位还写了表扬信。这对我们新机长来说,就算是首战告捷吧!虽然秦桂芳中队长和我开玩笑说:

"你这次任务太平淡,不过瘾。我倒希望你遇到点儿大风大浪,好好练练你的翅膀。"

按照常规,飞行员完成改装新机种的训练课目,批准为机长后,开始主要是放在一般任务中锻炼,用我们的行话讲,这叫循序渐进由简到繁。所以我们在开始当机长带领机组执行空运任务时,大多数航线距离较短,所飞机场周围地形也比较好。因此,我当机长后,没遇到过什么惊涛骇浪。虽说是不够刺激不够过瘾,但是,只要能安全圆满完成任务,只要能多飞,我们就很高兴。逐渐地,我们第二批女航空员也成了部队执行飞行任务的一支重要力量,而且肩上的担子越来越重。我们开始执行艰巨的空运任务了。

1963年8月初,山东、河南、河北三省部分地区连降暴雨,造成特大洪涝灾害。特别是河北,海河水系除北运河外都泛滥成灾。北京以南,西至保定、石家庄,南到衡水、德州一带,全是一片汪洋。成千上万的群众被洪水围困在山头、高地场院、屋顶上,有的甚至爬到树枝上栖身,还有的已被洪水冲走。灾区人民亟待救援,在这危急关头,党中央、国务院立即调集空军运输部队到灾区空投食品、药物和救生器材。

我们部队驻北京西郊机场,离灾区最近,当然是率先行动。记得1960年大同煤矿瓦斯爆炸时,我眼睁睁看着老飞行员们连续飞了两夜一天,自己是又眼馋又着急。这次我们总算排上号了。部队接到任务后迅速组织人员,拆掉了客舱的全部座椅,把客舱改成大货舱,并抽调部分地勤机务人员组成空投小组,随飞机执行空投任务:将所有的飞行、领航、通信员和空勤机械师(员)编成若干空勤机组,采取歇人不歇马的办法,轮流到灾

作者大队的飞机在抢装救灾物资

区空投救援物资。每个机组每天都要飞2至3次，4至6小时。因为受灾面积太大，空投点太多，就是这么飞，还不能保证灾民每天都能收到空投的食品和药物。一想到那些忍饥挨饿等待救济物资的灾民，我们真想24小时不吃不睡地连续飞行。

有一天我已经飞完了当天的空投计划，准备冲个澡吃晚饭，刚拿好衣服走出房门时，碰上大队文书跑来喊我：

"苗机长，大队长让你马上带领机组到机场领受任务。"

我立即召集机组向机场跑去。在机场，大队长向我们下达了再到衡水附近的07号场地空投一次食品的命令。据说那里灾民太多，有的已经两天没分到一块大饼了。我们迅速做好一切准备，装好物品起飞了。当时为了安全和便于空投，统一规定飞向空投点的所有飞机，一律保持1200米高度，返回机场的飞机一律保持900米高度。飞行时以目视地标为主，每个机组都发了大比例尺地图，以便准确地将物品空投到指定地点。可是当我爬升到500多米时，就时而进云时而能见，不能完全目视地标，这时我和领航员研究，决定用机场和走廊口导航台的背航指示保持和检查航迹。依靠这种方法，我们总算飞到了空投点上空。但我用盘旋下降的办法降低高度到100米准备空投时，总有些碎云遮住空投点，是按我们空中计算的时间将物品投下去，还是等到能看到空投点后再下命令空投？我的脑子里

第五章　难忘航程

争论起来，按照前者，没有百分之百的把握保证空投物资都能落到没水的场院里；如果要想绝对准确地把物品投到场院里，就要再次降低高度完全目视飞行。

不懂飞行的外行，不知道飞行速度

喜迎空投的群众

和高度与飞行安全的关系，他们以为飞机和汽车一样，速度越慢越安全，离地越近越保险。我们同批飞行员李秀云的父亲，每次来信都要叮嘱她，飞行时要小心，要飞慢点、飞低点。其实他们不知道，飞行高度和速度就是飞行员的生命。飞得越低、速度越慢就越危险。一是容易撞上障碍物，二是万一飞机发生故障，没有时间处置。1962年2月9日，3246号伊尔-14飞机之所以发生严重飞行事故，就是因为高度太低，发动机发生故障后，飞行员来不及采取措施而导致飞机撞山。为了将满货舱的食品和药物都投到灾民手中，我和领航主任宋腾云说，过去秦桂芳大姐在东北的大山谷中间空投时，为了找到被大雪围困的铁路工人，都敢将飞行高度下降到100米，难道我们在这大平原上空飞行，就不能再降低一点儿高度？我看他不反对，就毅然一推机头，朝着滔天洪波飞去。我是铁了心，不看清目标决不按空投铃。我把高度下降到90米至80米时，完全摆脱了云层的遮掩，就在这个高度上盘旋了几圈，终于看清了空投点。当飞机超低空飞过目标上空时，我用力地揿响了空投铃，将救灾物资准确地投向场院内。由于飞机装载的物资很多，必须分批空投。

事后，听后舱空投员讲，当我们每次通过场院上空时，都会看到灾民们那欢呼雀跃的场面，有的群众还挥动着衣服，向我们振臂高呼，虽然听不清他（她）们喊些什么，但可想而知，他们是在高声呼喊"毛主席万岁""共产党万岁""解放军万岁"等。可惜，当时我无暇鸟瞰翼下那激动人心的场面，因为我一点儿都不敢分心，全神贯注保持好飞行，因高度只有80米，稍有差池，后果很难想象。

完成空投任务后，我迅速爬升到规定高度，向北京返航。谁知恰在此时，西山那边却过来大片浓积云。宋腾云主任提醒我，现在咱们必须争取时间，赶在雷雨到来之前降落。刚才空投时我是尽量降低高度和速度，现在我则加大油门用最大速度往回飞。当我们刚刚在西郊机场落地，还没有滑回停机坪时，大雨就倾盆而泻。这时，我望着舷窗上那唰唰的水流，长长地吐了口气。我没有后怕，更没有遗憾，因为我已经完成了任务。我感到自己所从事的工作是那么光荣，那么有意义。这是我直接回报人民的一次飞行，很有价值。

在救灾空投中，我们女飞行员都遇到过不少困难，甚至险情。其中伍竹迪大姐的经历最惊险。有一次返航途中，飞机飞临良乡南侧上空时，突遇倾盆大雨，飞机被雨柱所裹，机舱里顿时暗了下来，正当她紧握驾驶盘与风雨搏斗时，先是发动机汽缸头温度表急剧下降，紧接着双发停车，失去动力的飞机猛往下沉，高度迅速下降。生死瞬间，伍竹迪不惊不慌，她立即采取加大变矩、关上鱼鳞片等紧急措施，并迅速重新启动发动机，轰然一下，发动机再次启动了。伍竹迪又将飞机拉起，进入正常航线。在复杂气象条件下，双发停车不摔飞机，算得上一个奇迹，也只有像伍竹迪这样飞行技术过硬、头脑反应敏捷、心理素质超常的飞行员才能做到。如时间上稍有耽误，动作上稍有失误，飞机准摔无疑，航空史上类似的空难不少。

第五章　难忘航程

所有参加救灾的女飞行员，都和伍竹迪一样，顶风冒雨，穿云破雾，克服重重困难，安全圆满地完成了空投任务。在第一批女飞行员的历史中，这是唯一一次大机群救灾活动，也是一次集体建功的难忘飞行。

参加这次大空投的还有兄弟部队的我们同期姐妹，在空中我经常从耳机中听到她们熟悉的声音，她们在这次空投中的表现也很出色，其中本书前面提到的孤女诸惠芬尤为突出，她还在天地间留下了一段人间佳话。

有一次她率机组给顿坊店、上乐村、后河村的灾民空投粮食。顿坊店、上乐村的空投任务完成得都很顺利，可后河村找不到。后河村很小，大比例尺地图上没有标明，只有一个大体方位。她在预定目标上空盘旋了两圈，翼下只有滔滔洪水，不见后河村，当时已近黄昏，天渐渐暗下来，仍看不到空投点。我多次参加空投，执行空投任务的飞行员有三怕，一怕大面积雷雨云封锁航道，二怕找不到空投点，三怕云低看不清空投点。我理解当时诸惠芬的焦急心情。怎么办？返航？尝够了挨饿滋味的她，决不忍心让受灾群众因得不到食品而挨饿。找！只要后河村在地球上存在，就一定要找到它。她再次降低高度，扩大搜索范围。当她们发现一排露出的电线杆子后，便顺着电线杆子飞，终于找到只剩一个土丘的后河村，看到飞机的村民拼命挥舞衣服，还有人挥着红旗。找到目标后诸惠芬和机组人员比灾民还兴奋。她从日记本上撕下一页，让机械师塞进一包大饼袋子里。上面是她起

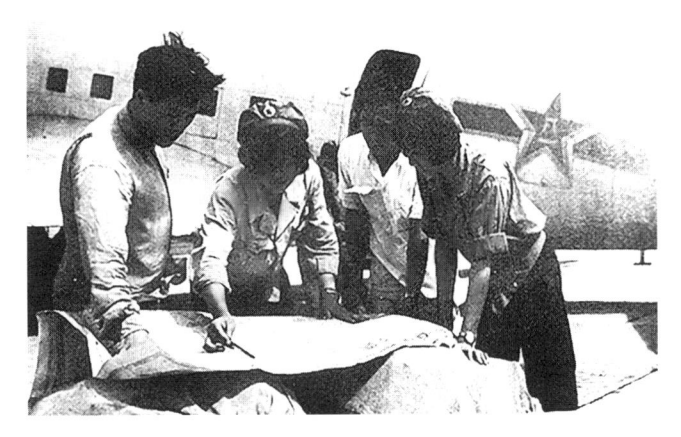

空投前诸惠芬（左二）在地图上标明空投点

飞前写在日记本上的："亲爱的社员同志们，当我们听到你们遭洪水包围后，心里有说不出的难过，恨不得立刻飞到你们身边。党和毛主席关怀你们，派我们送粮食来了。"这张字条落到了后河村社员孙白仙手里，他写了回信："我活了84岁，经历很多，只有共产党、毛主席爱护咱们老百姓。1943年，后河遭了大水，反动政府不顾人民死活，照样派款要税，逼迫俺逃荒要饭，卖儿卖女。如今发了大水，毛主席领导我们抗洪救灾，还派出飞机给咱们送衣送粮，俺要告诉后代，永远不忘共产党和毛主席的恩情。"

这次河北大空投，不仅提高了我们女飞行员的飞行技术，丰富了航行经验，锤炼了连续作战的作风，更重要的是将党中央、毛主席对广大灾民的关怀、温暖，及时地送到了灾民手中，保护了他们的生命安全，极大地增进了灾区人民对共产党、毛主席的拥护、爱戴，同时使军民鱼水情更浓、更深。

第六章

/

情感天地

歌德说得好，青年男人谁个不善钟情？妙龄女人谁个不善怀春？女孩子到了一定年龄，没有不思春的，我们女飞行员也不例外。1962年春刘亚楼司令员解除我们5年不许恋爱的禁令后，找对象就成了我们常谈的话题。那时候我们已二十四五岁了，所以除了紧张的飞行，恋爱觅婿提上了我们的议事日程。

一、图书为媒

说不清从什么时候开始，一个湖南娃子慢慢闯进了我的感情世界。他叫何孝明，1956年入伍，入伍后被分配到成都十三航校学习无线电专业。1957年航校毕业后被分到西郊机场当地勤无线电员。1959年我们到部队时，他还是个士兵，上士军衔，正代表空军直属部队参加1959年的空军文艺会演，因此我们虽然是在一个大队，但直到1960年6月才比较熟悉，那时他已被提为无线电师，是少尉军官。

每次飞行前，飞机都要由地勤机务人员做好各种准备，然后由飞行人员检查合格后，才能起飞。所以我和孝明常在机场见面，不过也仅仅是认识而已。后来我们俩被选为大队的墙报委员，共同负责大队的墙报工作，编辑抄稿是我的事，画报头和插图则全是他的活，这样我们就逐渐熟悉起来。特别是当我知道他是个嗜书如命

佩戴上士军衔的何孝明

的藏书狂时，心中不由自主地对他升起了几分敬意。一个刚被提为少尉军官的排级干部，竟有满满三大箱藏书，不仅有中外文学名著，还有大量哲学、政治经济学等一类政治书籍。当我好奇地问他，藏这么多书要干什么时，他只是笑笑说："我从小就喜欢看书，我姨父家有不少古书，我常去他家看书，养成了看书的习惯。"

为确保飞行员的身体健康，空军有关条令明文规定，飞行员每年去疗养院疗养一个月。从1959年航校毕业被分配到飞行部队开始，到1988年停飞为止，除因工作忙没有疗养外，大多数年份我都去疗养。追忆20多次的疗养，最使我难忘的是1961年夏天的青岛疗养和1962年秋末的杭州疗养。

我喜欢看书，是个小说迷，受高中班主任的影响，尤其酷爱俄罗斯、苏联作家的小说，每次外出疗养，都要带上一大批他们写的小说。1961年夏天去青岛疗养前，找何孝明借几本书看，没想到他竟一本正经地说：

"我的书是从不外借的。"

我一下窘住了，刚要转身离去，他又急忙说了另一句话：

"不过，对你例外，书箱的钥匙就在这里，你随便挑。"

因为我当时对他一点儿"邪念"都没有，所以只认为他知道我也是个真正的爱书人，才给我这份优惠，并没再往深处想他的"醉翁之意"，拿了钥匙就跑到机务中队储藏室找书去了。当我打开书箱一看，真被镇住了。他的藏书不仅多，而且分门别类整理得有条有序，几乎所有的书都用牛皮纸包了书皮，保护得非常好，怪不得他不轻易借书给人，他是一个真正爱书如命的人。我不再认为他是吝啬，而是因为他太爱书了。我挑了几本苏联小说，把书箱锁好，将钥匙还给他后，回到宿舍也没来得及翻看，就放进了我的旅行箱。等我到疗养院打开书本细读时，才发现他在很多书页的眉额上，写有读到此处的心得与批语。他的字写得张牙舞爪，顶多够个初中生水平，但是语句精练，层次清楚，说理透彻，见解独到，颇似大家手笔，有些想法还挺怪，让人忍俊不禁。有一段话我至今还记得它的意思。小说中描写一个男人，失恋后失魂落魄，甚至想轻生。他在批语中狠狠地骂了那位失恋者，说他没出息。有一句话多年后我仍记忆犹新，他写道：

"如果我被我爱的女人抛弃，我决不会向她乞求爱情，更不会消沉颓丧，我会加倍努力去完善自己，开创我的事业，让她后悔一辈子，因眼瞎失去了我这样的男子汉。"

这句话深深地震撼了我，从此他在我心中有了一席之地。不仅仅是常向他借书，还利用出差的机会四处为他买书。记得为了帮他买一本李清照的《漱玉集注》，我几乎跑遍了全国各地的书店，那种劲头不亚于给自己买急需品，最终在青岛的一家新华书店买到了这本书。为买它，我差点儿误了飞行。为了报答我，他把自己书箱的钥匙给了我一套，让我看书就自己拿。我当时只图看书方便，未加任何思考就愉快地接受了这份特权。结婚后我发现，他在《漱玉集注》的扉页上，写有"千里购书，路长情长"八个钢笔字。这次疗养开启了我的爱情故事，收获了一生的幸福。

穿地勤工作服的何孝明（右）与战友在停机坪小憩

虽说是专机部队，硬件环境却一点儿也不好，特别是家属宿舍奇缺，所谓的家属区只有两排小平房，十多套两居室的宿舍都让大队长以上领导干部住了，大队长以下干部结婚

第六章　情感天地

后没营房可分配，只有租四季青农民的房子住。随着到结婚年龄的干部，特别是空勤干部的增多，机场周围已无房可租，为解决干部婚后的住房问题，给他们提供一个能过夫妻生活的窝，1962年团领导决定盖家属宿舍，木瓦工由营房股的技师和职工担任，小工由各单位派公差。

机缘巧合，大队派我和何孝明去盖房工地劳动。我俩的任务就是运城墙砖，没有推车，只能用筐抬，一次装三块砖。干活时，他总是把系筐的绳子往后拉，以减轻我的负担；搬砖时，总不让我插手，自个儿单干。总之重活、脏活全由他垄断了，我有时也和他争，但总也争不过他，因为他的理由很充分，嫌我碍事，越帮越忙。

7月的北京，白天的气温已经很高，在太阳底下干重活，何孝明没少出汗。下午大休息时，我将军用小水壶递给他，让他补充些糖水，我壶里灌的是空勤灶的糖茶水。他接过水壶，但既没有碗也没有杯，怎么喝？我看出了他的难处，便笑道："嗨，哪来的那么多讲究，你就用嘴对着壶口喝吧。"我这么一表白，他真就用嘴对着壶口喝开了。

工地码砖与用砖的地方，相隔500米左右，我俩抬砖时，由于负重，说话不方便，很少交谈，可往回走的路上，因肩上没有了压力，便边走边聊。

"机长，男大当婚，女大当嫁，你也该找婆家了，有没有目标？"

我没有正面回答："急啥，等飞完四种气象以后再说吧！我虽然长相困难点儿，但还是能嫁出去的，这点自信我还是有的。"

"别逗啦，你的长相还困难呀，谁不夸你是名副其实的一片朝霞，又红艳又温暖。"

"谁夸过？我怎么没听见，是你瞎编的吧！"

"向毛主席保证，我没骗你，据我所知，光我们大队就有好几位对你垂涎三尺，在打你的主意，你可别挑花了眼哟！"

"我看你们男同志应该好好学习《反对自由主义》，别传播这些无聊

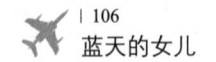

的马路消息。你又不是不了解我,你说的这些人中,有我中意的吗?"

"那倒也是,要挑一位配得上你的还真没有。"

"别扯这些了,我们还是谈点儿旁的吧。你最近又买了什么新书?"

书是我俩聊不完的话题,接下来的几天,我俩的谈话就没离开过书。虽然两人都喜欢中外名著,但侧重点不同,我更喜欢苏联和俄罗斯作家写的小说,尤其喜欢《钢铁是怎样炼成的》《一个女领航员的笔记》《普通一兵》《卓娅与舒拉的故事》《真正的人》。也喜欢托尔斯泰的《战争与和平》《安娜·卡列尼娜》和《复活》等。何孝明则兴趣广泛,只要是名著,不管是中国的还是外国的,也不管是古代的还是现代的,他都买、都看,他是博览群书,广泛涉猎,他读书没有什么明确的目的,就是喜欢,有瘾。我们谈书的作者,写作背景,书中的故事和人物。有时会因观点不同发生争执,甚至争得面红耳赤。

常言说得好,男女搭配,干活不累。本来是又脏又累的重苦力活,但有何孝明做伴,我不仅没感到苦,反倒觉得有些诗情画意,挺浪漫的。脸虽晒黑了一些,肩上也磨掉了一层皮,但心中很愉悦,四肢也更结实了,最重要的是我与他的心更近了。播下的是汗水,收获的是甜蜜。刚开始是担心这一个月难熬,没想到转瞬间就过去了。

同年秋末我去杭州疗养,出发前,我又向他借书。他问我这次去哪里疗养?我说去杭州。他便给我推荐两本书,一本是上海中华书局出版的《说岳全

我家传递过爱情的两本藏书

第六章 情感天地

传》，另一本是人民文学出版社出版的《警世通言》。因为古文基础比较差，我不大看古典小说，不想带。他说这次你听我的，带上它你决不会后悔。

当时我不明白他的用意，到疗养院后的前些日子，每天我不是到苏堤漫步、柳浪闻莺、花港观鱼，就是到岳坟凭吊、平湖赏月、南屏听钟。西湖美景使我乐在其中，流连忘返，好多天没动书本，

作者杭州疗养时到花港观鱼

十多天后才安下心来看书，首先看的是《警世通言》，当我看完第二十八回"白娘子永镇雷峰塔"时才恍然大悟，才明白何孝明让我带此书的用意。第二天我特意又去了断桥，伫立桥头，举目望去，仿佛有只小船载着许仙、白娘子和小青在烟波细雨中缓缓移动。此时的断桥西湖在我心中变活了，触景生情，我心中也荡起了爱情的涟漪，突然想到了荐书人，难道他推荐此书还另有用意？同一个人，同一处景，只因看了一本书，其观感竟有如此大的变化。

《说岳全传》虽不是正史，是小说，但我看后岳飞的形象在我心中更加高大明晰，再游岳王庙时，不再只看它的外貌，而是懂得了它的内涵。不过就因为这本书，引发了我与何孝明之间的又一场口水战。起因是他在《说岳全传》第350页的眉额上写有这样一句话："岳飞愚忠，害己误国。"看后我不认同，我认为他是在贬低民族英雄岳飞，回京还书时便与他争辩，责问他那句话是何意？他说岳飞如果当时听岳雷、张宪的"打出去"，捉拿奸贼，号令天下，率兵抗金，中国的历史将重写。我说他这是用今人的眼光看待历史，不懂历史唯物主义。争论的结果是他没说服我，我也没说服他。不过争论不仅没使两人反目，相反我成了他私人"图书

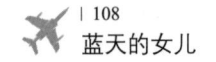

馆"的常客。

1963年的大年初三,我到何孝明宿舍找他换书,正碰上他在看书,我们两个就聊了起来,记不清是什么问题,把我们引到了爱情的话题上,他借题发挥,大胆地向我吐露了爱慕之情。他这个人平时规规矩矩的,那天却像吃了豹子胆似的,还没等我说话,就紧紧地拥抱住我,并且在我的腮上亲了一口,我虽然没有一点儿思想准备,但又挣脱不了他的束缚,我被他那火一样炙热的情感所融化,成了一头地地道道被征服的羔羊。良久过后,我挣脱他的拥抱,正色道:"你要和我好,必须答应我一个条件。""甭说一个,一千个、一万个我都答应,你说啥条件?"

"不管今后遇到啥问题,都不能拖我飞行的后腿。"

"没问题,保证一辈子都支持你的飞行事业。我也有一个要求,结婚后,你管钱,但不能限制我买书的自由,克扣书费。"说完,我俩又拥在了一起,抱得更紧了。

我们没有花前月下,没有罗曼蒂克,我们的爱情来得那么自然,又那么猛烈,就如同火山爆发一样。这也许就是军人的爱情吧!世界上的事情就是那么巧,正当我们沉醉在爱河之中,和他住同屋的一位姓邢的特设师突然推门而入。孝明赶忙放开了我,正当我羞得满脸通红无地自容时,老邢却笑嘻嘻地打趣说:"小何,你真能保密,连我这个入党介绍人都蒙在鼓里。今天我是特地跑来给你介绍对象的,没想到你们躲到这里编起队来了。好!我衷心地祝贺你们,愿你俩空勤地勤、天上地下永结连理!"

凡人布衣许仙借伞给白素贞,娶回了"女仙"白娘子;地勤干部何孝明借书给苗晓红,娶回了"女飞"苗娘子。许仙与白素贞唱的是"伞为媒",我与孝明唱的是"书为媒"。他俩的爱情故事流传千古,我俩的爱情故事虽不如他俩的经典传奇,但也算得上一段爱情佳话,也是回味无穷。

第六章　情感天地

从那以后，我和他由书友升级为恋爱对象。消息传开以后，很多人不解地问我："不少飞行员找你，你不答应，为什么偏偏找一个军衔级别都比你低，工作又累又脏，相貌也很平常的地勤干部？"就连我们蓝天姐妹中，也有半数人不赞成。当他发表了不少著作、学术文章和文学作品，并由一名战士成为一名空军最高学府的技术4级教授后，很多人又说："苗晓红是最有眼光的女飞行员，买了一个潜力股。"其实我也没有预测未来的特异功能，只不过由于我自己比较爱知识、爱学习，所以择偶的首要条件，也必须是个爱知识、爱学习的人，其他的什么级别、地位、金钱以及长相等，我是不大计较的。

8月的河北空投，何孝明没有参加上，因为他7月回湖南老家休假了。他到家后来过两次信，我却一个字未回。开始是有别的飞行任务出差，进入8月，我的全部精力都投入救灾飞行中。说实在的，那阵子连想都没想过他，直到空投任务结束后，我才想起了他。到机务中队一问，才知道他尚未归队。仔细一算，他肯定是因为京广、京沪铁路中断被困在归途中哪个地方了，这时才为他着急起来。因为他没有带过多的钱，被困在哪里都需要食宿费，他怎么应付呢？从相识到登上恋爱的台阶，我这才知道牵挂他的滋味，用"所谓伊人，在水一方"来形容我当时的心情是再准确不过了。一想到他被羁绊在漫漫的旅途之中，我是又急又气，急的是他盘缠不多，怎么回北京？气的是又不是个死人，为何不来个电报（那时候长途电话还不普及），难道连打电报的钱都没有了？我心里着急生气，又不敢表露出来，怕别人笑话，连同屋的姐妹们我也不让她们察觉。我就是这么个外表柔顺内心倔强的人。这种暗自牵肠挂肚的日子比起前一段救灾时的劳累来，有着别样的感受。这时我才真正品尝到了"不曾远别离，安知慕情侣"两句诗的滋味。直到8月底，他才回到了部队。人是又瘦又黑，好在仍很精神。

何孝明跃过 1.72 米获师运动会跳高冠军

何孝明 1.78 米的个头，肩宽背厚，全身肌肉发达，一看便知他是个爱运动的人。在我们部队的运动场上，他是"星级"人物，是部队篮球队的主力前锋，也是跳高项目的纪录保持者。另外还是冰场和游泳池的活跃分子。他那高高隆起的胸肌就是在沅江水里练出来的。我学会游泳也有他的一份教诲之功。我们俩就是在书海之中，在碧波荡漾的池水之中，泛出爱情涟漪的。他回来的当天晚上，我们相约来到游泳池，我俩一面游一面聊。确切地说，我是一面游一面听，他是一面游一面侃。因为他各种泳姿都会，便选择最省力的泳姿，边游边说毫不费劲。他当天在水中给我讲的那些故事，我至今仍记得清清楚楚。他说："你看过《隋唐传》吗？"我摇了摇头。

"那里面讲了一段你们山东济南府历城里的大英雄秦琼落难的故事。话说秦琼因公出差到山西潞州，因病被困在王家老店内。因无钱偿还住店费用，被逼当锏卖马。我这次因火车不通，被困在你们济南，盘缠花光身无分文时，只得忍痛割爱，跑到旧书店卖掉了我在长沙刚买的一套精装《鲁迅日记》。原价 5.5 元，打八折，书店给了我 4.4 元。我就靠这点儿钱渡过重重难关，回到了你的身边。"

"书不是你的命吗？你怎么舍得卖？"

"唉！秦琼落难时，连祖传的双锏和相依为命的马都可以当、可以卖，我也只有含泪卖书了。"

"那你为什么不把我给你的那块表卖掉（他的薪金多数用于买书了，

第六章 情感天地

没买手表。我怕他上下火车没准头,就把自己的手表给了他)?"

"我虽爱书如命,但卖掉后还能买回来。你给我的表可比命更宝贵,我怎么舍得卖。"

我听出他是在表现自己,没再理他,当然心里还是美滋滋的。

这次离别与重逢,在我生活的海洋中,只是一朵小小的浪花,然而它在我的记忆里占有重要的地位,这大概是我们相爱后第一次离别的缘故吧!

二、言传身教

1963年秋天,我们部队扩编,由一个西郊机场扩大为两个机场,即"兼并"了昌平沙河机场。部队编制由独立团扩大为航空兵运输师。国庆节前夕,我和孝明都搬到了沙河机场,虽仍在一个团,但他和李秀云、俞亚琴、刘道义被分在二大队,我和伍竹迪、何月娟以及同批的王幕尧被分在三大队。伍竹迪大姐是我们大队的副大队长,她也是第一批女飞行员中的佼佼者。她与秦桂芳不仅是同乡,还是同一个学校一起参军当上女飞行员的。她们俩一生的命运经历也基本相同,人称她俩是花城的两朵奇葩,祖国星空里的两颗明星。在第一批女飞行员中,飞行年限最长的是武秀梅,她在祖国的蓝天里辛勤耕耘了整整35个春秋,直到她50多岁时,才从部队副参谋长的岗位上停飞。走上领导岗位,当飞行指挥员最早,在姐妹中威信最高,影响力最大的是号称"大旗"的陈志英大姐。作风最泼辣、飞行技术

伍竹迪大姐

最过硬、执行艰巨任务最多的要数秦桂芳了。而飞得又好，教学成果又突出的则要数伍竹迪。

伍竹迪的事迹曾多次见诸报刊，苏联《真理报》记者曾撰文写道："伍竹迪，好样的！"《人民画报》海外版，刊登过伍竹迪飞行时的一组照片，在国际上影响颇大。伍竹迪是我钦慕已久的女飞行员。在西郊机场时，我们就经常见面，也有过接触。但那时，她和第一批的黄碧云、武秀梅以及第二批的潘隽如、李秀云同在三大队，我们是五大队，所以，彼此之间没有深交。不过有关她的一些令男子汉汗颜的飞行事迹，我早有耳闻。其中给我印象最深、影响最大的是她生小孩后第一次执行飞行任务。

以往的飞行实践已经证明，女人不仅能上天，而且上天后还能飞得很好。但女人与男人终究有不同之处，女人结婚后要生小孩坐月子，这无疑要影响身体，影响飞行。妇女生孩子后能不能飞？这是很多男人也是我们女人头脑中的一个大问号。伍竹迪大姐用她的亲身经历回答了这个问题：中国女飞行员生过孩子后，不仅能飞，而且飞得很精彩。

伍大姐是新中国女飞行员中的第一位母亲。她产后的第一次飞行是1959年元旦午夜的紧急起飞。1958年12月30日晚上，大队全体人员欢聚在一起开晚会，正在欢声笑语地热闹着时，大队接到了紧急任务：内蒙古乌兰浩特钢铁厂锅炉爆炸，急需焊接的氧气，领导命令伍竹迪和秦桂芳两个机组紧急起飞，先到包头机场装上氧气，然后再飞向乌兰浩特，要求必须在24小时内把氧气送到。伍竹迪接到任务后，迅即率领机组做好一切准备，零点刚过，她就驾驶飞机撕裂夜幕，向包头机场飞去。里–2型飞机不像现在的喷气式超音速、亚音速飞机那么快，其平均时速仅为200多公里/小时。在包头机场装完氧气已经是元旦的下午了，她们立即起飞，径直向乌兰浩特疾进。乌兰浩特是塞外草原的一座小城，机场是日本帝国主义侵占我东北三省后修建的，只有一条又短又窄的土跑道，也没有导航

第六章　情感天地

设备。当天气流紊乱，产后第一次执行任务的伍竹迪双手紧紧地握着驾驶盘，与上掀下抛的气流搏斗着，本来就爱出汗的她，由于产后体质虚弱，也由于长时间连续飞行过于疲劳，内衣都被汗水湿透了。傍晚她终于驾驶着飞机到达乌兰浩特机场上空。这里机场条件虽然很差，但对胆大心细技术高超的秦桂芳来说，不过是小菜一碟，她非常轻松地将飞机降落在短短的跑道上。紧跟其后的伍竹迪也不示弱，同样将飞机平稳地降落在跑道上。当她滑出跑道把飞机停稳走出机舱时，拥上来一群欢迎的人群。突然一个青年工人，激动地从背后抱住了她，正准备诉说感激之情时，他从她的飞行帽下看到了几绺飘动着的黑发，他愣了一下，迅速松开了双手："啊，是女飞行员！"他回过头冲着人群大喊："同志们，快来呀，给咱们送氧气的是女飞行员！"

这时一向大大咧咧的秦桂芳也因被人群簇拥着而涨红了脸。这两位蓝天姐妹被工人们围得水泄不通，感激、崇敬还有羡慕和惊讶的目光一齐射向她俩滚烫的脸庞。可是谁会想到，已经连续飞行8个多小时，外场工作近20小时的伍竹迪，是位刚刚休完产假的母亲。

她们谢绝了乌兰浩特机场和钢铁厂领导同志的一再挽留，放下氧气又连夜飞回北京。

1959年的元旦，对伍竹迪来说是个永远难忘的日子，这不仅是因为她在这个节日里连续工作24小时和飞行10多个小时，更使她难忘的是，这

新中國給婦女開闢了一條無限寬廣的爲祖國服務的道路！
伍竹迪飒爽英姿的形象曾被制作成宣传画全国发行

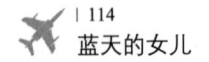

是她产后的第一次飞行。

我作为新中国第二批女飞行员，非常荣幸地接触了第一批老大姐中三位最杰出的女性，即陈志英大姐、秦桂芳大姐、伍竹迪大姐。我与陈志英、秦桂芳两位大姐的故事前面讲得不少了，而我与伍竹迪大姐的故事刚刚开始。

伍竹迪是个胆大心细的优秀飞行员，技术上与秦桂芳难分伯仲，但因为过去与她接触得太少，对她的身世、性格、爱好、内心世界还知之甚少。现在领导把我们俩分在一个大队，真是天遂人愿，给了我了解她的极好机会。也正是在以后朝夕相处的日子里，我才慢慢看到了光环后面的她，也从她那里得到了无微不至的关怀、教导和帮助，她对我的影响不亚于陈志英、秦桂芳两位大姐。

1964年，全军掀起了轰轰烈烈的练兵热潮，全军开展大比武，人人争当技术尖子。空军为适应形势发展，缩短飞行员到部队后的改装训练期限，决定搞一期运输机飞行员两年飞完四种气象的学制改革。这个任务就交给了我所在的大队，所以我们三大队又名试验大队。

有一天，伍副大队长叫我参加教学研究会，会上她讲了很多接收新飞行员的准备工作，在飞行教员的名单里，我听到了我的名字。虽然任命我当飞行教员已经一年多了，但过去只是对一些间断飞行时间长的飞行员进行过检查带飞，对航校来的改装新机种的飞行员可从来没带飞过，而且这次是试验两年一贯制，一口气飞完四种气象，我能行吗？心里没有一点儿底。平时爱发言的我，在那个会上却一言未发，心里总是嘀咕着我行不行的事。伍副大队长从我的眼神和表情里猜透了我的心思，开始了她对我的"言传"。

她把我叫到她的房间，先是笑嘻嘻地说："晓红，现在全军搞大比武，推广郭兴福教学法，你这次是不是也当个郭兴福式的飞行教员，给咱

第六章 情感天地

们女飞行员争争光？"

"你别开玩笑了，我一点儿信心都没有。"

"我早看出来了，所以才找你来谈谈。"

"我就像何月娟大姐那样，当机长带领机组执行任务，还是别当教员了，我不会带飞。"

她有点儿生气地说："那怎么行，让你当教员是领导集体研究决定的，是对你的信任和培养，怎么能由着你的想法变。这是上级交给我们的既艰巨又光荣的任务。在培养学员的过程中每个教员也将能提高技术和教学能力。你应该珍惜这次难得的机遇，怎么想打退堂鼓？"

"我也想锻炼提高自己，可又有点儿怕。"

"晓红，咱们都是女飞行员，应该说很多事都有同感。从我们飞上蓝天的那一刻起，我就深深地体会到，阻挡我们飞行的障碍有很多，但最根本的障碍其实是我们自己。如果不能战胜自卑就无法战胜飞行中遇到的种种困难。决不能首先认为自己不行，不如男同志，不如别人，必须肯定我行！秦桂芳飞得好就是因为她非常自信，我也是个非常自信的人。不管是比我官大的、比我年长的、比我资格老的，我都带过了。

"记得我第一次当教员时，有的男学员小瞧我，提出要换教学组，要让男教员带飞。我知道后不但不气馁，相反下决心要用自己的技术和能力征服他们，我有这个自信，我做到了。最后那些小瞧我的男学

准备飞行的伍竹迪

员都以优异的成绩结束了改装训练。

"临别时，他们都坦率地说出了心里话：伍教员，开始我们不愿意让你这位女教员带飞，是大男子主义作怪。是你用超强的技术、丰富的经验、泼辣的作风，以及女性特有的温馨征服了我们、教育了我们。

"很多我带飞出来的男飞行学员，已经成为部队的骨干，走上了领导岗位，有的成了我的顶头上司。我们大队的大队长高玉成、副大队长王全奎都是我带出来的学员。"

伍副大队长看我那听得入迷的样子，就接着说："晓红，你别怕，我这次一方面协助高大队长搞组织指挥，一方面自己也要带一个教学组，我自己还给自己加了一个任务，就是要帮助你带好学员，把你培养成我们部队的郭兴福式的飞行教员。"

伍大姐不仅"言传"，更注重"身教"，在训练过程中，处处做表率，事事做好样子。一次教学交流会，使我彻底明白了，伍大姐常讲的"自信"的真正含义。

改装飞行中，高大队长经常召集我们教员开会，了解情况，交流经验。在一次交流会上，王副大队长提出，要淘汰他带飞的学员杜乐安。

他说："杜乐安不具备飞行员的素质，飞行员要'胆大心细'，他正好相反，他是'胆小心粗'。别浪费国家的航油和航材了，他飞不出来，让他尽早停飞吧。"

王副大队长的话使大家感到意外，没人表态。高大队长瞅了瞅伍大姐，意思是想听她的意见。伍大姐明白他眼神的含义，便第一个表态："我们都是飞行员，都清楚停飞意味着什么。我的意见是不要轻易让小杜停飞。"

"我对他是没辙了，要不伍副大队长你带他试试。如果你也带不出来，再让他停飞。"王副大队长说的不是气话，伍大姐曾是他的带飞教

第六章 情感天地

员,他深知她的教学能力。

高大队长一贯尊重伍大姐,便征求她的意见:"您看这样行吗?""行!我自信能将小杜带出来。"伍大姐回答得非常干脆,底气十足。我知道,她之所以这么自信,是因为她手里有"金刚钻"。

伍副大队长(右一)带领学员登机

伍副大队长说到做到。首先让杜乐安放心,给他卸包袱树信心,并向他保证自己有信心把他带出来。因为有了感情上的交流,消除了杜乐安飞行时的紧张情绪,伍副大队长又在他的操纵动作上找到了症结,并对症下药,很快他就跟上了进度。最后杜乐安不仅顺利地完成了改装训练,而且在以后改飞其他新机型时,再没遇到大难关,还被评为特级飞行员。

伍竹迪就是这样,越是带飞接受能力偏低的飞行员,她就越能动脑子想办法带好他。她常说自己很喜欢当教员,那些经她带飞的飞行员的飞行业绩,就是对她最好的回报,她为自己培养的学员遍布运输机部队深感欣慰和自豪。

在伍副大队长的"言传身教"下,我勇敢地承担起了当飞行教员的任务。在教学中,我处处以伍大姐为榜样,首先对他们每个人,从家庭到个性等方面都做了全面了解,特别是对他们在航校时的飞行情况,做到了如指掌。因为他们在航校已经飞了高级教练机苏制杜-2,现在改装运输机里-2,不会太困难,关键是要让他们摆脱杜-2飞机的操纵习惯,适应里-2飞机的特点。为了讲出这两种飞机的相同点和不同点,我翻阅了杜-2和里-2飞机的所有性能资料。为了让学员能充分发挥自身的潜力,在空中大胆操纵。虽然我是第一次正式带飞改装新机种的学员,却取得了

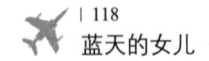

出人意料的成绩。我带飞的学员进度快，飞行质量高。我被评为了"郭兴福式"的飞行教员。我心里很明白，这都是大队领导，尤其是伍副大队长"传帮带"的结果。

在新中国首批女飞行员中，陈志英是最优秀的指挥员，秦桂芳是最过硬的机长，伍竹迪则是最出色的教员，她们仨都是我的良师益友。

三、爱情危机

俗话说，乐极生悲，否极泰来。这话一点儿不假。无数事实证明，人太顺利了并不一定是好事。我当飞行教员比较顺利的时候，却接二连三地出了其他问题。一次是高大队长检查我们组的夜间转场训练，由我带飞学员马森林，航线是北京至杭州。那天晚上杭州笕桥机场下雨，能见度也不太好。马森林是个很会用脑的学员，一贯飞得很好，我对他很有信心。实际上那天晚上他也飞得很不错，按照仪表穿云后，我们就看到了跑道，飞机方向对得很正，高度下降得也很合适。我为他的技术进步高兴。为了进一步增强他的自信心，证明这一切都是他自己操纵的结果，我的双手便离开了驾驶盘，双脚也离开了脚蹬。他从容地操纵飞机平平稳稳地落在跑道上。我忍不住地连声称赞："好！好……"我第三声好还没说出口，高玉成大队长就在后面厉声吼道："苗晓红！你给我下来！"没等我反应过来，高大队长已把我从教员座位上拽了出来，他自己坐了上去。从到试验大队当教员以来，高大队长对我总是表扬得多，就是批评也是个别给我说说，当着马森林和其他学员的面对我这么凶还是第一次。飞行后讲评时他又非常严厉地批了我一顿，并警告说，再发生类似违反教员纪律（带飞时规定教员必须手脚在驾驶盘和脚蹬上，以备随时纠正学员的错误动作，保

第六章 情感天地

证飞行安全）的问题，就取消我的教员资格。

当我向伍副大队长诉苦时，她没同情我，而是耐心地教育我，要理解大队长的良苦用心，飞行中要永远谦虚谨慎，切不可被一时的顺利冲昏了头脑，否则就要栽大跟头。飞行不比其他工作，是不能栽跟头的，因为飞行中栽了大跟头就再也没有机会爬起来了。

也许这次对我的惩罚还不够严厉，我是好了伤疤忘了痛，不见棺材不落泪，没过多久我又犯了更大的错误。这是我们到外面执行任务时发生的事。那次任务机组的领航员是我们同批的同学王慕尧。她是个活泼爱动的人，好奇心十足。航线飞行时我看气流平稳，就打开飞机的自动驾驶仪，让飞机由自动驾驶仪操纵，我们飞行员可以放松一下。飞了一会儿，王慕尧从肩后敲敲我说："晓红，现在气流好，你让自动驾驶仪飞也是飞，我想坐到副驾驶位置上握握驾驶盘行不行？反正我就是握着驾驶盘，你怎么操纵我只是跟着做，决不给你找麻烦，只想过一下当飞行员的瘾。"我斩钉截铁地说："那可不行。你是领航员，怎么能到副驾驶座位上操纵飞机呢。"她又死缠硬磨地说好话："晓红，求你了，苗大机长，我当初就是想当飞行员才来当兵的，只是因为个头小点儿被分到了领航班。你就让我到右座上坐一会儿吧！我手脚都老老实实地放在驾驶盘和脚蹬上，决不操纵，只跟着你的动作体会一下，求求你了……"

王慕尧（左）飞行归来

这时，机组其他同志也被她说软了心，一起帮着说好话，七嘴八舌地说："苗机长，你就让她坐一会儿吧！"我说："你们现在都当好人，帮助王慕尧说好话，可回部队讲评时，我可就吃不了兜着走了。"王慕尧又央求大家给保密，大伙也都异口同声地说："就咱们几个人知道，回去后谁也不说就行了。"我的最后一道防线被攻破了，就同意王慕尧上了副驾驶座位，并跟着我的动作模拟飞了几分钟，过了过她的飞行瘾。我们完成任务回部队后，在总结讲评会上确实谁也没提这件事，我以为这件事就算平安过去了。可是没过多久，部队进行飞行纪律安全整顿时，不知是谁走漏了风声，东窗事发。当时正缺反面典型材料，我一下便成了众矢之的，成了大会领导点名、小会大家批判的违纪典型。我受到了部队的通报批评，还被停止飞行，派往武汉参加空军组织的兼职飞行原理教员培训班学习。虽然这是一次提高飞行理论水平的好机会，但当时派到我头上，却是一次极为严厉的惩罚，等于发配。我像个落汤鸡，成天垂头丧气没了精神。陈志英，她已是我们飞行团的副参谋长，还有何月娟大姐都耐心地教育我，要我接受教训，振作精神。对我最关心、谈话最多的是伍竹迪副大队长。她批评我、开导我，也鼓励安慰我：

"晓红，你过去没有信心当教员，我曾经帮助你树立信心。我说过你飞得不错，也很聪明，有灵气，只要相信自己就能带好学员。实践证明，你的确是一个很不错的飞行教员。但是你也要承认，自卑是飞行员的绊脚石，自满、不谨慎也是飞行员的大敌。我觉得你前一阶段的顺利，给你带来了副作用，就是飞行中不那么认真谨慎了。

"晓红，这次全部队通报批评你，对你造成了很大的压力。但这也是爱护你，教育你。为严肃飞行纪律，教育全体飞行人员，领导不这么做也不行。我们这支部队执行的重要任务决定了我们比别人更要严格才行。飞行纪律是科学的总结，是前人用鲜血甚至生命换来的。你要深刻认识自己

第六章 情感天地

违纪的严重性，不要埋怨领导和别人。你是全机组的机长，不管别人说什么，你要掌好舵才行，否则领导还敢派你率领机组外出执行任务吗？你现在思想负担很重马上飞行不合适，领导上派你去学习航空理论也是给你一个消化过程，同时也是因为你基础较好，表达能力强，回来能挑起兼职飞行原理教员的担子。很多人想去学还挑不上呢！你要充分利用这个机会好好学习，回来当个既有飞行技术又有飞行理论的全能飞行教员。"

在大家的开导下，我的思想压力逐渐减轻。但是我一向好强不落人后的性格，使我的情绪仍无法高涨起来。可是我又不能在别人面前发脾气，所以每当孝明来找我，满腹积郁就像有了施放的地方，总是跟他无端地生气发火。好在他能理解我，总是像大哥哥一样体谅我、宽慰我。

在我准备赴武汉学习的前一天，正好是星期日，他约我去离沙河机场十多里的大汤山散心。这是我俩被调到沙河机场后第一次相约外出。吃早饭时我从食堂拿了些点心，又用军用水壶装了满满一壶水。早上8点左右便和他徒步穿过机场跑道，向大汤山进军。走在这清新碧绿的田野上，我的心也慢慢敞亮起来。大汤山不算太高，但山上全是质地坚硬的青石。如今这里已建成亚洲最大的航空博物馆，但那时它还是一座荒芜的秃山，仅有杂草长在石缝里。我俩相互搀扶着爬上了山顶，站在山顶上极目远眺，南面的机场清晰可见，东边的小汤山镇历历在目，西边是辽阔

与何孝明散心

的原野，北边是连绵的群山。这些在空中经常目睹的地标地物，从地面看，竟是那样多彩多姿。我多日的积郁和烦躁，仿佛都被那阵阵山风吹散了。

"孝明，我看我们还是分手吧！"

"为啥？"

"你何必找我这么个全师通报批评的落后分子。"

他笑了："你这只是工作中的一时疏忽，违反了飞行纪律，怎么是落后呢！我才是个扶不起来的阿斗。"

他这倒不是虚伪，在我面前他始终有种自卑感。这也难怪，外界舆论一致认为，他找我实在是高攀了。在我们女航空员中，不论是第一批大姐们的丈夫，还是第二批姐妹们的对象，都是男航空员或机关干部，还没有一人找他那样的地勤干部。当时从表面现象看，他也确实样样不如我，论军衔级别我都比他高，论薪金我也比他拿得多，论长相我自信属于中等偏上，而他在男子汉中只能算是一般，皮肤黝黑粗糙，又不修边幅，整天穿一套油脂麻花的黑工作服，活像一座黑铁塔，没有一点儿潇洒帅气劲，用现在的流行语言表述，他属于"丑星"之类，却没有"星"的名气。同时，我们部队是男多女少，男女比例严重失衡，在这样的环境中，追求我的异性着实不少，而且就外部条件而言，都比他强，他想在部队找一位称心的姑娘，恐怕很难。正因

骑车离开停机坪的何孝明

第六章　情感天地

如此，不少人常和他开玩笑地说："你得当心，别让晓红飞了。"当然，这是一种肤浅的看法，说明很多人并不了解他。但我心里很清楚，论综合素质、论发展潜力和对社会环境的适应能力，以及文字功底，我都远不如他。他是以其深刻丰富的内心世界吸引着我。可惜他怀才不遇，当了近十年的兵，还没有遇上一位伯乐，没有一位领导真正全面地了解他。不得志的他，并不怨天尤人，他表面上大大咧咧漫不经心，骨子里却十分清高孤傲，不落凡俗。他超脱豁达，反而活得轻松自在。因此，他根本没把我受到的通报批评和停飞处罚当回事。

这时从远处飞过来一只山鹰，它在半山腰盘旋觅食。孝明触景生情指着那只山鹰对我说："你看那只山鹰，虽然现在飞得很低，但不是它飞不高，等它抓到猎物后，一定会展翅高飞的。"

果然，它一个俯冲，从草丛中捉住了一条二尺多长的小蛇。蛇在山鹰的双爪中拼命地挣扎缠绕，但很快就无力地不动了。山鹰像是要向我们炫耀它的胜利，它没有携着猎物飞走，而是在我们的注视下，吞食着它的战利品，不到一支烟工夫，山鹰就把那条小蛇全部吞进了肚中，然后鸣叫着冲天而去。

"你现在的处境就和刚才那只鹰一样，处在低飞阶段，而你的猎物就是你那些宝贵的教训，当你消化掉你的教训之后，也会像山鹰一样直上云霄。山鹰吃掉蛇以后飞得更高了，你接受教训之后也一定会飞得更高更好。"

我是第一次目睹山鹰捕蛇吞蛇，那场景深深地烙在了我的脑海中。因此孝明的那段话我也就记得格外清楚，对我的影响也格外深远。我越想越感到他说得有道理，我不能让教训缠住我的翅膀，我要让它变成我的动力。

这次大汤山之游使我受益匪浅，清新的田野开阔了我紧闭的心胸，爱情的雨露滋润了我干枯的心田，我这棵蔫头耷脑的枯苗又逐渐挺起来了。

几天后，我和同批的姐妹李秀云，还有两名男飞行员一起登上了南去的列车。

然而当我从武汉带着优异的学习成绩单和好吃的麻糖回到北京时，孝明又出事了。在武汉学习的两个月，我与孝明相约不写信，我要集中精力学习，他要集中精力工作，所以对部队情况我一无所知。回到部队后，他一直没来找我，好几天过去了，我有点儿纳闷，姐妹们也没有一个人在我面前提到他。平时我们这一批的小姐妹凑在一起，经常拿各自的恋爱对象当话题取笑打逗，这次我俩久别之后，竟然没有一个人在我面前提到他。和他一个大队的俞亚琴，是同期姐妹中最了解我俩情况的，也是最支持我俩相爱的知心朋友。我与小俞的关系之所以不一般，也与她的爱情有关。

她出差到青岛，在疗养院的舞会上，巧遇当时的空军政治部副主任王静敏，撞击出了爱情的火花。可因王副主任是离异之人，又大小俞二十来岁，所以很多姐妹不赞成这门亲事。有的还误认为小俞是贪恋人家的官职地位。我虽然不敢大吵大嚷地支持小俞，但凭我对她的了解，我认为她的选择是认真的，所以就非常同情她。同样，对我与孝明的恋爱关系虽然不少人持否定意见，却得到了俞亚琴的大力支持。可是，

何孝明 40 年后重写《女飞行员之恋》

第六章　情感天地

我从武汉回京后,她也只字不提"孝明"两字。

又几天过去了,我实在憋不住了,就在晚饭后回宿舍的路上,抓住了亚琴,让她带我去孝明的宿舍找他。这时小俞才告诉我,前不久,孝明挨了批判,他的藏书除了马列和毛主席著作外,其他的全都被收走了。我问这是为什么?她接着告诉我,因为要批判封资修。上级说他的那些藏书是宣扬封资修的黑货。另外还因为孝明写了一个《女飞行员之恋》的剧本(退休后他又写了部《女飞行员之恋》的长篇小说,由陕西人民出版社出版),领导看后说有问题。我说,那个剧本我看过,写得很真实,有什么问题?小俞说那可能是你的政治嗅觉不灵。小俞说,现在何孝明正在写检查,最好不要马上去找他,是否先找陈志英副参谋长和伍竹迪副大队长谈谈,听听她们的意见。

我刚刚松弛的心又被这突如其来的重石压住了。我心情低落地回到自己的宿舍,正碰上伍副大队长吃饭后来看我,就心急火燎地让她给我出主意。她毕竟比我老练,看问题比我深刻得多。她看我那六神无主的样子,既不是特别着急紧张,但也不像以往那样笑脸相对,而是很严肃地对我说:"现在查书收书不是针对何孝明一个人,因为上级下发了文件,规定除了马列和毛主席著作及革命书籍外,其他古今中外的大部分图书都要上交。孝明是我们部队出名的藏书狂,当然要拿他开刀。听

作者苗晓红(左)与当年帮她渡过难关的伍大姐合影

说团领航主任芦鸣銮的书也被没收了不少。至于他写的那个剧本，我是没看过，领导上也没说他是反党反社会主义，只是说宣扬小资产阶级情调。你和孝明相识也不是一天两天了，你应该了解他、相信他，不要听风就是雨，还没搞清问题就想到断、想到吹。他现在的心情一定很沉重，我倒是希望你赶快找他见见面，和他谈谈。当然你要站在党的立场上，好好帮助他提高认识。那些中外名著，既然有人说是封资修的毒草，交了烧了没啥遗憾的。我想孝明最珍重的还是你对他的感情。只要有你的信任和爱情，我想他能够写好检查，通过领导和群众的批判关。"

我望着伍副大队长慈祥亲切的面孔，什么也说不出来，只是直流眼泪。她拿起面盆里的大毛巾让我擦脸，并接着说："你别压力太大，孝明出身好，又不是反党反社会主义的反革命分子，他这点儿事算不了啥，写个检查接受领导和群众的批评就能过关。你知道我爱人程宝海为我做出了多大的牺牲吗？宝海出身好，人又聪明好学，领航技术是拔尖的，到部队不久便被提升为领航主任，曾多次执行周总理和其他中央首长的专机任务。可是我们结婚以后，随着阶级斗争的不断深入，我的旧军官家庭出身和海外关系不但影响了我，也影响了他的飞行前程，他不能改装大飞机，重要的专机任务也没了他的份儿。要说这个打击对他来说实在是太大了，但他从没有埋怨过我，还多次给我做思想工作，要我相信群众相信党，并在我耳边经常念叨一句话：'竹迪，我相信你，也相信自己，我永远和你在一起。'正是因为有了宝海的支持和信任，我才经受住了历次政治运动的考验。晓红，我希望你坚强一些，和孝明共同挺过这一关。"

但是更多的人劝我慎重考虑与孝明的关系，理由无非是我的条件哪条都比他好，离开他肯定能找个更好的。陈志英副参谋长也严肃地对我说："虽然何孝明不是反革命，但他不好好学习马列和毛主席著作，成天热衷于收藏和阅读那些封资修的大杂烩，我看他至少是个思想落后分子。"

第六章　情感天地

对陈副参谋长的话，我一直是言听计从，可是她这次说的一些话，我不爱听。孝明怎么不学马列，早在我们认识之前，他就啃完了3厚本《资本论》，在我们部队，读过《资本论》的有几个人？但我内心的不服，不能表露出来，我仍低着头聆听她的教诲。"你本来因为有个资本家姑父，各方面都受到了影响，再找这么个思想落后的丈夫，将来还不知道对你产生什么坏影响呢！同时你要明白，咱们女航空员的婚姻问题不仅仅是个人的问题，一定要以事业为前提，把政治条件放在第一位。我不是命令你一定要和何孝明断绝关系，但我要提醒你必须慎重考虑。你自己好好想想吧！现在第三批女航空员正在咱们部队下放锻炼，你可要给她们做个好样子。"

陈副参谋长是我们女航空员的"大旗"，是我的恩师引路人，她的话我不能不格外重视。万般无奈，我又找俞亚琴和刘道义商量，最后决定暂时按兵不动，保持沉默，这样谁也不好找我的碴儿。我没去找孝明，自然在这个时候，他是不会主动来找我的。我们俩同在一个机场，两人的宿舍仅隔一条柏油马路。这条不宽的路，恰似一条星空银河将我们分开，这时我才真正体会到了咫尺天涯的滋味。

没过多久，我们沙河机场的干部按部队首长的要求，乘车到西郊机场参加全师干部大会。一进礼堂，我看到师政治部的领导还有各单位的政委、主任都坐在主席台上。宣传科的科长干事正忙前忙后地张罗着。一看就知道会议准是政治性的，是不是开何孝明的批判会？我的心一下子提到了嗓子眼儿。我不敢交头接耳，不敢

何孝明在河边独自弹琴解闷

东张西望，两只眼睛直勾勾地瞪着前方，静等着"宣判"何孝明的"罪状"。不出所料，当天会议议程有三项：一是请学习毛主席著作的积极分子邹登贵做"讲用报告"；二是由无线电师何孝明检查自己不学毛著而热衷于收藏和阅读封资修书籍的危害和教训；三是政治部领导讲话。当大会主持人宣布第一项议程后，主席台上的领导同志带头起立欢迎，邹登贵的发言不时为掌声打断，他讲完后，雷鸣般的掌声和"向邹登贵同志学习"的口号声，持续了两三分钟。轮到何孝明上场了，我不敢正眼看他，只偷偷地往台上扫了一眼。他没有资格上讲台，被安排在主席台左前方的一个麦克风前，站着念检查。谁说他不读马列和毛主席著作，他的整个检查都是用马列和毛主席的话贯穿起来的。但是他念完后，会场里既没有掌声，更没有口号声。何孝明念完稿子就下去了。

整个会议的关键议程是政治部李主任的讲话，他的讲话将关系到孝明的命运和我们关系的存亡。李主任首先赞扬了邹登贵，并号召全体干部向他学习，把学习毛主席著作的运动推向新高潮。当他讲到对何孝明检查的评价时，我是低着头竖着耳朵听的，结果竟是大出我的意料。有几句话我直到现在还记得很清楚，他说："我们之所以要在全师干部大会上批评何孝明同志，让他做检查，并不是要整他，更不是要搞臭他，而是为了挽救他，也是为了教育大家。说实在的，论聪明才智，他是出类拔萃的，我个人就很欣赏他的才华。正因为这样，我们才要更加关心他、爱护他。只要他能把精力全部用于读毛主席的书，不再看那些宣扬帝王将相、才子佳人和资产阶级生活情趣的文艺作品，他一定能成为一名毛主席的好战士。当然这种转变需要一个过程，除了他个人的努力外，组织上也会为他创造条件的。"

他的讲话被突然响起的掌声所打断，我也情不自禁地跟着大家鼓起掌来。这次全师干部大会不但没有影响孝明的声誉、前程，相反，他"因祸

第六章　情感天地

得福",不仅成了尽人皆知的"才子",还成了组织上重点培养的对象,成了他人生里程中的关键转折点。

1965年年初,"四清运动"在全国展开,解放军也抽调了大批干部参加地方上的"四清"工作队。领导为了改造锻炼何孝明,让他到北京市东郊的曙光电机厂(又叫一二五厂)的热处理车间搞"四清",接受工人阶级的再教育。曙光电机厂是三机部的军工厂,主要是为飞机生产各种电机。它坐落在北京市的东直门外,在左家庄附近。这里离沙河机场很远,那时交通很不方便。他在曙光电机厂搞了半年多"四清",为了和工人打成一片,没有回过一次沙河,只回过一次西郊机场,还是为了参加师运动会,为我们沙河机场争得了一个跳高冠军、一个男子铅球亚军。我也仅到工厂看过他一次,还是为了"灭火"。

5月中旬一个星期六的中午,孝明给我打电话:"晓红,明天你能不能来看看我?"

"你不是说'四清'期间不约会、不写信、不打电话吗,怎么又变卦了?"

"'三百六十病,唯有相思苦',挺不住了,相思太苦了,你还是快来吧。"

"好吧,那我到哪里找你?"

"我在厂门口的车站等你,不见不散。明天你穿军装。"

"为啥?"

"电话里不便说,见面后再告诉你。"

沙河机场没有直通城里的公共汽车,我先骑半个多小时的自行车到沙河镇,而后坐公共汽车到德胜门,再转两次车才到曙光电机厂门口。他在厂门口等我,我一看表:"哟,都10点多了,我在路上整整花了两个半小时。"

作者裙服照

由于离吃午饭还有一段时间,他先领我参观职工宿舍。

路上我问他:"今天你急着把我叫来,恐怕不光是想我吧?是不是囊中羞涩揭不开锅了,要钱?"

"不是,真不是,在这里有钱也没地方花,就是想见到你,和你聊聊。"

"那为啥要穿军装?"我今天穿了一套半新的的确良夏裙服。

"今天特意让你穿军装,自然有特殊的意义。其一,据可靠消息,从下个月开始,取消军衔制,两个豆的中尉军衔你是想戴也戴不上了;其二,你穿军装比穿任何服装都漂亮、都精神,我要你以最美的军人形象展现在工作队战友和工人师傅们面前,给我脸上增点儿光、添点儿彩。"

听他说到这里我瞪了他一眼,并使劲擂了他一拳:"坏蛋,我成你的花瓶了。"

职工宿舍楼靠东直门通往东郊机场的公路,是一间有着20多个床位的大房间。没出去玩的几个单身工人师傅正在打扑克牌,见他领着一位女军人进来,都站了起来,目不转睛地盯着我。他忙给介绍:"这是我未过门的媳妇苗晓红同志,我国第二批女飞行员,现在是全天候机长。"一听说我是他的对象,还是女飞行员,工人师傅忙争着与我握手问好。对他的介绍,我很纳闷,用满含疑惑和不满的目光盯着他,因为以往他从不在朋友面前亮我女飞行员的特殊身份,从不用我做筹码来抬高自己的身价,但当着这么多陌生工人,我不便发作。

在男职工宿舍待了一会儿后,他又带我去女职工宿舍。途中我生气地

第六章　情感天地

责问他："你今天唱的是哪一出？"

"我今天唱的是'狐假虎威'。"

"我看你真成狐狸了，我可不是老虎。"此时我的脸上已经晴转阴，布满了不悦之色。

两人沉默着到了二层的女职工宿舍，他敲了敲门，一位气度不凡的年轻姑娘开了门，她一见比她高一头的我，还是个女兵，目光顿时在我身上滞住了。

"这是小宋工程师，这是苗晓红同志，我未来的那一位。开飞机的，女飞行员。"

听了他的介绍小宋回过神来，忙用纤纤小手握住了我的手。当女工们得知我是女飞行员时，她们的目光由羡慕转变成崇敬。

我凭女性的直觉，嗅到了何孝明让我穿军装来工厂的真正目的。我没多留，敷衍一阵后率先离开了女职工宿舍。他忙跟了出来，准备带我去食堂就餐，但被我拒绝了，我要回沙河机场。他苦苦挽留也没留住。让我来厂"灭火"的真相，因怕我误会，没敢告诉我，见我生气了，在送我上车的路上，他说出了真相：

"热处车间有一位女性工程师，姓宋，就是替我们开门的那位姑娘，大学毕业生，她热情大方，在食堂排队买饭时，经常主动给我代买，有时两人坐在一张桌上用餐。不承想小宋替我买饭和同桌就餐，被某些人视为关系暧昧，有作风问题，将我告到工作组闫组长那里，闫组长给了我黄牌警告。工作队员有两怕，一怕立场不稳，二怕作风不正，闫组长的警告，使我有了危机感，怎么办？躲开小宋？躲不开，同一个车间干活，同一个食堂用餐，低头不见抬头见，往哪里躲？冷淡她？为莫须有的事冷淡她，那会伤害她的自尊心，同时会给人此地无银三百两的错觉。给领导和群众做解释工作？无数事实证明，这种男女关系的事是很难解释清楚的，反而会愈描愈黑，不仅害了自己，还会殃及对方。思来想去，我想到了你。进厂后我从未提过你的事，现在不打你这张牌不行了，不把你搬出来救火，我说不定会被吐沫星子淹死，会挨红牌警告，被撵出工作队。"

"真的？"我相信他说的是真的，为给自己找个台阶下，故有此一问。

从工厂出来后，为了同样的目的，我俩又去了工作组闫组长家。后来听孝明说，他这一招还真管用，我去工厂的消息以电波的速度传开了，中午，工厂的单身男女，工作队的留厂人员几乎不约而同地来到食堂，都想一睹年轻女飞行员的风采。可惜，他们失望了，我并没在食堂露面。从此有关孝明与小宋的绯闻也没有了。

四、"包办"婚事

孝明的事情刚刚平息，我又遇到了波折。因为我们大队的训练试验搞得不错，领导班子也很健全，所以空军又选中了我们作为军队进行社会主义教育运动的试点大队。当时的空军政委吴法宪亲自率领工作组在我们大队蹲点。现在回想起来，什么社会主义教育运动，实际上就是"文化大革命"的前奏，也就是在军队搞阶级斗争

作者（左后）和姐妹交流飞行经验

第六章　情感天地

清理阶级队伍。在这次运动中，我们大队很多同志受到冲击，但影响最大的算是我。我从航校毕业被分到部队时，就因为我的社会关系中有个资本家姑父，没有被分到执行重要专机任务的飞行大队。当时我看第一批老大姐飞行最好的秦桂芳、伍竹迪都和我一样，所以心想什么重要专机一般专机，只要让我多飞就行，也就没有背什么包袱。因此无论是抢险救灾，还是带飞新学员，我干得都很欢。但这次运动我可真的背上了个大包袱，而且一背就是多年。

事情还是由我姑父引起的。工作组认为，我虽然出生在贫农家庭，但在姑父家生活过，肯定受到过他的影响和熏陶，思想上一定留有资本家的阶级烙印，所以我的家庭成分不应该是贫农而应该是资本家。自己在姑父家寄养过一段时间是事实，我出生在贫苦农家也是事实，至于家庭成分，组织上怎么定都行。我当时根本不知道划定家庭成分的依据有哪些，更没有想过更改家庭成分后会带来什么影响。我这个人一贯听领导的话，以为吴法宪就代表党，听他的话就是听党的话，党的话是不会错的，因此我就傻里傻气地接受了工作组更改我家庭成分的决定。没想到从此我成了"控制使用对象"。当然这些变化都是后来才逐渐知道的，当时我的心情还是很好的。在庆祝社会主义教育运动胜利结束的联欢会上，我还和一个领航员表演了"拉洋片"。

社教运动结束后不久，我就和学员王文明执行了一次夜间紧急任务。那天晚上我们大队组织夜航训练，因为晚饭吃得太早，飞行结束后都要加吃夜餐。我正慢腾腾地吃着面条，这时高大队长接了个电话回来朝我说："赶快吃，有个紧急任务，送医生去沈阳。"我听说有任务，三口两口就吞光了那碗面条。回到大队领航室，大队长给我们下达了具体任务，航线是由北京飞沈阳于洪屯机场，任务是送医生去抢救病人，时间是越快越好。我们做好一切准备就起飞了。当时已是深夜，万籁俱寂。我们加大马力飞了两个多小时,快到于洪屯机场了,突然接到地面指挥员的报告说地面风速增大,稳定时8米/秒,阵风达10~12米/秒,降落困难,征求机组意见怎么办。我立即让机上通信员要沈阳东塔和北陵机场的气象条件,争取到风速小一些的机场降落,可是回答都一样,风速都很大。这时地面指挥员又告诉我,若机组不能降落可以返航回北京。因为风速超过了机组的降落条件,返航是合情合理的。但是我想,如果病人不是病得很重,又何必让我深夜紧急起飞呢!我不能返航,应该按计划落下去。可是气象条件是90度正侧风8米/秒,而现在地面是90度正侧风10~12米/秒,我能保证安全地将飞机降落到跑道上吗?我的脑子里一会儿是行一会儿又是不行地打起架来。我想起了伍副大队长对我讲的话,首先要肯定"我行",但是也不能盲目地肯定,要有能征服这么大侧风的办法才行。我又想起了秦桂芳大姐(她已升任别的大队的副大队长),她在大同煤矿爆炸时曾在90度正侧风12米/秒的条件下安全起降。于洪屯机场比大同那条土跑道条件好多了,风速也只有10~12米/秒,我可以安全把飞机落下去,把医生送到病人身旁。

我把自己的决心和要采取的措施告诉了机组全体成员,特别要求坐在副驾驶员位置上的学员王文明,要注意协助我保持好飞机降落的方向,领航员要及时提醒速度等。多年来我们部队已经养成了机组密切协调配合,共同保证飞行安全的良好习惯。我在地面飞行指挥员的多次询问后做了坚定回答:机组有信心安全降落,请地面做好一切接收飞机的准备。为了亲自试探一下风向风速,我们到达于洪屯机场上空后先降低到100米高度,在低空中做了一个起落航线,实测风向风速和地面报的差不多。然后我学着秦桂芳大姐的办法,在对正跑道时把飞机摆放到来风的一侧,既不压杆也不蹬舵,而是借助风的力量把飞机逐渐吹到跑道中心线上,直到飞机下降到10米左右时,我才开始压正杆蹬反舵,同时做好拉平及着陆动作,

第六章　情感天地

将飞机准确地控制在跑道中央，还没等我压满杆蹬满舵，飞机已经平平稳稳地降落到跑道上了。这时我的学员王文明一面叫好一面帮我蹬舵，保持好飞机的滑跑方向。指挥员也在无线电里直喊："着陆很好！很好！一直往前滑，从中间滑行道退出跑道，然后看地面指挥停机关车。"

这次飞行不仅仅是完成了一次夜间紧急飞行任务，更重要的是大大地提高了我大侧风飞行的技术和信心，也极大地提高了我在学员中的威信。我的学员王文明回部队后就向其他的学员吹呼："苗教员对付侧风有绝招。"

正当我飞行技术日臻成熟，同时又通过空军培训考试，被批准为兼职飞行原理教员，我自己暗下决心要带马森林、宋文章、吴献忠飞完难度最大的夜间复杂气象时，1965年年底，我被调到师司令部训练科当参谋。当时我是有一点儿想法，并不是因为要到西郊机场，离何孝明太远，更没想到这是"控制使用"的开始，而是真舍不得伍副大队长、何月娟机长，以及我的学员和我们试验大队。我知道一到机关就飞得很少了，而那时正是我飞行的好年龄。于是我就赖着不走，一天两天地拖。当时正赶上孝明去上海接飞机不在家，我也想见见他再走。可是领导机关一天三次电话催我去报到。伍、何两位大姐尽管不愿意我走，可也没有理由和办法留下我。何月娟大姐就宽慰我说："训练科长是黄碧云的爱人刘锐，还有我的爱人李裴然也在那里；他们不敢亏待你，你有什么困难就找他

何月娟（右）与作者在飞模拟机

们。去吧！老拖也不是办法，反正胳膊拧不过大腿。谁让你飞得好理论也好又是笔杆子，正是干机关的好苗子。"

在我临走的前一天晚上，伍副大队长又把我叫到她房间，和我聊起了个人问题。她问我有什么打算，我说没想过。她笑嘻嘻地看着我说，你已经飞出来了，年龄也不小了，可以考虑结婚了。特别是你调到西郊，孝明在沙河，相距一百来里地，不结婚只能星期天早上出去，晚上6点钟归队，见一面都很困难。要是结了婚孝明就可以星期六晚上坐部队的班车回西郊，星期天晚上再坐班车回沙河，那就方便多了。伍副大队长替我们想得那么周到，使我非常感动，不知不觉自己的眼泪流了下来。她问我为什么伤心，我说孝明正出差不在家，我也不知道怎么办，尤其是刚到新单位，我怎么好意思提结婚的事。她不假思索地脱口而出：

"嗨！你放心走吧！反正你是人先过去，关系还在我们大队，宝海是孝明的大队政委，你们的结婚报告我给你打，你就等着做新娘吧！"

我说："那行吗？"

"怎么不行，我又不是强拉硬拽给你们包办婚姻，你们是自由恋爱、水到渠成，我只是替你们例行一个审批手续，结婚登记还得你们自己去办，我可替不了你。"

我顾不得羞怯地说："那就全托付给你了。"

我心里由衷地感谢这位好领导、好教员、好大姐。第二天吃过早饭，我就带着简单的行李乘车到西郊机场司令部报到，从此开始了我长达12年的机关工作生涯。

伍大姐之所以大包大揽替我打结婚报告，除我俩的特殊关系外，她与孝明还有一段奇缘。此事说来话长。

1952年"三八"节，全国妇联与解放军总政治部在西郊机场为新中国第一批女航空员举行隆重的起飞典礼，起飞典礼在国内外引起了强烈反

第六章　情感天地

响。不久，一位女飞行员在飞机前与机组成员的合影，被制作成宣传画（见图），由新华书店在全国发行。

那时孝明正在湖南桃源一中上学，有一天他在县城书店里看到了这张宣传画，画中的女飞行员和飞机深深吸引了他，尽管囊中羞涩，他还是毫不犹豫地将画买了下来，挂在床头的墙上，每天都要瞧上几眼。画上的女飞行员成了他崇拜的偶像，他立志长大后也要像她们那样，驾驶飞机，翱翔蓝天。

59年后买画人（右）与画中人在画前合影

1956年年初，空军到桃源县招兵，他抓住这千载难逢的机遇，报名参军，经政审体检合格后，他如愿以偿地穿上了空军军装，遗憾的是没当上飞行员，而是进航校学无线电专业。1957年3月，其毕业后分配到北京西郊机场。到西郊机场后，他意外地见到了画中的那位女飞行员，她就是伍竹迪大姐。从此两人成了球友（都是部队男女篮球队的主力）和好朋友。"爱情危机"时，伍大姐还是他的忠实捍卫者，我曾对孝明开玩笑说："当年被你买回的不是一幅宣传画，而是请回了一尊保护神。"没想到这次又要由她替我们打结婚报告，等于是她替孝明娶回了我这个女飞行员媳妇，更增添了他们之间的传奇色彩。更传奇的是，2012年，何孝明去天津看望伍大姐，大姐家的客厅里挂着那幅画，59年后，买画人与画中人在画前重逢，这只能用4个字解释，千古奇缘！当然这是后话。

正像何月娟大姐所说，刘锐、李裴然等老同志对我这个到机关工作的新兵非常热情，非常照顾。当他们得知我已在原单位打了结婚报告后，就明确告诉我，年前的工作我只是见习，听听看看熟悉情况，需要买什么结婚用品可随时请假外出。这时我的同批同学，一贯以热心助人闻名的女通信员芦德芬（她原来就在西郊机场工作并已结婚），很快便在家属区给我找到一间半平房，并安上了火炉，又向营房部门借了一张床和一张桌子、两个凳子，连窗帘她也给我挂好了，还把我的军用棉被换上缎子被面，新床单和新枕巾一铺，新房很快就布置好了。当然要是拿现在的标准衡量，顶多算是一处能避风雨的寒窑。但在当时，我就很满意了。临走时，她突然问我："结婚后你打算要不要孩子？""我刚到机关哪能马上要孩子。""那你准备采取啥措施？"她这一问将我的脸问红了，我还没想过这个问题便反问道："你采取啥措施？"她对我耳语道："……你也用吧，到时我送给你。"此时我的心和脸一样，热乎乎的。

伍副大队长那边已经给刘科长打来电话，说是领导已批准了苗晓红与何孝明结婚的申请报告，可以去地方政府登记了。我这个20世纪60年代的大姑娘真是够大方的，还不知道人家何孝明愿不愿意娶自己为妻，趁着人家出差到上海接飞机，就在北京布置好了新房准备迎亲。我偷偷地问我的同学芦德芬，自己是不是有点儿过分。她也笑了，不过她又接着圆场说："别那么斯文了，你俩都是快30岁的人了，我想何孝明巴不得早一天娶了你；只是你这个大机长以飞行事业

给作者布置新房的同批好姐妹芦德芬（左）

第六章　情感天地

为重，人家不敢催你就是了。"（好姐妹已于 2021 年秋去世。）

要不是因为被调到西郊，我还没想结婚这件事，但是那些日子我还真有点儿着急，总想孝明从上海赶快回来，把这件事办了，我好专心投入训练科的工作中去。我就是这么一个人，只要答应下来的事情，就要全力去做好，特别我是个新参谋，要想当一个好参谋必须更努力才行。急也没有用，直到春节前三天，孝明才从上海回到沙河。他一听说我在西郊把新房都布置好了，高兴地借了辆自行车骑着来了西郊。100 多里路，不到 3 小时就骑到了，可见他心情之急迫。当我带着他去看新房时，一向大度豪放的他对房间布置没提任何意见，倒是来来回回地数我俩的新房是整个家属区的第几排第几号，数了几遍以后他就自言自语地念叨："哈哈！真是缘分。"

"什么缘分？你这是沾我空勤人员的光，要是按你的条件，根本分不到房子。"

"你想想，这第六排第一号房子是谁盖的？"

哦，我想起来了，这一排房子是我俩出公差时盖的。世界上的事情就是这么巧，我们俩自己动手盖的房子，竟让我们俩自己住上了。孝明笑嘻嘻地对我说："我一见这新房，心里就甜滋滋的。5 年前我们一起劳动时，你往我肚子里灌的糖茶水，至今还在里面装着呢！什

结婚时的新房

么叫缘分？这就是缘分。"

第二天上午，我们俩到机场附近的四季青公社登了记，下午清理了个人卫生。晚上7点，部队直属机关在飞行教室为我们举行集体婚礼。除我和孝明之外，还有一对新人。他们穿的是呢料便衣，我们仍穿着军装。这既是婚礼又是春节晚会。虽然文艺节目不少，但大家还是非要两对新人出节目。孝明对乐器可以说是样样都会，可就是唱起歌来五音不全，我只好迁就着他唱了一首《毛主席的战士最听党的话》。婚礼既热闹又简朴，没有酒宴，更没有出格的嬉闹，只有清茶和喜糖。姐妹们送的礼品都已摆在新房里，婚礼上我们又收到了很多首长和战友写的喜报贺词。其中师长和政委送的是用一张大红纸写的"革命伴侣"四个大字，落款是胡萍、方仲英贺。婚礼持续两小时后，在"大海航行靠舵手"的歌声中结束。这就是人们称为"革命化"的婚礼。那天是1966年1月19日。

50多年前我的婚事被包办，便宜了何孝明，他这个新郎没花一分钱，没出一分力，没费一分心，便娶了我这个飞行员新娘。

新婚的第三天，也就是大年初二，孝明神秘地说要带我进城办件大事。一路上，我笑而不问，满怀期待的旅程，入眼的皆是美景。来到天安门广场，在孝明的安排下，我俩穿着棉军装面朝阳光比肩而立，拍了一张结婚照。拍完后，孝明还发表了一段感言："春节是吉祥的节日，天安门广场是

结婚照

庄严的地方，我俩在吉祥的日子、庄严的地方，穿着绿色军装，胸佩毛主席像章，拍珍贵的结婚照，你说我们是不是世界上最幸福的新人？饮水不忘掘井人，幸福不忘新中国，天安门是新中国诞生之地，是中国人民的福地。在我们大喜的日子里，在天安门前照结婚照，以表我俩对党、对毛主席的感恩之情，留作永恒的纪念。"听着孝明暖心的话语，我觉得照在我脸庞的阳光也和暖起来。后来，这张极其珍贵的结婚照，成为家中一道美景。一儿一女成长过程中，我常指着照片给他们讲述其中蕴藏的深情，绵绵情意温暖了悠悠岁月。

人越老怀旧情结就越深。说到我的婚礼，便联想到了儿子的婚礼。两相比较，两代人的婚礼有天壤之别。

1998年10月，儿子结婚时，仅迎亲的汽车就有20多辆，而且全是高级轿车。开道的是一辆北京很少见的"老爷车"，其余全是奔驰和奥迪。当载着新娘的轿车开进西郊机场时，望着那浩浩荡荡的车队，喜气洋洋的宾客，乐得我都找不着北了，比往日自己当新娘时还激动。我打心眼儿里为年轻人赶上改革开放的好时代而高兴。不过，如果再让我选择一次婚礼的方式，我还是会毫不犹豫地选择20世纪60年代的"革命"方式，现在流行的这种新式婚礼，虽然热闹喜庆，但太累。

第七章

/

激情岁月

结婚不久，我就被正式任命为师训练科飞行训练参谋。孝明因工厂"四清"表现不错，也由地勤无线电师改行做政治工作，并正式被任命为沙河飞行团政治处干事。我们两人都面临着新岗位、新环境、新形势，在激情燃烧的岁月里，迎接新的挑战与考验。

一、初为人母

1966年2月的一个星期五下午，刘锐科长通知我，下星期一参加四清工作队，到唐山市丰润县搞四清，让我星期六在家做准备，不用上班了。我一听高兴坏了。更改家庭成分以后，我又多了一些自卑感，所以我要在农村的艰苦环境里，更好地磨炼自己，在革命大熔炉里好好锻炼自己、改造自己。我回家找了一套最旧的旧军装和几件贴身换洗的衣服，用一条草绿色军被打了一个很标准的背包，用线网兜装一个小搪瓷盆和刷牙缸就算做好了一切准备。

翌日早上，我就随着由师司令部龙振泉副参谋长率领的"四清"工作队，开往唐山丰润地区。从开飞机、写文件到抡镐头打土坷垃，真是天壤之别。白天劳动完了没有澡洗，顶多能从厨房用水壶灌回点儿蒸锅水洗洗脚。晚上的任务更艰巨，要到老乡家里扎根串联，访贫问苦，发动群众。当时我一心只想脱胎换骨，所以又焕发出十多年前的青春活力，不怕累，不怕脏，拼命干活。可是一个多月后我的身体出了问题。开始是食欲大减，后来还经常呕吐。同屋的空姐郭桂钦说我是妊娠反应，因为她是结婚生过孩子的人，判断肯定没错。我虽然采取过避孕措施，可那时候还没

第七章 激情岁月

有提倡计划生育，避孕措施也很不普及，自己懂得很少，又不好意思问别人，可能是出了漏洞。可我又想，秦桂芳大姐怀孕七个月还当教员带飞，我以后劳动时注意点儿就行了，一定把"四清"坚持到底，就没向任何人说自己可能怀孕的事。可好心的郭桂钦看到我吃不下饭，劳动量又那么大，怕我出问题，就向龙副参谋长汇报了我的情况。龙副参谋长虽然不愿意让我走，但考虑到我是女飞行员，万一在农村出了问题不好处理，就决定让随队医生把我"押送"回北京检查身体，并说若不是怀孕，还可以再回来继续参加"四清"运动。

回到北京后，经过空军总医院化验鉴定，我确实是有喜了。虽然我很不情愿，但还是留在了北京开始上班。得知我怀孕的消息，何孝明乐癫了，当天就写信给他母亲报喜。婆婆接信后当即回信要来北京，要亲自照顾我，还说要自己给我接生。婆婆是接生员。农村女人生孩子很少住院，绝大多数都是请"接生婆"到家里来接生。我们没让她那么早就来京，我没那么娇气，怀孕期间不用人照顾，决定让她老人家秋天再来。

我的妊娠反应逐渐平息，而且饭量大增。当时我正是脑子好使、精力旺盛的大好年华，很快就熟悉了机关工作。下部队检查飞行、了解情况，回机关写材料总结经验，我都能应对自如了，各种统计数字、表格也做得准确无误，深得科里同志和师领导的赏识。

正当我专心投入机关工作、一展才华时，"文化大革命"开始了。遵照中央文件精神，我们基层部队不搞"四大"，只搞正面教育。到了五六月，除了执行上级派遣的飞行任务外部队的正常训练基本停止，其他时间全部搞突出政治教育。

1966年10月13日夜晚，我在空军总医院待产房和产房里挣扎了三天三夜，生下我的第一个孩子。我虽然已是筋疲力尽、奄奄一息，但一听到儿子那哇哇的啼哭声，一切疼痛皆不足道了，一股初为人母的暖流充满

初为人母的喜悦

了我的身心。当我被护士用推车送回病房时,孝明正喜气洋洋地等在那里。他一看见我那蜡黄憔悴的脸就紧张了,问我怎么回事,我什么也说不出来,只觉得那三天三夜的疼痛,又涌上了全身,眼泪夺眶而出。他又是帮我擦眼泪,又是给我披被头,生怕我再受风寒。这是我和他谈恋爱到结婚以来,第一次在他面前撒娇。他笨口拙舌地说,都过去了,别哭了,以后咱不再要孩子了。等我止住眼泪后,他又抚慰了一阵,然后趴在我的耳边歉疚地说,他必须第二天一早就回沙河,宣传队正在排节目,离不开他(他是政治处干事兼宣传队队长)。并安慰我,西郊家里他妈妈和我妹妹已做好了一切准备,等我出院时他再请假来医院接我。我虽然希望他能守在我身边安抚我,但也知道他是身不由己,只好点头同意他离去,出院时再打电话找他。因为我是大龄难产,产后在医院住了7天才让出院。接我出院回家后,孝明也仅在家里待了三天(还包括一个星期天)就回了沙河。好在我的婆婆带小孩很有经验,在"坐月子"的那个月里,基本上是奶奶带孙子,我妹妹采购做饭照顾我。

孩子满月后,我的妹妹要回老家结婚,奶奶要回湖南带小儿子的孩子,我们只好托人请了一个保姆。孩子认生,开始总还是赖着我不放,尤其可恨的是他不喝牛奶,每次保姆把牛奶瓶的塑料奶头往他嘴里塞,他就像舔了黄连一样往外吐,因此,我也就迁就儿子继续给他喂奶。

11月25日下午，和我同批的姐妹女领航员许君清，风风火火来找我，说是她从沙河刚回来准备参加明天毛主席在西郊机场接见红卫兵的活动，问我参加不参加。我说这是终生难遇的大喜事，当然愿意参加。她让我赶快去找科长报名。我把儿子交给保姆，骑上自行车直奔司令部大楼。我的要求受到了首长的表扬，说我休产假期间还关心国家大事，是对毛主席无产阶级感情深的表现，并马上把我编进了受阅队伍，让我第二天早8点带上马扎和水壶到操场集合，统一排队进机场等待毛主席接见。回家一说，我的保姆可着急了，她问我立峰（我儿子的名字）不吃牛奶怎么办？我说，甭管他，他不吃就饿着他。

接见持续了整整一天，直到晚上8点我才拖着疲惫的身体回到家。原以为我那不吃牛奶的儿子一定哭得不省人事了，可当我迈进家门时，他正酣睡在他的小推车里，我急忙问保姆怎么回事，她乐哈哈地告诉我，立峰上午又哭又闹，一给他牛奶瓶，他就往外推吐奶嘴，怎么也不吃，保姆没办法就抱着他满地转。可是到了下午，他大概饿急了，脑袋左右转着寻吃的，保姆往牛奶里多放了些糖，又把温度调得不凉也不烫，他就大口大口地吸吮起牛奶来了。我一听高兴得忘了疲劳，蹦着嚷道，儿子喝牛奶了，我可以上班了。

二、双星折翼

1967年的某一天，师方政委专门到沙河机场找伍竹迪副大队长谈话："根据上级的决定，你从明天起停飞，调往空军第十六航校工作。"

伍副大队长惊呆了。飞行员，特别是年富力强的女飞行员，天不怕、地不怕，就怕"停飞"二字。

伍竹迪、程宝海新婚照

"什么原因？"伍副大队长醒过神来后问道。

方政委犹豫了一会儿答道："没有更多的原因。工作需要。"

"让我到航校干什么呢？"

"到理论训练处当教材科副科长。"

"宝海呢？"她很关心自己丈夫的去留。伍副大队长在飞行和工作中大胆泼辣，是一位事业心极强的女人，但同时她又是一位感情极为细腻丰富的女性。她与丈夫程宝海在航校时相识，到部队后被分在一个飞行大队。她当中队长时宝海是大队领航主任，两人在长期的密切合作中迸发出了爱情的火花，1958年元旦他们俩喜结良缘。在充满节日气氛的婚礼晚会上，一位战友给他俩送了一副生动有趣的贺联，使人过目不忘："男领女飞，鹏程万里；夫唱妇随，恩爱百年。"婚后两人相敬如宾，互相支持，堪称一对模范夫妻，是一对人人称赞的比翼鸟。因为两人恩爱有加，还闹出过不是笑话的笑话。

1962年2月9日，我们部队发生那次严重飞行事故时，因为那架飞机正是程宝海主任所在大队的飞机，当晚也有老程的训练计划，因而飞机撞山后，心急火燎的伍竹迪立即打电话询问丈夫的情况。这本是恩爱夫妻的一种正常反应。可是在那个"左"的时代，却被看成只关心自己丈夫，不关心其他革命同志，缺乏无产阶级感情的表现，而且作为讥讽她的一个笑柄在部队流传。不过一向光明磊落、我行我素的伍竹迪，并不计较这些闲言碎语，在热衷飞行事业的同时，总是一往情深地爱着自己的丈夫。此

第七章　激情岁月

时，当她听说自己要停飞调动时，又首先想到了丈夫的去留。

"你放心，领导上已经考虑到了。老程和你一起调走。他到航校后，担任学员大队政委，也是平调。"

得知老程和自己一起调走，伍副大队长的心稍稍踏实了些。但她又一次为丈夫"沾自己的光"而内疚。

和伍大姐多年相处，我非常了解伍竹迪大姐，她太好强了。当着方政委的面，她表态说："坚决服从组织分配，哪里能发挥作用，我就到哪里去。"可是，她的内心无法平静。走之前我去送别，她拉着我的手说："晓红，你能想象出当听到让我停飞时的心情吗？整三天三夜我吃不下饭，也没睡好觉。一个战士没有了手中武器这个仗可怎么打呀！我又不能当着别人的面哭。我硬是把泪水咽到肚子里，回到家里对着宝海痛痛快快大哭了一场。"

这次停飞调动的真正原因，政委碍于当时的形势没敢说，伍副大队长自然也是丈二和尚摸不着头脑。当然有一点她是清楚的，那就是与政治有关，与自己的家庭有关。她父亲伍国钧是参加海口起义、经澳门回广州的原国民党上校军官。尽管父亲热爱共产党，弃暗投明，但他曾经是国民党上校军官的阴影一直笼罩在伍竹迪头上。这次停飞调走肯定与此有关。政治上的冷遇与失去飞行权利的双重打击，使得这位在工作上从不认输的空中女闯将，深深陷入痛苦之中。这时她的丈夫、战友程宝海给了她真诚的支持和安慰，在她的耳边无数次地抚慰道："竹迪，我永远和你在一起。我们要相信自己，相信党。"

伍竹迪大姐的停飞之谜，直到1985年才解开。原来是1962年《人民画报》的海外版，刊登了伍竹迪的一组飞行照片。这期画报传到台湾后引起了当局谍报机关的注意，并通过她在台湾的姨父给她父亲写信对她进行策反。她父亲没将信寄给女儿而是通过政协交给了广东省公安厅，又转到了部队，从那以后伍竹迪即被定为控制使用对象。"文化大革命"极"左"气焰更甚，就是这股极"左"的烈火烧掉了伍竹迪的双翼。

与伍竹迪相同的厄运，同时也降临到我最崇敬的秦桂芳大姐头上。前面曾提到，秦桂芳大姐幼年时曾因日寇侵占广州，随父母逃到香港，后经组织安排她只身回到广州读书，而后参军成为新中国第一批女航空员，从此与家人天各一方。过去她就因为这特殊的家庭背景，在飞行任务的派遣上受到很大限制。不过，对于一向不计名利、大度豁达的秦桂芳来说，尽管重要专机不能飞，抢险救灾、急送文件、接送医生等危难任务都让她去，她从不计较，在她看来只要能飞就行。万万没有想到，这位叱咤风云的蓝天骄女，为祖国的航空事业立下赫赫战功的勇士，却在34岁正是鹏程万里施展才华的黄金时光，被"文化大革命"的极"左"路线折断了翅膀。不仅她终生眷恋的飞行事业被终止，还株连到她的丈夫飞行团长王效英。王团长是我非常熟悉敬重的老首长，也是何孝明的直接领

蓝天双星伍竹迪（左）、秦桂芳

王效英将军（左）与何孝明合影

第七章 激情岁月

导,还是跳高场上的竞争对手。两人至今还保持着联系,何孝明去广州采访就住在他家。

王将军不仅飞行技术精湛,而且组织指挥能力出众。在越南当专家期间,为越南运输机部队的组建,做出过重大贡献。他学识渊博,人品极好,是部队难得的优秀领导干部,他后来在预校、十一航校、成空都有出色业绩。恢复军衔后被授予空军少将军衔(现已离休)。秦桂芳和王效英是蓝天中一对罕有的鹰鹫,可惜,就因为秦桂芳有亲戚在香港而双双失去了飞行的权利,被调往航校做地面工作。

秦佳芳这个从来不图名利、不怕艰难,潇洒面对一切的刚烈女子,当听到停飞的命令后,内心的愤怒如火山喷发。可是在那个年代她能向谁发泄、向谁倾吐。一气之下,她与记载自己飞行生涯的一切资料诀别,将自己用汗水甚至是冒着生命危险换来的宝贵资料付之一炬。她说那鲜红的火焰就是她心里喷射出来的鲜红的热血。当晚,从不饮酒的她,喝得酩酊大醉后号啕大哭了一场。一代天骄的飞行生命从此夭折。

秦桂芳和伍竹迪是我一生中遇到的女飞行员中的佼佼者,可惜在30多岁的青春年华就遭停飞处理,她们两位的飞行时间都是4000多小时。她们是星空两颗耀眼的明星,正是大放异彩的人生时段,可惜就这样坠落了。

至1967年年底,第一批女飞行员能飞的就剩下了陈志英、武秀梅(1984年停飞,1989年退休)、何月娟(1976年停飞,1978年离休)三人了。王坚、施丽霞、邱以群、万婉玲因家庭问题、社会关系等政治原因被停飞。其中留在部队的除秦桂芳、伍竹迪外,只有施丽霞,她于1982年离休,其他人都转业到地方工作。

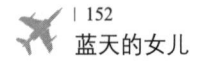

三、恩师捐躯

1966年,空军决定培养我国首批直升机女飞行员,填补我国无直升机女飞行员的空白,这一任务交给了我师直升机团。我们部队的指战员都清楚,飞无翼直升机比飞有翼飞机要艰苦得多,风险也大得多。有些飞直升机的男飞行员不愿飞直升机,称自己是"二等公民",重要专机任务飞不上,大城市去不了。女同志飞直升机在我国没有先例,女性能不能飞、能不能飞好,有不少不确定因素,带有试验性。

为确保试验成功,团里挑选了两名思想技术过硬、经验丰富、作风泼辣、身体健壮的女飞行员——潘隽如、韩淑琴改飞直升机,同她俩一道改装的还有团副参谋长陈志英。在确定人选的过程中有个小插曲。部队党委研究改装人员名单时,原本没有陈大姐,是她主动要求改装的。她的理由是:"我非常赞成女同志飞直升机,可用实践证明男飞行员能飞的机种女飞行员同样能飞。女飞行员飞直升机在中国还没有先例,困难会很多,为确保改飞成功,需要加强领导。我是女飞行员领导干部,我要带着她俩开创中国女飞行员的历史。鉴于以上原因,恳请党组织批准我的请求。"她的理由很充分,党委批准了她的请求。从此,中国有了第一批直升机女飞行员——陈志英、潘隽如、韩淑琴。

陈志英(中)、韩淑琴(左)与作者

第七章 激情岁月

实践证明,她们的改装是成功的,不久,她们就成了主力机长,开始执行专机等重要任务,陈志英还是中国首位女直升机指挥员。她们为我国培养了大量直升机女飞行员,积累了经验,闯出了路子,为我国妇女航空事业做出了新的贡献。

1968年7月25日上午9点左右,我正在打字室校对文件,走廊里骤然响起了一阵阵嘈杂声,我以为又来了什么最新、最高指示,就没在意,只顾校文件。可是当我校对完回到办公室后,看到科长和几位参谋那严肃的神情、苍白如霜的脸,自己就不由自主地紧张起来。刘科长声音低沉地说:"苗参谋,我们正等着你开会。刚才司令部开了个简短的部务会,龙副参谋长传达了师首长的指示,直-5型3584号专机在杨村机场附近坠毁,机上人员全都遇难。现在空军领导机关和师联合调查组已赶赴现场调查事故原因,要求我们保持稳定,坚守岗位,准备随时听从调遣。"科长的话犹如晴天霹雳,一下子把我打蒙了。

3584号直升机坠毁,陈志英大姐、我的好朋友潘隽如都在上面。我无法控制自己,跑到套间里大哭起来。他们听我越哭声音越大,就来劝慰我:"苗参谋,你别这么悲伤,这不仅是你们女航空员队伍的损失,更是我们部队的重大损失,现在首长的压力很大,有很多的工作要做,作为机关工作人员我们要控制好自己的感情,你这样呜呜大哭影响不好。"

我听到"影响"两字就慢慢止住了哭声,可眼泪还是一个劲地流。中午,同志们都去吃午饭了,我就跑到对门的作战值班室打听原委。那天早上3架直-5型直升机,执行一个外国军事代表团去杨村机场参观的任务。先遣机3584号于早上7点35分从西郊机场起飞。机长潘隽如,飞行员陈祖著。随机人员有准备下机后担任两架主机指挥员的陈志英和4名机务维护人员,还有3名新闻记者。上午8点15分,3584号到达杨村,并与地面沟通联络,当他们下降高度到300米准备落地时,突然操纵失灵,直升机产生左坡度急剧盘旋下降，方向改变了约 300 度，在距机场 4 公里处坠毁。当时，除潘隽如被摔出驾驶舱外，其他 9 名同志全部罹难。

"小潘还活着？"

"当时是活着，当抢救人员赶到现场时，她指着燃烧的直升机吃力地说：先别管我，机上还有人。但她因失血过多，在送往医院的路上停止了呼吸。"

陈志英和潘隽如同志，是我们新中国女航空员中第一批在空难中的牺牲者。

事故发生后，科长和其他参谋都被司令部首长派去干这干那，他们知道我最悲痛，就没分配我具体任务，让我在科里听电话值班。那些天，我的脑海里全是陈大姐和小潘的身影。特别是她们执行任务的前一天，从沙河机场调机到西郊机场，我们还一起去游过泳。晚上我到军人招待所去看望她俩，她俩非常关切地询问我在机关的工作和生活情况。陈大姐还当着小潘的面，表扬了何孝明，说他调到政治处后工作很出色，又能写又能画，团里几位领导都很器重他。显然她已改变了对何孝明的看法，她不是一位固执己见的人，她很实际。她说我和孝明是一对很难得的人才。说我在机关虽然飞得少一些，但能得到全面锻炼，将来再回部队一样有用武之地。她俩还表示等执行完这次任务后到我家里看看小立峰。万万没有想到那天晚上的相聚竟成了我们的永别，陈大姐对我的谈话竟成了她留给我的遗言。

陈志英大姐是我的恩师，也是我的好领导，好大姐，好朋友。每当我遭遇

陈志英在指挥飞行

第七章　激情岁月

挫折和困难，她总是及时给我解围和帮助。是她的力争才使我在航校免遭淘汰，是她的力荐我才能从徐州调来北京，所以在我心里她就是我飞行事业的奠基人、引路人。没有陈大姐，就没有我往后的一切。师恩如山，大姐遇难，如同丧母。她的离去，不仅使我失去了一位至亲至诚的好大姐，而且使我们女航空员队伍失去了旗手。她被上上下下男男女女统统尊称为"大旗"是不无道理的。她曾经出色地完成过各种各样的空运专机任务，她给建设工地紧急运送过器材，为大雪围困的少数民族牧民空投过粮食和衣物，给前方战友运送过武器和弹药。她被领导选中并培养为女航空员中的第一个女飞行指挥员，指挥过一批又一批的男女飞行员的改装训练。为了给女飞行员开拓更广阔的飞行领域，她和潘隽如、韩淑琴一道首批改装飞直升机，是我国首批飞直升机的女飞行员。当时的直–5型飞机比较粗糙落后，安全系数小，飞行时头顶上方就是飞速旋转的旋翼，震动特别大，而且直升机以野外山头山谷降落为特点，长途飞行时，给女飞行员带来诸多不便。

陈大姐她们以顽强的毅力克服了各种困难，以优异的成绩完成了改装任务。正当她们在直升机飞行领域大展宏图时，无情的空难夺去了她宝贵的生命，当时她才39岁。

潘隽如是我们同批的姐妹。她幼年丧父，母亲在中央音乐学校做秘书工作，含辛茹苦将她和姐姐拉扯大。姐姐隽志抗美援朝参军后当军医，1956年潘妈妈又把老二隽如送到空军当女飞行员，为此我们都特别尊敬潘妈妈，

潘隽如（左）、作者（右）与教员合影

我曾和小潘多次到她家看望这位老人。我和小潘在航校学理论时同在一个班，到外场飞行时又是一个飞行组。小潘长着一张瓜子脸，五官组合得很好，皮肤白里透红，1.65米的个头，可谓身材修长、面貌俊美。她非常灵巧，不管飞什么机种、飞什么课目，从来没遇到过大难题，接受能力是上等的，所以她是我们同批姐妹中，第一个被提升为中队长的。也正因为她各方面条件都好，才被领导选中和韩淑琴一起改飞直升机。

如上所述，直升机以野外降落为主，操纵特点也与带机翼的飞机大相径庭。但是她在陈志英大姐的带领下与韩淑琴同心协力，克服了种种困难，按计划以优异的成绩完成了改飞直升机的训练任务，并首先当机长（当时韩淑琴怀孕待产），在直升机上执行重要任务。尽管小潘技术好、反应快，但因3584号直升机的故障来得太突然，高度又那么低，飞行员根本来不及处置，甚至连一句向地面指挥员报告的话都没来得及说，飞机就翻倒在地上了。小潘当时被摔出驾驶舱外几米，内脏出血严重。据在野战医院当过救护医生的隽志姐姐说，如果按照战场野外就地抢救的办法，及时给小潘做止血处置，可能会挽救住她的生命，但当时没有这种经验和抢救器材，只一心想赶快把她送往北京空军总医院抢救，不幸她在路上就停止了呼吸。小潘牺牲时年仅31岁，飞行时间只有1200多小时，结婚才一年多，还没要孩子。

陈大姐和小潘牺牲一周后，在八宝山烈士公墓为十名罹难的同志举行了隆重的追悼大会。中央军委、中央办公厅、空军领导机关、新华社和我们部队的领导及代表，烈士们的亲属和生前好友等参加了追悼大会。我和我们部队的全体女航空员怀着极为悲痛的心情在追悼会上与陈志英、潘隽如同志告别。

在那以后相当长的一段时间里，我总是无精打采，虽没有严重到神经失常的地步，但成天恍恍惚惚。这年夏末我发生了一次自然流产。那

第七章　激情岁月

是个星期天，孝明因公未归，保姆回家休息，我又是带小孩又搞卫生、做饭。晚上保姆回来后，我说很累又来了例假，她看我难受的样子就劝我早点儿休息，并说要去给我请假，那时星期日晚上都要上班。她还没出门我的下身就大出血而且肚子非常疼，保姆发现我流的血中有个大血块，急忙把我按倒在床上说："立峰妈，你是流产了，你赶快躺下，我叫人送你去医院吧！"我一向例假不准，所以过了十几天也没在意。听保姆这么一说，我也感到这次例假比以往都更难受，而且量也特别多，身子特别没有劲，就听她摆布上床休息。等救护车把我送到空军总医院做进一步检查和处理后，才听医生说我确实是一次自然流产，而且是一对双胞胎。因为飞行事业的特殊性，使我这个女飞行员并不特别溺爱孩子，可是保姆倍感遗憾，她总是怨自己那天不该回家休息，要不立峰3岁后就可以有一对小弟妹了。孝明听到我流产住院的消息后，写过一篇文章，摘编如下：

1968年9月某晚11点左右，酣睡中的我被值班参谋推醒，他轻声对我说：'空军总院来电话，你爱人在医院流产了……'没等他说完，我一个鲤鱼打挺下了床，穿上军装，直奔车棚，骑上自行车就向城里飞驶。两个来小时骑完了一百多里路程，进了空军总医院。顾不上擦汗，便扑到了晓红病床前。虽已是次日凌晨，当我推门而入时，她还未睡，脸上还有泪痕。没等我张口，她就用歉疚的口吻轻声道：'孝明，对不起，我没保护好孩子。'说完呜咽开了。

我忙拉着她的手安慰道："陈大姐的牺牲已让你悲痛欲绝，千万别再让流产的不幸把你压垮。当下你的头等大事是放下想开，尽快养好身体，争取早日重返蓝天。孩子没了，以后再要。"

晓红流产的原因我很清楚，是一起空难引起的。……

一对双胞胎夭折，对喜欢孩子的我来说，是最大的憾事。但我无怨

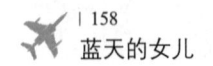

无悔,因为世上没有不付出代价的爱,作为'女飞'家属,我早有思想准备。"

半个多世纪过去了,随着人的衰老,怀旧情绪的增加,我更加留恋与大姐比翼长空的激情岁月,更加怀念恩师云海般的深情厚谊。

第八章

/

迟缓时光

"9·13"事件发生后,我们师的领导班子进行了调整,飞行团和大队一级的领导干部也换了一批;对飞行人员队伍则采取了掺沙子的办法,从各航空学校挑选了一批年轻教员来充实,部队处在青黄不接的迟缓时期。此时,我国也面临新的诸多挑战。

一、首探双亲

由于部队处于调整状态,飞行训练还没有恢复正常,我和孝明的工作都比较清闲,我俩便决定利用这段飞行"淡季",了却我俩也是双方父母的一项夙愿,回乡探亲。结婚6年多了,除他母亲和我大妹来过北京外,其他家人我们还未见过面。俗话说,丑媳妇总要见公婆,丑女婿早晚要拜见丈母娘。况且部队也有一条规定,父母健在的干部,每4年可以探家一次,来往路费公家报销。我俩都有多年没回家了,所以就向领导提出给20天假,先回湖南再到山东探望双方亲人。可是司令部和政治部的领导碰头商量以后(孝明已于1968年被调到师政治部宣传科当干事),只给我们15天假,我们俩没办法,只能精打细算安排极为宝贵的时间,昼夜兼程地回家探亲。

1972年4月,我和孝明带着儿子立峰(女儿立颖还不足1岁,便将她交给保姆照看,没有带她),踏上了南去的一次特快列车,前往长沙。在长沙我们先到孝明弟弟家落脚。在长沙市公安局工作的弟弟弟媳便也急忙请了假,带上他们的儿子陪我们一起回桃源老家,来一次难得的全家大团圆,给父母一个惊喜。我们一行6人,从长沙乘长途公共汽车,经过6个

第八章 迟缓时光

多小时的颠簸,终于到了桃源县的漆河镇。那天阴雨绵绵,我们又没带雨具。孝明家在九溪公社,离漆河镇还有25里路,那时还没有公共汽车和其他代步的工具,只能步行。孝明和他弟弟商量先到镇上找他们的叔伯弟弟孝宏想办法。孝宏高兴地替我们借了雨具,又背上立峰,带着我们,头顶霏霏细雨、脚踏泥泞小路向我陌生的婆婆家进军。孝明重乡情,一路上异常兴奋地给我们不停地讲述他小时候发生在这条路上的各种故事。他熟悉这里的每一寸土地,每一寸土地上都留有他少年时代的脚印。11岁起,他每年至少都要在这条山路上往返4次。小学毕业后,他考上了位于桃源县城的一中,离九溪约100里地。初中毕业后,他考上了常德市二中。二中位于德山,离九溪约120里地,每学期开学和放假他从没坐过汽车,都是靠着两只脚板步行。数度春来秋去,数度寒来暑往,在这条必经的小路上洒满了他的汗水,也写满了他的童话。

离他们家越近,他们兄弟之间的话就越多,人也越亢奋,我们相识已有十多年,还是第一次看到他那么孩子气的激动欢悦。是啊!携妻带子,衣锦还乡,自然是人生最大的乐事了,何况他带回来的还是我这么一位不算太丑的女飞行员。女飞行员在普通老百姓眼里,特别是在湘西山区人眼里,自然是如同下凡的仙女一般。

我们翻过一道山岗之后,孝明指着一条被笼罩在烟雨中的小街高声喊道:"看,那就是九溪,我们到家了。"我举目远眺,九溪小街坐落在环山之间的一块宽敞的大坪之上,真是依山傍水。一条小河从它身边潺潺流过,宛如一条宽大的蓝色彩带在潇潇细雨中飘舞,四周的群山苍翠欲滴,好似四道墨绿色屏障,矗立在雨丝风云之中,这里虽然偏僻,却很美。还未进婆家门槛的我,已深深爱上了婆家的青山绿水。

婆家在九溪小街旁的山峪之中,坐东朝西。屋后是一座小山,山上长满了青松。屋前有一口堰塘,水面漂着浮萍。这里的空气格外清新,环境

婆家老屋

幽静，是一处修身养性的好去处。我们到家时已是黄昏，全家老幼乍见我们喜得不会说话了。除了婆婆之外，都是第一次见到我，他（她）们一个个呆呆地望着我和我们这一群城里来的稀客。特别是我的公公，喜得脸上都找不到他的眼睛了。当我握着他那双长满厚茧的大手时他激动得全身发颤。就在这时，我惊奇地发现老人的右手没有食指，我愣了半天没敢发问，把这个问号暂时存放在心里。不一会儿，叔叔婶婶以及成群结伙的小字辈们又拥进了房门，把个不足20平方米的堂屋挤得水泄不通。这时我又发现叔叔没有右眼珠，他的右眼只剩下一个深深的眼窝。难道孝明的祖辈有残疾遗传症？我急忙扫描了一遍孝明的同辈兄妹，他（她）们都个个健壮完美。而且他的弟妹还都非常细嫩漂亮，我的心稍稍平静了些。

当晚半夜过后我们才上床就寝，湖南的气候是白天湿润清新，晚上阴冷返潮，被褥就像沾着一层凉水，因而尽管劳累了一天仍然不能很快入睡，我便悄悄地咬着孝明的耳朵问："你们家是怎么回事？你父亲右手没有食指，你叔叔没有右眼，是遗传吗？"

"你瞎想到哪里去了。这都是国民党统治时给我们家造成的悲惨灾难。我爸的手指、叔叔的右眼都是他们自己弄残的。"

"啊！为什么？"

"为了不被抓壮丁。"

"啊！躲壮丁。"

第八章　迟缓时光

"是啊！你看过电影《抓壮丁》吧！我爸和叔叔的遭遇比电影里描写的还惨。国民党为了和共产党争天下，大肆抓兵，在我们这里见了青壮年男子就抓。可是我们家全靠父亲和叔叔种田糊口，农闲时还要帮着富人家干活挣点儿零用钱花，要是把他俩抓走了，全家十多口孤儿寡母、老弱病残，就只能当叫花子要饭吃了。为了全家人的生计，父亲便用砍柴刀剁掉了右手的食指，叔叔用竹片拍掉了右眼的眼珠子。他们就用这种惨不忍睹的自残手段躲过了抓壮丁的灾难，保住了全家人的生路。"

父亲（右）与叔叔的合影

"你别说了。"我的眼泪顺着腮帮子流淌不止。参军后，我在部队虽然经历过多次教育，特别是3年自然灾害时的忆苦思甜教育，极大地激发过我的爱党爱国激情，可是那天晚上孝明痛说家史对我的震撼之强烈，仍然无法用语言形容。不管是醒着还是在梦中，父亲鲜血淋淋的右手、叔叔血肉模糊的右眼总在眼前晃动。在这难眠之夜，我更了解了旧社会的含义。因为知道了孝明的过去，也更理解了现在的他，也找到了他顽强拼搏艰苦奋斗的根，这苦根也扎进了我的心扉。

春末山村的清晨，特别清冷寂静。推门而出，迎面扑来的便是一股股香香的、甜甜的山野气息；缕缕炊烟从农舍中冉冉升起，鸟儿在树林中啁啾，与之相和鸣的是鸡啼和犬吠；放眼望去，视野里全是山峦的黛绿、禾田的青翠。过惯了闹市生活，听惯了飞机轰鸣的我，被这田园风光陶醉了。勤劳质朴的中国农民从天刚放亮就开始劳作。我们起床时，父母兄妹们早就忙完了田间活。母亲和妹妹正在厨房里烧饭菜，父亲则牵着牛从山坡上归来。昨晚灯光下没看清父亲的面庞，现在细看起来，年近六旬的他已是满脸皱纹，但身体还硬朗，脸上黑里透出红光，和孝明一样厚厚的嘴唇，总是张开着，看起来很和蔼。他不爱说话但总是微笑着。多么慈祥善良的老人，与我那威严气盛、动不动就向家人发火动怒的父亲有天壤之别。我尊敬父亲，但多少有点儿惧怕他，而我的公公是一个典型的慈祥憨厚的中国农民形象。

这次湘西之行所打下的烙印，至今仍深深地留在我的心里，也是我至今仍穿补丁衣服，吃粗茶淡饭，不乱花钱，舍不得浪费一粒粮食的缘故吧！公公的苦难过去，使我对他除了有一种儿媳妇应尽的孝敬之情外，还多了一份敬佩怜悯之情。我对孝明说，回京后一定给老人挤出一个床位，接他到北京见见大世面，享几年清福。他为儿女付出得太多了，我们做晚辈的应该尽最大努力，用充裕的物质和精神生活抚平他老人家的身心创伤。

因为我们还要绕道武汉、南京（看望我兄嫂）再回山东临朐我的故里，所以我们只在桃源住了5天就匆匆离别了刚刚熟识的亲人。来时容易走时难，相聚欢喜离别苦。孝明的父母、弟妹和远亲近邻都流着眼泪给我们送行，惹得我这个在众人面前有泪不轻弹的女军人、女飞行员也止不住眼泪，只能与他（她）们挥泪握别。当我告诉公公回北京稍做准备就接他进京时，他高兴得像个老顽童似的拍起了手掌，大家也都说他老实忠厚，好人有好报，八字好。一个月后，在长沙弟弟的帮助下，他便顺利地来到了北京，成了我们家庭中的一员。

虽然我4岁多就离开了家乡，但我小学毕业后回家住过一个多星期，60年代初期也回过一次冶源，因此回家的心情，远不如孝明回老家那样亢奋激动。倒是孝明仍像回桃源九溪一样心跳加快，兴奋紧张，他貌不惊人，又是一介平民，更没带贵重礼物，首次见岳父岳母，心里忐忑可以

第八章 迟缓时光

理解。一上通往冶源的长途汽车我就安慰他，但难解他的紧张情绪。好在我严厉的父亲和温顺善良的母亲都对孝明格外亲热，并且还给了他特殊待遇。按父亲重男轻女的礼俗规定，每次吃饭他和孝明立峰在上桌，把母亲和我及姐姐、两个妹妹赶到另一个小矮桌上，弄得孝明不敢夹菜，立峰更不敢伸手，最后还是我善良的母亲看出了门道，提议大家都上大桌子进餐（因为这是难得的

作者与幼时给她觅食的姐姐合影

团圆），才让他的女婿和外孙消除了拘束，吃饱了饭。第二天晚上睡觉前孝明问我："你和姐姐为何那么亲？我们刚到她就来看你，而且还住在这里陪你。"我给他讲了我幼时的故事。他听后感慨道："大姐半个娘，你得好好谢谢她，得给大姐留点儿钱和粮票。"原来探家之前，我们带了50斤全国粮票和400元钱。当时这是稀罕之物。原本两家各给25斤粮票200元钱。孝明家没要粮票，相反还给我和长沙的弟弟各送了5斤茶油和50个土鸡蛋。弟弟将茶油给了我们，我们将鸡蛋留给了他。到南京时，给哥嫂留下了5斤茶油，另5斤给了父亲。我们留给父亲的还有40斤粮票，150元钱。另10斤粮票和50元钱我偷偷给了大姐。当时冶源社员家能收到这么多稀缺的礼物，如获至宝，把老父亲乐得眼睛眯成一条缝，当年在济南阻止我参军时的凶劲儿也荡然无存。

我的家乡虽不如孝明老家富裕，但也有值得骄傲的地方。山东临朐冶源镇，是革命老区，著名的孟良崮战役就是在我们南面很近的莱芜一带打

作者与老伴在故乡老龙湾留影

响的。记不清哪位老首长说过，从某种意义上说，那场战役的胜利就是山东人民用小车推出来的，这话一点儿都不夸张，那时候我的父辈长兄们就昼夜不停地用双手推着一个单轮小车，向前方运送军粮和衣物。我的父亲曾因连续推车双脚磨得满是水泡、血泡。电影《红日》《南征北战》就是描写我们家乡一带的故事。

我们那里虽不像湖南桃源九溪那样青翠欲滴，但也是山清水秀的好地方，正如歌曲中所唱的："一座座青山紧相连，一朵朵白云绕山间。弯弯的河水流不尽，高高的松柏万年青。绿油油的果树满山岗，望不尽的麦浪闪金光。"特别令孝明赞叹不绝的是老龙湾的泉水。在我家的下方有一泓绿竹环抱的老年泉水，相传春秋吴越间，欧冶子曾铸剑于此，故称熏冶泉。当地民间又传说有神龙潜居，所以老人们都叫此泉为"老龙湾"。水面有40余亩，深数丈，清澈见底，水温冬暖夏凉，水质甘甜，冶源镇分东、西、南、北四个村，附近老百姓都挑这里的水吃。泉水有熏冶泉、万宝泉、青年泉、八角湾等，地下泉眼数不胜数。泉水喷涌如一串串珍珠，熠熠生辉。早晨气温低时，湾上云雾蒸腾，烟霞蔽天，尤为壮观。前些年在中央电视台每天露面的"秦池特曲""秦池古酒"就是取"老龙湾"的泉水酿制而成。

看到双方的家乡都各具特色，都从"困难时期"缓了过来，我们当即商定，将来退休后就回农村颐养天年，把北京的家交给孩子们，我们俩夏天在临朐，冬天去桃源。父母姐妹听到我们的这个打算，高兴地表扬我们没忘根，并给我们分定了房舍。

欢愉的日子过得特别快，一晃归期已近。因为在长沙和南京已各住两天，我们还要留一天回北京休整，所以在山东临朐我们也只住了5天就启程回京了。

二、嘉兴坠机

探家回京不久，孝明就被任命为宣传科副科长。对他的提升我当然高兴，作为女人谁不希望自己的丈夫进步高升。特别是孝明，他是我们在京第二批女航空员的女婿中年龄最轻、职务最低的一位，又是地勤干部。过去我们姐妹中有人多少有点儿轻视他。不承想，只几年时间，他完全凭借自身的德才走上了宣传科副科长的岗位。我们部队常驻北京，又是一支执行专机飞行任务、直接受空军领导的部队，所以人才济济。他被提为宣传科副科长，是对他腹中墨汁的肯定，得益于爱书。

经过一年左右的清查整顿，部队各方面的工作都逐渐步入正轨。本来在"文化大革命"中就有一批飞行干部受极"左"路线的影响，被停飞。"9·13"事件因受牵连又有不少飞行人员停飞，这样一来，部队的战斗力急剧下降。为了尽快恢复战斗力水平，适应飞行任务的需要，从1972年冬季起，部队便组织训练分队，赴南方进行复杂气象训练。因为北方冬、春多风少雨，要飞昼夜间复杂气象（白天和夜间的阴雨、低云、低能见度条件下的起降能力训练）就得去江南。为了抓住可飞天气又不给当地机场增加太大负担，我们训练分队又被分成了两支小分队，分别驻在杭州和嘉兴机场。

研究训练计划

我和训练科的胡国光科长随队前往，一方面协助部队组织训练，一方面也在各自所飞的机型上首批恢复技术。我当了多年参谋，总飞行时间虽然较少，但飞行课目进度并未落后。我飞的是里–2型飞机，和伊尔–18型飞机合编为一个小分队，驻在杭州笕桥机场。胡科长跟随由伊尔–14型飞机组成的训练小分队，驻在嘉兴机场。因为已经七八年没组织复杂气象训练了，这次我们每个人都从本场仪表大航线开始，然后再飞转场课目。

1972年年底前，我们第一批恢复复杂气象训练的人员全部顺利完成了训练任务。过了1973年春节，我们又组织第二批人员赴南方进行复杂气象训练。这次我是一方面作为机关人员协助部队搞组织计划，一方面还当飞行教员。

一天晚上我带飞老机长于忠刚飞夜间复杂气象转场，航线是杭州笕桥—白塔埠—无锡硕放—杭州，航线高度2000~3000米，全在云中飞行，降落机场的天气云底高150米左右，又降小雨，这对里–2型飞机来说是非常理想的复杂气象条件。我们准备好后按计划起飞了，第一个降落场白塔埠的天气不但云低还伴有降水和侧风，但于忠刚飞得很好。连续起飞后我们飞向无锡硕放，一路上通信员从短波电台收到的天气预报也是很好的复杂气象，我们按规定的航线数据飞向硕放机场。按常规应提前20~30分钟与降落机场沟通联络，但是当我们用超短波呼叫无锡硕放机场时，地面

第八章 迟缓时光

总是不回答。老于有点儿不耐烦地说："算了，我们保持航线高度飞越不降落了。"当然这是比较安全也是说得过去的一招（除了特殊紧急情况的迫降，飞机不得在未经地面允许的情况下随便降落某机场）。但我是教员又是师机关的训练参谋，我考虑应尽量争取完成预定计划。当我查看了飞机有充足的备份油量后，还

作者在接听电话

是下决心要在硕放机场降落。于是我便让通信员和南空联系（硕放机场属南空管辖），通知硕放机场开放电台，并告诉南空我们的飞机保持航线高度在硕放机场上空做仪表大航线等待（硕放机场虽未开放超短波，但开放了远距导航台，这就使我们的飞机有了明确的位置）。我们在空中等了10分钟后硕放机场便开放了超短波电台，老于又成功地做了一次夜间复杂气象条件下的降落。可是当我们正要加油门连续起飞时，地面塔台指挥员却命令我们将飞机滑出跑道，到停机坪关车接受检查。原来地面航行调度人员认为我们机组搞错了计划。经检查是他们搞错了时间，把我们从杭州笕桥的18：00起飞，错写成了晚8：00起飞，所以没有按时开放超短波电台。调度室主任当即向我们机组道歉，并同意我们立即开车飞回杭州笕桥。本来是两个多小时的任务，我们折腾了4个多小时才完成。但这次训练计划的完成更坚定了我对女飞行员品质的信心。多年来我接触了许多男、女飞行人员，就总体品质而言，我觉得男飞的优势在于勇猛果敢，而女飞的优势则在于柔韧沉稳。从飞运输机来看，女飞行员可能更适应些，这也可能是现在各航空公司纷纷招揽女飞行员的缘故吧！

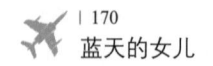

因为里-2型飞行员参加复杂训练的人数较少，任务完成较快，所以我们这支复杂气象训练小分队，就只剩下杭州笕桥机场的两架伊尔-18型和嘉兴机场的两架伊尔-14型飞机了。我仍留在杭州笕桥帮助做一些组织计划工作。

4月8日晚杭州的天气不理想，大家在宿舍待命等天气，我守着电话机和气象调度部门联系，准备随时进机场开飞。突然电话急促地响了，我以为是调度室来的，便赶忙抓起来："喂！喂！是苗参谋吗？"

"是，是，天气条件够了吗？""我是嘉兴，我是周团长，我们刚开飞，第一架侦察天气的飞机在近距导航台附近摔下去了，人员伤亡不明，请赶快报告师首长……"

我揣着咚咚直跳的心，跑到师首长面前报告了电话内容。李、王两位师首长让我马上申请车辆，赶往出事的嘉兴机场。杭州的训练计划暂时推迟。

事后查明，当晚嘉兴机场云底高100米（在60米、70米高度上有少量碎云），能见度1~2公里，降细雨，是夜间复杂气象训练的理想天气。应该肯定，这种天气组织伊尔-14型飞机的夜复训练是正常的。飞机之所以坠毁是因为飞行员操纵错误，空勤组协同配合不好，飞行教员放手太大。当飞机接近近距导航台时，大家都没有注意飞机状态（尤其是操纵

昼复训练结束

飞机的左座飞行员）而去找跑道，所以飞机因下滑角过大而撞树触地。这次事故导致飞机报废，所幸的是机组5人中4人重伤，1人轻伤，没有人牺牲，按照事故标准被定为二等事故。经过严肃的安全整顿，查原因找问题，部队领导检查认为，训练指导方针急躁是导致摔飞机的根本原因，每个飞行人员也认真吸取了血的教训。从那以后，我更切实地体会到，飞机从开始滑行就孕育着危险，只有用千万个准确无误的操纵动作，才能换回整个飞行过程的安全，哪怕是万分之一的不小心、十万分之一的错误率也会导致机毁人亡。这就是我所从事的飞行事业。

三、冒险偷书

1968年年初，何孝明被调到师宣传科当干事，主要负责文化和通讯报道工作。那时部队撤销了文化科，文化工作由宣传科管。那段时间他比我忙，特别是部队成立文艺宣传队期间，他当队长，除负责组织工作外，还参与创作和舞美工作。《红灯记》全套天幕变形幻灯片，是他绘制的。总之他是宣传队的大忙人，那些年，过年过节都看不到他的人影，宣传队解散后，他才回家住，才能见到他。

我们部队的宣传队小有名气。他们排演的现代京剧

师宣传队演出的《红灯记》剧照

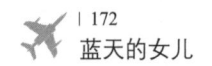

样板戏《红灯记》像模像样，让一些地方京剧团称道羡慕。他们自创的小节目也深受观众欢迎，如群口词《毛主席来到我们机场》，女声表演唱《周总理坐在我们飞机上》等。他们演出的小节目，上过中央、北京、哈尔滨、沈阳等多家电视台。

师宣传队还出人才。如创作组长兼演员的孙志远，后调空政话剧团，是中国作协会员，编剧、导演，影视作品有《回回司令》《马本斋》《缉私先锋》等，著有《感谢苦难——彦涵传》《凡人往事》等。又如乐队队长、作曲兼演员的赵裕丰，曾任计生委宣教司副司长，兼中国人口文化促进会秘书长（正司级），编辑出版多部人口文化丛书，策划拍摄过《乡村爱情》第一部，荣获中宣部颁发的"五个一工程奖"等。

宣传科有一放映组，组长路满堂，放映员先后有李秀玲、李杰、王芹科等。他们除放电影之外，还负责广播室和阅览室的日常工作。广播室和阅览室都设在大礼堂的前厅。前厅的二楼除放映室外，还有一大间存放过期报刊的储藏室。

有一天为查资料，何孝明从放映组长满堂那里要来储藏室钥匙，独自到里面翻阅旧报刊。进屋后他意外发现南墙根堆放着不少旧书，他如发现新大陆一般兴奋，也顾不得找资料了，径直朝那堆旧书扑去。虽然书上落满了灰尘，但都没受潮变质。这些都是当年从机关、部队收上来的没被焚烧或做纸浆的"幸存者"。在这

何孝明拿回的部分图书

第八章 迟缓时光

批"幸存者"中竟然有他的不少图书，如《钢铁是怎样炼成的》《红楼梦》，以及巴金、茅盾文集等。久别意外重逢，孝明如见到故人一般，喜极而泣，决定当回小偷，毅然将几本属于他的图书用废报纸包好，匆匆忙忙地离开了储藏室。

以后他多次故技重演，陆续将被收走的书全偷了回来，还顺手牵羊，牵了几本他人的精装名著，如

何孝明（左）与路满堂合影

《十日谈》等。由于做贼心虚，怕我知道，将书偷回家后，不敢摆在书柜里，只好将它们藏在床底下的木箱中。直到"四人帮"倒台后，他才告诉我真相，那些图书才重见天日，才堂而皇之地进了我家的书柜，而且是最显眼的位置。从此它们再也没离开过，相伴至今。

当我重见那些中外名著，自然是喜出望外，但对他瞒我这么多年不满，便埋怨道："这是天大的好事，干什么瞒着我？让这些宝贝委屈这么多年。"他笑了笑道："不让你知道自然有不让你知道的道理。""啥道理？不信任我，怕我揭发你？""怕你干吗，我是担心路满堂。""这与满堂有啥关系？""有一次偷书时被保管储藏室的路满堂撞见，但他啥也没说，也没问，便放我走了。事后很长一段时间，我都生活在惶恐之中，担心满堂在'早请示、晚汇报'中将我偷书之事汇报出来。在以阶级斗争为纲的激情年月，我偷自己书的行为，不同于一般的小偷小摸，不单单是道德品质问题，而是重大的政治事件，是资产阶级思想的'反攻、倒算'，说明我过去所做的检查、保证全是欺骗组织的谎言。一旦事发，后果不堪设想。为了不牵连你，因此没将偷书之事告诉你。要是你知道我偷

书的事,万一偷书之事被泄露出来,你就是同案犯,你还能飞吗?万幸的是满堂包庇了我,他没告发。前不久我问起此事,他说:'那本来就是你的书,自己偷自己的书,只能是笑话,哪能把你当小偷,所以我没吱声。'他的没吱声,使我死里逃生,躲过一劫。"

何孝明偷自己书的故事,按一般传记的写作惯例,到此就该结束,但我写到此处时,一张报纸打乱了我的思路,我按捺不住再次穿越时空,将今天发生的故事与58年前的故事放在一起写。

看《人民日报》和《参考消息》是我每天的必修课。《人民日报》在世界读书日的前一天,即2022年4月22日副刊上,刊登了从太空凯旋的女航天员王亚平写的《用知识点亮浩瀚星空》的文章,其中有这样一段文字:"除了'硬核'专业知识,文学和朗读也很好地陪伴了我们的太空生活。我们神舟十三号航天员乘组朗读巴金的《激流三部曲》总序,被大家称为'从远方传来的诗意'。"看到此处我情不自禁地大叫了一声:"天哪!巴老的著作竟上了太空!"

泪水也随这声大叫涌了出来,不知为什么,这条信息竟然有如此巨大的震撼力,这也许是因我正在写"偷书"故事的缘故吧,"偷"回的书中又正巧有《巴金文集》。是呀,谁会想到58前被收缴、被批判的"激流三部曲"《家》《春》

作者在自家书房看书

第八章　迟缓时光

《秋》的总序会响彻太空？巴老的在天之灵，如听到从浩瀚宇宙传来的："我无论在什么地方总看见那一股生活的激流在动荡，在创造它自己的道路，通过乱山碎石中间"的朗朗书声，他的英灵也会随着朗诵声在太空中闪光飞扬。

读不读书、读什么书、怎么读书，是时代精神、社会风貌、价值取向、人文素质的体现。神舟十三号航天员乘组，在太空朗读巴金的作品，就是经典例证。

四、云端丰碑

可以说，周总理是西郊机场的"常客"，他到过西郊机场次数难以统计，仅乘坐我们部队的专机就有 70 多次，飞遍祖国的万水千山，飞越欧、亚、非三大洲的广袤大地。周总理熟悉机场的一草一木，关心这里的一兵一卒。他与许多飞行人员谈过心、吃过饭、合过影，能叫出团以上干部和主要机长的名字。同样，广大指战员特别是飞行人员，都十分热爱周总理，崇敬周总理。周总理患病后，我们时时刻刻关注着他的健康，都在心里为总理祝福，希望他早日康复，盼望总理再次乘坐我们驾驶的飞机远航。

1974 年 12 月 22 日深夜，师长杨扶真办公室的红色电话铃响了，从电话的另一端传来叶剑英元帅的声音：杨扶真，我是叶剑英，明天中午 1 点，周总理要乘飞机去长沙，你挑选一架最好的飞机。叶帅还特别强调，要绝对保证总理的安全。杨师长根据叶帅的指示，决定由他亲自带队，由飞行经验丰富的副师长李廷良和女飞行员汪云担任机长。领航员、通信员、机械师等，都选最好的。在下达飞行任务时，机组成员一听是执行周

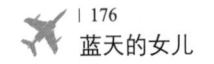

总理的任务，都抑制不住内心的欣喜。

翌日下午1点多钟，机组成员都静静地坐在驾驶舱里，等待着周总理的到来。不久，周恩来的专车径直开到飞机旁边，这说明总理没有在候机室停留，而是要直接上飞机。以往，周总理都是在候机室大楼门口下车，而后在候机室与送别人员做短暂的话别后再登机。这次总理走出汽车后，没有与任何人交谈便向登机梯走去。这时坐在驾驶舱里的汪云等人发现，总理步履艰难，需要人搀扶。总理穿着一件呢子大衣，戴一顶呢子帽子，还围着围巾，戴着口罩，在总理的身后紧跟着一群医务人员，带着各种急救器材。机组人员目睹这一切，刚刚放下的心，猛然间又被揪起来了，热泪几乎要从汪云眼里流出来。

248号专机开车，缓缓地滑行，稳稳地攀升，在乘客没有任何不适感觉的情况下，飞上了蓝天，向着潇湘大地疾驶而去。空姐马艳萍，曾多次执行总理的专机任务，了解总理的乘机习惯。她知道总理生活俭朴，乘机时所用的招待品格外简单，一杯清茶，一小盘糖果，一块毛巾。这次也是一样，小马给总理沏了一杯清茶，端上一盘水果糖，递上一块淡黄色的小毛巾（周总理这次所用的茶杯与小毛巾，已被革命历史博物馆收藏）。她心想总理有病在

汪云航行归来

第八章 迟缓时光

身,以为他会躺在床上休息,便给总理整理好了床铺。然而,总理并没有躺下,他仍和以往一样,坐在沙发椅上与随行人员交谈。他将杨师长叫到身边,向他了解部队的情况,特别是飞行训练情况,他说:我几年没坐你们的飞机了,在医院里住了8个多月。杨师长马上接着道:现在医疗很先进,总理的病一定能很快治好。杨师长这句话并非只是为了安慰总理,而是说出了大家的心里话。周总理深情地望了杨师长一眼,对杨师长的良好祝愿没有说什么,只是微微一笑,以表示谢意。而后,周总理强打精神,十分专注地倾听杨师长汇报部队的工作。

当杨师长说到部队并没有因开展批林批孔运动而影响飞行训练和专机任务时,周总理听了很高兴。随后总理又和小马攀谈起来,鼓励她好好学习业务。谈话间,小马发现总理端杯喝水时,手微微颤抖,她上前准备替总理端杯,被总理谢绝了。这时,小马再也抑制不住内心的激动,热泪夺眶而出。她不想在总理面前失态,一低头跑进服务舱。当她揩干泪水,再次来到客舱时,总理还没有休息,仍在与人谈话。当天下午3点多钟,周总理乘坐的248号专机,在长沙大托铺机场安全降落。落地后,周总理没有马上下飞机,而是稍做休息后,才由人搀扶着,向着细雨霏霏的机舱外慢慢地走去。

4天之后,也就是12月27日晚上,周总理结束长沙之行,乘飞机返回北京。当晚长沙大雪纷飞,总理的专机冒着纷纷雪花飞过湘江,越过岳麓山,告别被白雪覆盖的古城,迎着茫茫夜色向北京飞去。这时的周总理虽然显得消瘦、很疲劳,双眼布满血丝,但精神很好,苍老的脸上挂着笑容。周总理的兴奋,感染了机组人员,他们以为总理的病情有了好转。机组人员怀着这种心情驾驶着飞机,并顺利地降落在北京西郊机场。

248号专机滑到候机楼门前停稳之后,原以为经过长途飞行的周总理,在时间已经很晚的情况下,一定是迅速下飞机离去。但是,令机组终生难忘的一幕发生了，周总理不听医务人员的劝阻，用手扶着机舱的墙壁，极其艰难地向驾驶舱一步一步地挪去。他和往常一样，离机前要到前舱亲自看望机组的全体同志，向他们表示感谢。当总理走进驾驶舱时，脸上有了汗珠，呼吸也有些急促。他站在通道里，稍微缓了口气，对机组说："你们飞得很好，很平稳，我以后还要坐你们驾驶的飞机，谢谢你们。"当他与女机长汪云握手时，汪云再也抑制不住眼中的泪水，两行热泪滚出了眼眶。周总理和机组话别后，在卫士的搀扶下，坐车走了，可汪云却坐在驾驶员的位置上没有动。总理的那只瘦骨嶙峋的手，使她回忆起首次执行周总理的专机任务送总理去南宁时的情景。那时候，总理精神焕发，步子轻松，握手有力。万万没有想到，不到十年光景，周总理竟被病魔折磨成这个样子，见了让人揪心。可就在这种情况下，总理还拖着重病的身体到前舱看望机组的同志。总理这种心中始终装着他人唯独没有自己的精神，再一次深深地打动了每一位机组成员的心。他们都企盼着总理早日战胜病魔，盼望总理再来西郊机场，再次乘坐他们驾驶的飞机去视察祖国的大江南北，去访问友好邻邦。

可是没想到，这是总理最后的一次航行，是他全心全意为人民服务一生的真实写照，这次航行的航线是留在云端上的一座永恒的丰碑。

第九章

特殊时日

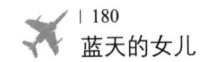

我们师经过1972年至1975年四年的训练提高，部队战斗力显著回升。但天有不测风云，1976年不幸事件接连降临神州大地，使中国人民处在巨大的悲痛之中。我个人也经历了一段由大喜到大悲的特殊时段。

一、改飞三叉

20世纪70年代初期，我部装备了一批英制三叉戟飞机。虽然三叉戟在国际上只是20世纪60年代的宠儿，但到了我们国家，当时还是最先进的。我们飞行员能从螺旋桨式改飞高速喷气式客机，当然是喜出望外的大好事。我们部队有3名与我同期的姐妹，率先飞上了三叉戟飞机，也是我国第一批飞高速喷气式运输机的女航空员。

我国首位飞高速喷气式客机的女领航员，是我部领航科副科长王善富。她出身于铁路工人家庭，入伍后一贯勤奋好学，领航技术和人缘都极好，曾是党的第九次全国代表大会的代表。她改装为三叉戟领航员后又被破格提升为师的副政治委员，这也是我们部队自组建以来女航空员担任的最高职位（在此之前与我们同批的、分在另一支航空兵运输部队的孤儿出身的女飞行员诸惠芬，当选过党的十大候补中央委员，并被提升为民航局副政委）。论才能，王善富任师副政委是完全胜任的，所以我们都为她高兴，也给予她极大鼓励。

王善富原本就是个非常出色的领航员，她任伊尔-14型飞机领航员时，曾多次执行重要专机和各种抢险救灾任务。有一年秋天，寒流突然降临渤海湾，几十只渔船被冰封冻在海面上，既没有衣物御寒，也没有食品充

第九章　特殊时日

饥，上百名渔民处在饥寒交迫之中。国务院、中央军委当即决定派飞机解救灾民。这个任务交给了我们同批姐妹中的佼佼者，飞伊尔-14飞机的女机长沈本华。大个子沈本华从航校到部队，飞行技术在我们这一批女飞行员中都是靠前的。

（左起）王善富、作者、许华山（许世友之女）在讨论

但是要完成好海上空投任务，主要还得靠领航员的本事，要求领航员非常精确的计算与飞行员非常精确的操纵相结合。同在一个飞行大队的沈本华和王善富曾多次同机飞行，又长期同住一室，所以不管是生活习惯还是飞领特点都了如指掌，非常默契。她们按预定航线起飞后，在陆地上的一段天气很好，但是一到了海上，就雾气朦胧，水天一色，能见度很差。按照资料计算她们已经飞到了空投点上空，却看不到一艘渔船。为了找到渔船，她们请示下降高度到150米做大半径盘旋。在低空搜寻中，目标终于找到了，但是怎样才能将物资准确地空投到渔民手中又成了难题。如果投到离渔船太远的地方，渔民无法去取；如果投到渔船上又怕砸伤了渔民和渔船。最理想的就是将食物和衣被投放到离渔船最近的地方，而要做到这一点就必须再降低高度，而且要用最小速度飞。为了解救被困渔民，王善富反复计算，把各种误差减小到零，同时她又和沈本华机长商量下降高度到60米，做超低空小速度飞行。

作为飞行的内行，我深知在海面上飞这么低又用最小速度有多么危险，这绝对要求飞行员分毫不差地严格保持数据，否则在海天难分的情况

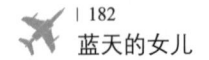

下随时都有坠入大海的可能。王善富素以心细沉稳著称，所以深得各位机长信任。按照她报出的各种航行数据，沈本华准确地握着驾驶盘，投放员则将一包包物资全部投放到渔船的周围，在客舱负责空投物资的投放员，每投出一批麻包就能听到渔民的一片欢呼声。可是我的好姐妹王善富和沈本华每进入一次空投都得全神贯注地盯着驾驶舱前面的仪表，一点儿也不敢分神，直到全部物资空投完毕，飞机爬升以后她们才松了一口气。她们虽没有听到和瞧见渔民欢呼和雀跃的场面，但仍怀着异常欣慰的心情返航回京。

我国第一批飞高速喷气式客机的是我的两位好姐妹汪云、韩淑琴。早在20世纪40年代，国外就有了飞高速歼击机的女飞行员，后来又有了女宇航员（现在叫航天员），但在我们部队里，对女同志飞高速喷气式客机，还有不少人心存疑虑。性格倔强从不服输的汪云和飞行作风泼辣敢干的韩淑琴，在改装过程中虽然遇到过一些难点，但整个掌握技术的过程和训练结果一点儿都不比同期改装的男同志差。实践证明，在飞行领域里，我们女性完全可以和男性抗衡。就我在部队30多年的所见所闻，无论飞哪种飞机，执行哪种任务，我们女性都不比男性差。汪云和韩淑琴以优异的成绩完成了三叉戟飞机的改装训练任务，1974年她们又分别被提升为两个飞行大队的

汪云（前）在驾驶三叉戟飞机

第九章 特殊时日

副大队长,并开始执行重要专机任务,为我们女航空员和中国妇女争得了不少荣誉。

1974年年底,我正参加野营拉练,长途跋涉到怀柔沙峪公社,突然部队来汽车接我回城,说有紧急任务。我赶回北京后才知道是去哈尔滨接第四批女飞行员,同时张筱龙等人去陕西接女领航员和通信员。因为第三批女飞行员毕业时大部分被分到其他部队,只有许世友的女儿许华山和个别家属在我们部队的女航空员调到了我部,所以这次是成批地接第四批小妹妹。这次我们总共接来了女飞行员20名,女领航员7名,女通信员10名。在哈尔滨一航校我参加了她们的毕业考试,并亲自上飞机观看了两名学员的起落飞行,其中回族学员底建秀给我留下了特别好的印象,并点名要她到我们部队来。

随着三叉戟飞机的不断引进,我们部队的飞行员一批又一批地从其他机种向三叉戟过渡。1975年秋季,我也有幸被选中改装飞三叉戟。当时算起来我在机关当参谋已近10年,飞行时间和飞行技术的熟练程度已落后于同批姐妹,眼看她们一个又一个改飞新机种,驾驶着新型飞机在蓝天上飞来飞去,而自己在机关10年,等于"关"了10年,很少摸驾驶盘,摸的仍是老旧飞机里-2型飞机的驾驶盘,虽然羡慕,却也安然,谁叫自己命运不济,有一个资本家姑父,而且还在姑父家寄养过。10年安于机关现状,猛然间听到让我改飞我部主力机型三叉戟,开始还不敢相信是真的,全师20多名女飞没选,单单选中我,我百思不得其解。直到训练小分队成立那一天,我心中的问号才拉直成惊叹号。

为搞好改装训练,专门组成了改装训练小分队,赴南京大校场机场实施改装计划。领队的是副师长李延良,指挥员是韩淑琴,飞行教员是副团长肖福亮和大队长唐炳炎,飞行学员除了我还有5名男飞行员以及两名刚刚来部队不久的第四批女领航员刘凤云和陈冬宁小妹妹。我在这个训练分队中处于一种十分特殊的地位。飞行学员中我是唯一的女飞,而且是年龄最大的一位,同时又是机关的参谋。更为巧合的是负责带飞我的教员肖福亮,1964年他们那批学员改装里–2飞机时,我曾经是他们的教员。指挥员韩淑琴是我的同批姐妹,过去我们是并驾齐驱的蓝天战友,在一个飞行大队相处多年,是最要好的知心姐妹。可是在改装训练分队里,我得老老实实地向她学习,向她请教,尊她为师。因为我们部队机种很多,在改装新飞机时,经常是教员、学员互换位置,所以适应学员的位置对我来说并不难。另外作为学员,我还要努力给小刘和小陈做出好样子。

说心里话,这次改装三叉戟飞机,对我来说真不轻松。一是年龄不饶人,当时我已38岁,是两个孩子的母亲。二是我在机关工作时间太长,长期处于飞行间断状态,过去我是我们同批姐妹中飞行时间较多的,可这十来年,姐妹们一年都飞300多小时,而我每年都不超过100小时。"飞行、飞行,不飞不行",这句话是挂在我们飞行员嘴上的口头禅,它千真万确地说明了多飞的重要性。你飞得再好,长期不飞也要生疏落后。相反,你接受得慢一些,但只要多实践多飞也能越飞越好。可是那些年我飞得太少了。三是我是从里–2飞机改飞三叉戟的,这个跨度太大了,里–2与三叉戟相比各种重量和航行数据都是1倍与4倍或5倍的差数。不过,我也有自己的优势,接受能力较强,模仿性好,又好动脑子,特别是有好姐妹韩淑琴的帮助,我还是信心十足地投入了改装训练。不出所料,开始飞时我

韩淑琴在指挥飞行

第九章 特殊时日

主要是对三叉戟飞机的惯性掌握不好，从里-2改装的那名男飞行员也有这个毛病。其他4名男飞行员是从子爵型和图-124型改飞三叉戟的，他们的基础比我们稍好一些。但在肖福亮教员的耐心带飞和韩淑琴的细心讲解帮助下，我和其他学员都按计划放了单飞。

我第一天放单飞的成绩比预料的好，3次起落1次4分两次5分。那天我之所以发挥得

作者学会了驾驶三叉戟飞机

那么好，除了我本身的因素外，还与韩淑琴的密切配合有重要的关系。平时我们部队规定，女飞行员之间不能互相同飞（一个在机长座位上飞，一个在副驾驶座位上协助操纵或做一些协同动作）。可是因为在南京训练，没去那么多飞行员，放单飞时又不能让带飞教员同飞（失去了单飞的意义），所以领导决定那天让肖福亮当指挥员，韩淑琴与我们放单飞的飞行员同飞。这难得的机会使我和韩淑琴都很激动，而且领航员又是我们的蓝天小妹妹刘凤云，我们真可以称得上"三八"女子机组了，因此我们几位女同胞决心以优异的飞行成绩给领导和其他男飞一个惊喜。三叉戟飞机的操纵动作很多要由右座同飞的飞行员操作，甚至各种速度调整都由右座主宰，所以坐在机长座位的左座飞行员能不能飞好每一次起落与右座有直接关系。在飞行准备时韩淑琴就给我打气："晓红，你尽管放心大胆地做好你的动作；凡是该我做的，我一定给你做到最好，让你飞出最好成绩。"凤云对我说："苗参谋，有我领航，保证你的航线不大不小，咱们女子作

业组，一定要和男飞们比比高低。"此话一出，我当时愣了一下，但因要准备飞行便没多想。刘凤云说到做到，她报给我的航线不大不小，我飞得很顺当，飞出了最佳水平，三个起落航线获得两个5分、一个4分的好成绩，不仅给领导和其他男飞一个很好的第一印象，也增强了我飞好三叉戟飞机的信心。我衷心感谢教员肖福亮的耐心带飞和韩淑琴的帮助，以及刘凤云小妹妹的鼓劲与配合。因为在南京集中时间训练，我们只用了一个半月就完成了昼、夜间简单气象的全部改装课。从此，开始了我驾驶高速运输机驰骋长空的新征程。

在南京一个多月的时间里，我不仅初步掌握了三叉戟飞机的驾驶技术，还进一步加深了对刘凤云小妹妹的了解和情谊。刘凤云1952年5月5日，出生于北京一个军人家庭，父亲和姐姐都是军人，1959年9月就读于海淀区沙窝小学，毕业后进入海淀有名的育英中学。1969年3月应征入伍，分到陆军第五十军一四八师通信连，当电话兵。1970年9月，空军从陆军女兵中挑选女飞行员，刘凤云被选中，成为我国第四批女飞行员，进空军第十六航校学习领航专业。1973年11月，以优异的成绩毕业后被分到我们师。

第四批有30多名女飞人员被分到我们师，为使她们尽快融入部队生活，专门成立了集训队，对她们进行部队传统教育，我当队长带她们。

集训队住南苑机场军人招待所，每天起床后，我要带领她们长跑，从招待所跑到北营门，来回3000多米。大多数人跑不到终点，可有一位身穿海蓝色运动服的小姑娘，每次都能跑完全程。从此我记住了她的名字：刘凤云，也记住了她的形象。她中等身材，偏瘦；双眼不大，炯炯有神；鼻梁不高，小巧精致。她气质高雅，很有魅力，一看就是位腹有诗书的才女。

有天长跑时，我问她，为何每次都能坚持跑完全程？她说："初到航

第九章 特殊时日

校时，我平衡机能不好，每次飞行都呕吐，吐得很厉害，直到把胃液吐出来，很影响正常飞行。为了不被淘汰，不使蓝天梦破碎，我加大体能训练的运动量，周日别的同学在休息，我还坚持跑5000米。这3000米，对我来说算不了什么。"原来如此，这姑娘之所以能一天不落地跑回军招所，是因为她心中有梦。从那时起，我更认定她将是一位优秀的领航员。集训结束后，我回师训练科，她被分到某团某大队当领航员。

二、爱的奉献

当我从南京回京后，才得知我的家人为了不影响我的精力，连儿子摔断了胳膊都没敢告诉我。为了支持我们飞行，我们每个女航空员的家庭几乎都做出了牺牲。尤其是那些常年在基层飞行部队当主力机长的女飞行员，因为飞行任务频繁，有的在外值班一去就是一个多月，而且这种情况一年要轮上四五次，这样就有半年多的时间不在家，家中一切事宜全由家庭"主男"处理。沈本华从小丧父，是其母亲靠给人做帮工把她拉扯大的。她结婚后把母亲接到北京，勤劳惯了的老母，不让她请保姆，又辛辛苦苦地帮助她

李秀云（后排中）率机组在军区值班

带大了一双儿女。可是老人病重住院时,沈本华正在昆明执行军区值班任务,当领导派人换她回京时,和她相依为命的老母已经撒手尘寰。

到部队后和我一起改装飞里-2型飞机的李秀云,开始时接受慢一些,进度掉了些队。但她刻苦努力,稳扎稳打,不久就赶了上来。改装伊尔-14和安-24飞机后,她一直飞得很好,是她们大队执行任务的主力机长。因为她飞得好又成熟老练,内外关系融洽,所以到各大军区值班,一年就有四五次。李秀云在外飞行期间,无论家里有多紧急的事,她的丈夫空勤机械师(后升为机务中队长和机务处领导干部)李永勤都一人承担,从不让她分心牵挂。有一次,她在某军区执行战备值班任务,女儿给她寄了一组漫画,第一幅是女儿跪在山头上,面对咆哮的大海,呼喊着 mother! mother!(妈妈)。第二幅是爸爸拿着带刺的大棒,女儿跪在搓板上,双手捂着头上肿起的大包啼哭。第三幅是一份成绩单,上面写着总成绩 600 分,女儿举着拳头宣誓。第四幅是女儿坐在桌前看着书,弟弟躺在床上酣睡,窗外繁星闪烁。李秀云看着、琢磨着,犹如万箭穿心,她知道这是女儿用幽默的漫画向母亲倾诉想念之情,并且发誓要努力学习,争取取得好成绩。但不管怎么说,在女儿升学的节骨眼上,她不能在家给女儿做点儿好吃的,给女儿创造些好条件,实在有负于母亲的责任。秀云出身书香门第,父亲是位优秀老教师,因此她从小就接受了良好的家庭教育,性格善良柔顺,是位典型的中国贤妻良母型女性。为了飞行,她牺牲了很多与丈夫和孩子的亲情。为了尽量补偿,每次外出执行任务或到军区战备值班时,她都给家人和保姆留下备忘录,把家事安排得有条有理,字里行间蕴含着对丈夫和孩子深深的爱。

曾月英是我在航校当班长时班里的小妹妹。这个湘妹子到部队后先飞伊尔-14后又改装飞安-24,这两种机型都曾经是担负各军区战备值班任务最多的飞机,所以她每年外出执行飞行任务的时间也特别多,一般都是五六个月。她的丈夫是她童年的同窗,在军队一个科研单位工作,总体

第九章 特殊时日

上说是支持妻子飞行的，但一个男军人成天带着两个儿子过，困难可想而知，所以常流露出对她的埋怨责怪。小曾为此也流过泪，但是从未因家庭困难而影响过执行飞行任务。值得欣慰的是，她的两个儿子在丈夫的严教下都非常有出息，现在大儿子在美国工作，二儿子从外经贸大学毕业后被分到贸易部下属单位工作。要说女航空员为了飞行事业而牺牲亲情和家人为支持她们飞行所承受重担的故事，实在是不胜枚举，太多太多了。

1975年年底，我飞夜间转场课目，因突降大雪跑道结冰，被困在武汉5天。我们在那里学习航空理论，等待天气转好，每天过得轻轻松松，可是我的母亲因严重哮喘病，医治抢救无效在山东老家辞世。当冰雪融化天气晴朗，我们转场回到北京时，科长无奈地交给我一封母亲病故的电报。我的母亲从小丧母，跟着她的姨妈长大，16岁嫁到我家跟着我那火暴脾气的父亲，又受穷又受气。我总想等搬进有暖气的房子后接她来京享几天福，万万没想到，一句临别话都没留给我她就走了。我流着泪登上了回家的车。也许很多家长都盼着自己的儿女当上飞行员，岂不知，我这个女飞行员还没来得及给父母尽上一份孝心，我的母亲就去世了。

"女飞行员"这个令人羡慕的花环上有多少荣耀就有多少艰辛。酸甜苦辣的百般滋味唯有我们自己知道。有一次，我执行了接送全国工业学大庆会议代表的任务。那时候，孝明正在军政大学学习，平时家里就靠公公照顾，我晚上回家帮助洗洗涮涮，家里还能正常运转。不巧的是那几天公公正患感冒发烧，60多岁的老人了，发着烧给孩子做饭我真不忍心。可是我的飞行任务更重要，在处理家事与工作矛盾时，我都是工作在前。前边说过了，很多女飞行员一年有半年多在军区执行值班任务，我多年在机关工作，没有执行过一次军区值班任务，难道我三四天都挺不过去？于是下班后我回家做好第二天孩子们的饭，并给在军政大学学习的孝明打电话，请他每晚回家照看一下有病的公公，让我能专心致力于飞行任务。孝明听说我需要他的帮助，二话不说就冒雨赶回家来，当他从玉泉路的军政大学骑着自行车赶回家时，雨水和汗水融在一起浸透了他的全身，成了真正的落汤鸡。望着他可怜兮兮的样子，我的眼泪差点儿滴落下来，总觉得这么多年来他为支持我的飞行事业，做出的牺牲实在太多太多了。人们常说，每一个成功的男人背后都有一个默默奉献的女人，而我们每一个女航空员的家里都有一位无私奉献的男人。

老伴何孝明，写过一篇文章题为《当女飞家属的那些年》，写出了一个女飞行员丈夫的酸甜苦辣和喜怒哀乐。文章较长，不便引用，我只将他做女飞丈夫的几点感慨原文摘录如下：

感慨一：30多年来，我当女飞家属最深的体会是：能忍能让大丈夫，能屈能伸真男儿。这14个字既能确保家庭和睦，更能提高妻子飞行的安全系数。不让她带着忧郁、烦恼等思想包袱上天，是对她飞行事业的最大支持。当女飞家属就要准备做一辈子老黄牛，忍辱负重，埋头拉车。

感慨二：全心全意支持妻子的飞行事业，是做女飞家属的基本条件。恋爱时我做过保证：婚后无论遇到什么事，都不能影响她飞行。这是我一生的承诺，她82岁驾机重返蓝天，我第一个举双手赞成。这是爱的承诺，是留在蓝天上的历史证明。

感慨三：妻子的飞行佳绩，是对我付出的最好回报。晓红的军功章、锦旗和各种奖状，好似阵阵秋风，将我当女飞家属的所有怨尤和艰辛，都扫到无际的原野中去了。如果此生从头再来，我还要当一名光荣的女飞家属。

三、重任在肩

机关工作十年，我有失有得。我虽然飞得很少，但我的写作水平、

第九章 特殊时日

办事能力有显著提升,为我退休后的文学创作打下了坚实的基础。同时我在航空理论方面有所建树,编写过教材、讲过航空理论课。对有些理论问题有较深入的研究。例如"滑水"问题,即飞机在积水、积雪有冰的跑道上起降时,刹车效能大大降低,使滑跑距离大大增加。过去飞里–2、伊尔–14,甚至伊尔–18时,因为本身起降距离短,即使滑水其增长的距离也不明显,2000米左右的跑道满够用的,所以没引起飞行人员重视,新型三叉戟飞机,因为本身起降重量重,达五六十吨,速度快,时速近千公里,起降距离大大增长,要是遇上积水积雪就会产生滑水现象,飞机滑跑距离就大大增加,操纵不好不是冲出跑道就是偏出跑道。

有一次我们一个飞得很好的机长,送当时的副总理陈永贵去太原,就因为太原机场下雨,跑道上有一层积水,他仍按平时要求做轻落地,飞机着陆后方向有小偏差,他正常修正,飞机怎么也不听使唤,硬是偏出了跑道。泥泞的草地无法开进舒适宽大的下机扶梯,故只好把陈永贵背上汽车。其他飞行员也有过冲出跑道的记录。后经反复学习研究,才搞清楚当飞机在积水(冰、雪)跑道上降落时,一定不要做轻柔接地,而要做踏实接地。踏实接地机轮就能穿透水(冰、雪)层,接触道面,就不会产生"滑水"现象。掌握"滑水"理论后,我师没再发生因"滑水"偏出跑道的事故。

由于我在飞行理论方面有所贡献,一项新的重任落到了我的肩上,即参加三叉戟飞机系统理论建设。

作者(左三)现场交流

这时我才明白了师领导让我改飞三叉戟飞机的真正原因。他们是为了发挥我的强项，主要是让我在纸上、在三尺讲台上施展才华，并非放我去蓝天上乘风破浪。尽管如此，我仍乐在其中。

我首先协助三叉戟老机长王勤副团长编写出了该机型的训练大纲，接着参加了空军组织的"三叉戟飞机飞行原理教材"编写小组，以后又和高学顺等同志共同编写了三叉戟飞机飞行员教程，还参加了三叉戟飞机机组手册和三叉戟飞机性能讲义、三叉戟飞机图册等资料的校对编撰工作，并很快承担起三叉戟飞行原理教员的任务。

因为我本身是三叉戟飞行员，有飞三叉戟的实践经验，所以我既能将很多飞行中的现象问题感性认识引申到理论上去分析，又能用理论剖析飞行中的各种现象，讲课也深受飞行人员欢迎。直到我停飞退休以后，我们部队还聘用我当飞行原理教员。我之所以成为飞行人员喜爱的教员，除了先天的口齿清晰善于表达之外，主要是得益于领导的培养。

1964年我就参加过空军在武汉举办的兼职飞行原理教员培训。对我帮助最大的是空军组织的"三叉戟飞机飞行原理教材"编写小组，这里有人大代表、全军十大优秀教员、著名的空军工程学院教授陈先楚，年轻新秀聂昌佑。他们都是非常有才华的教员，理论功底很深，对编写教材很有经验，讲起课来深入浅出，条理清晰，又都懂外语，许多新知识新问题他们都了如指掌。在编写教材半年多的时间里，他们所给予我的帮助，使我受益终身。直到现在，他们那种永远进取、珍惜时间，努力学习、不断充实自我的精神还在激励着我。

改飞三叉戟飞机后，我也开始在这种飞机上执行飞行任务，但仍是个"控制使用对象"。有一次上级派下来一个去福建前线某机场的任务，因为我没去过那个机场，就想当副驾驶跟着其他老机长去看看。我们训练科的胡国光科长很支持，就把我的名字报到机组名单里了。万万没想到机组下达任务前几分钟，科长突然通知我不去了。我开始以为是这个任务撤销了，可是一打听，才知道是因为我的家庭成分问题用别人换下了我。

参军多年组织上对我的所有定论、评价和任何裁定，我都是百分之百地服从。可是这一次，我怎么也没有想到自己连到一个边远地区的机场执行任务的资格都没有。于是，我开始为澄清我的家庭成分而奔波。首先我找到一本关于划分家庭成分的小册子，然后和我的具体情况进行了对照。那上面写得清清楚楚，我是寄养子女，对家庭财产既无占有权，也无继承权，所以根本不应该被划为资本家成分，那段寄养生活只能算是我的个人经历。据此我向司令部党支部写了一份要求"核实家庭成分"的书面报告。报告拖了很长时间也没有明确的回复。但我从政策根据上得到了慰藉，我相信不管等多久，我一定能得到一个公正的答复。

四、驰援唐山

1976年的前十个月，我们党和国家的三位主要领导人周恩来、朱德、毛泽东相继去世，神州大地上空哀云密布。

1月8日上午，人民的好总理周恩来与世长辞。11日下午，首都百万群众自发地聚集在十里长街两侧送总理。清明节前后"四人帮"出于篡党夺权的目的，极力压制人民群众对总理的悼念。他们这一行径，激起了全国人民的愤怒，爆发了声势浩大的"四五"运动。

我们家发生了一件出乎我意料的事。4月5日，我那老实憨厚的公公突然失踪了，直到我从食堂吃完晚饭回到家，两个孩子都在写作业，还没见他老人家的身影。这下我可紧张了，我慌忙给孩子们做了点儿吃的，然后就和孝明到公公经常去的地方寻找，并到和他经常在一起劳动的（他常帮周围菜地的农民干活）农民家打听他的下落，可人家都说没看见他。我暗想，难道他自己坐火车回老家了？还是出去走错路迷失了方向？急得我和孝明团团转。眼看晚上9点，我们正准备报告保卫部门请求帮助寻找时，老人家疲惫地回到了家，一看那劳累样子就知道他是走了远路。我那调皮捣蛋的儿子立峰，平时有点儿嫌爷爷土气，这时一下子扑到老人怀里喊着："爷爷你到哪里去了？把我们急死了！""急么子！我去天安门广场了！"他说得既坦然还有几分骄傲和激动。天哪！我和孝明又惊讶又钦佩。

"你不认得路，又不识字，怎么找到那里的？"

"路在嘴巴上，一面走一面问呗！去那里的人多着呢！人山人海啊！好大的场面。"

那天晚上，我们一家三代就围在他周围，听他这位老农民讲述天安门广场的见闻和感受。

公公去天安门广场悼念周总理的举动，使我看到了中国普通农民对老一辈无产阶级革命家朴素、真挚的无产阶级感情。

1976年7月28日凌晨3时42分，河北省唐山、丰南一带发生了我国历史上罕见的强烈

王春的英姿

第九章　特殊时日

地震。震感波及天津和北京。顷刻之间地动山摇，屋倒楼塌，唐山市变成一片瓦砾，成千上万正在酣睡的人被埋在瓦砾之中，公路、铁道及通信全部瘫痪。

党中央国务院为了尽快了解唐山地震灾情，以便组织救援，命令我部派直升机飞赴唐山丰润震区侦察灾情。第一架飞临震区的直升机就是由第四批女飞行员王春驾驶的。

王春是我的山东老乡，她生在海滨城市青岛，身体健美，面庞俏丽，是一位讨人喜欢的姑娘，飞行技术和理论功底都很好，是直升机的得力机长。她领受任务后，率领机组载着工作组，冒着余震的危险，飞遍了整个灾区，掌握了大量灾情资料，并将了解到的信息及时报告给党中央、国务院。王春机组的报告称，唐山机场虽满目疮痍，到处是残垣断壁，除跑道北头的远距导航台外，其他的通信导航设施全被破坏，但跑道和滑行道未被震裂，飞机仍可起降。

根据王春机场尚可起降运输机的报告，上级当即做出决定，派大批运输机飞赴唐山，运送抢救人员和器材，陆续向外地输送受伤灾民，并指示我部火速派出指挥组进驻唐山机场。当天中午，我团的李桂森副参谋长便带着一部超短波电台和机关人员来到唐山，成立了临时指挥所，肩负起繁重的空中指挥任务。

第一架在震后唐山机场

李桂森（右二）在现场指挥

降落的运输机，是我部伊尔-14型飞机，机长是我同批姐妹曾月英。当时唐山一带的余震不断，机场随时有遭受余震破坏的可能，虽然主跑道可以起降运输机，但其他通信、导航、后勤保障等系统均遭到了不同程度的破坏，一时难以恢复保障。因此在唐山机场起降不但困难很大，而且还带有较大的危险性。但素以吃苦耐劳闻名的湘妹子曾月英，一心只想将抢救人员和急需物资运往灾区，根本没有考虑自己的安危，她率领机组在没有完善的地面导航设备保障的情况下，将飞机安全降落到仍在微微颤动的唐山大地上。

首航成功后，曾月英机组又加入了救灾的机群队伍，将医务人员和医疗器材及各种食品源源不断地运往唐山，又将唐山的受伤灾民空运到其他城市抢救治疗。就在她连续几天参加唐山救灾飞行时，她的丈夫欧阳华正带着两个不到10岁的儿子在北京的一个军队科研大院里修筑防震棚，因为没有一个懂行的好劳动力，她的丈夫还要采购做饭，所以她家的防震棚搭得歪歪扭扭不像样。全家人窝在闷热的小棚里，埋怨她大难当头太不顾家了，甚至连个电话都没给家里打，儿子们还向爸爸发出质问："妈妈究竟还要不要我们？"正在他们大发牢骚时，忽然听到大院的广播喇叭里传出了曾月英三个字，顿时他们静下来仔细倾听。原来是中央广播电台正在播放一篇报道曾月英驾机飞抵唐山机场抢救灾民的通讯文章。三个人的牢骚埋怨顿时烟消云散，脸上都换上了笑容。研究所的领导和同志们听了广播也都来向欧阳华及孩子们表示慰问，并提出曾月英同志为大家舍小家的精神难能可贵，她不在家时，欧阳华可以不去办公室上班，家里有什么困难，研究所一定全力帮助解决。曾月英的行动和领导的关心给了欧阳华和孩子们极大的安慰和支持，两个孩子竟一下子长大了，表示要自己管好自己，不要爸爸在家照顾。

唐山地震后的救灾工作，自7月28日起至9月25日结束，持续了

第九章 特殊时日

近两个月，我们部队共出动飞机 147 架，飞行 1290 架次，820 多小时。我也曾多次驾驶三叉戟飞机飞赴灾区，目睹了唐山灾区的悲惨境状，同时唐山人民那种战天斗地的精神，也深深感动了我。

作者飞行归来

在唐山大地震中，我们女飞行员中遭受打击最大的是李秀云。王春、曾月英从唐山灾区回队后都没敢和李秀云讲唐山已是一片废墟的惨状，领导上也没有安排李秀云执行救灾飞行任务。那些天，她的心情一直忐忑不安，她的家就在唐山市解放路王家巷，父母亲和两个哥哥的家都在唐山市。孝顺贤淑的秀云日夜关心着亲人的安全，她曾多次向领导请战，要求参加去唐山救灾的飞行任务，但领导决定，在她家受灾情况不明的情况下，暂不派她飞行，怕万一她见到那种惨状后发生问题。

一次我从唐山机场拉着一百多名受伤灾民送往石家庄救治，飞机上一位十几岁的伤员向空中服务员打听我们是哪个部队的。当他问明我们部队代号和驻地后，便流着眼泪让空中服务员给他的姑姑李秀云捎口信。他说，秀云的父母和两个哥哥都在 7 月 28 日凌晨的地震中遇难了。我听到这一噩耗时，不知道怎么接受这个现实，回到部队我向领导汇报了这次空中的巧遇，却没有勇气面对秀云说出她侄子的口信。当领导将秀云侄子受了轻伤，已坐我们部队的飞机送往石家庄治疗，以及她父母亲与两个哥哥遇难的真实情况告诉秀云时，她虽然有思想准备但还是一下子被震蒙了，因为她没有想到会一下失去那么多亲人。父母虽已年迈，但身体还很结实。两个哥哥都正是年富力强的时候，而且都是唐山煤矿的高级工程师，正处在为国家做贡献的黄金年华。后来得知，地震发生时她大哥正在煤矿值班，27日晚上开会很晚，就住在矿区了，睡得太熟，因此地震时被压在倒塌的瓦砾中了。巨大的家庭灾难使秀云悲痛欲绝，也更激起了她的战斗激情，她再次向领导请求参加抗震救灾飞行任务。经领导研究，决定让她跟随飞机去唐山家里处理后事，回来后再参加任务。那一夜她都没有合过眼，头发也白了许多。翌日，秀云回到了大地震后的唐山，这片生她养她的故土已面目全非，满目疮痍。她想在瓦砾中寻找亲人的遗体，但没找到。面对亲人的猝然永别，她强忍悲痛，将两位寡嫂和年幼的侄儿们召集在一起，百般安慰他们。劝他们节哀珍重，尽快振作起来，在党和政府的领导下，抗灾自救，重建家园，安排好生活。她将父母遗留下的存款全部给了嫂嫂们，自己分文没要，连自己身上带的少量现金也留给了他们。李秀云主持召开的家庭会和分配钱财的做法，为当地居民树立了样板，受到了当地民政部门的高度赞扬，并给部队写来了表扬信。李秀云只在唐山处理了两天后事，便带了3个小伤员匆匆赶回部队，到自己家里调治。李秀云就是这么一个总把困难留给自己，把方便、实惠、荣誉、好

抢运伤员

第九章　特殊时日

处让给别人的老实人。

唐山的救灾工作还未结束，9月9日更为不幸的消息又传来，伟大领袖毛主席去世了。也许是周总理、朱德委员长的相继去世使我的眼泪流干了，也许是唐山大地震的惨状麻痹了我的神经，当我听到毛主席逝世的噩耗后，更多的是震惊和忧虑，似乎全身都麻木了。此时，整个军营被一种强烈的悲戚气氛所笼罩，一切正常飞行活动和文体活动全部停止。西郊机场这个毛主席多次来过的地方也随着他老人家的辞世而变得悲伤沉闷。

9月15日清晨5点，我和我们部队的115名同志，前往人民大会堂吊唁瞻仰毛主席遗容。早上6点整，我们到达天安门广场，这时苍天也在哭泣，空中飘落着霏霏细雨。早上6点45分，我们分4路纵队，拖着沉重的脚步，缓缓地向人民大会堂的北门行进。仿佛过了一个世纪，我才进入了停放毛主席遗体的灵堂。此时，我再也抑制不住自己的感情，泪水泉涌般夺眶而出。当我走近毛主席遗体看清他老人家的遗容时，我放声痛哭起来，并深深地向毛主席遗体三鞠躬，向一代伟大的领袖、世界的巨人告别，直到后面的同志推动我的身体，我才慢慢地向灵堂的出口走去。归途中我忆起了毛主席在中南海接见第一批女航空员的情景，耳边又响起了毛主席对女航空员的期望。我心中暗暗发誓："毛主席啊！您亲手培养起来的女航空员，决不辜负您的希望，我一定牢记您的教导，在万里长空，更多更好地为人民服务，为革命立新功。"

第十章

时来运转

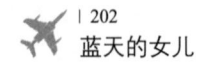

粉碎"四人帮",结束了"文化大革命",我国的社会秩序得以恢复,党和国家的工作开始重新走上健康发展的轨道。在社会大背景下,我个人也卸掉了历史包袱,迎来了新的机遇。

一、云消雾散

1976年10月20日,一件特大喜事让我们激动兴奋。中央16号文件正式传达到我们部队,我们党于10月6日成功地粉碎了"四人帮"篡党夺权的阴谋。粉碎"四人帮",标志着"文化大革命"的结束,我这个"二等党员"渴盼着再一次"转正"。

1977年8月14日,为表彰我们部队在粉碎"四人帮"之后的一段时间里出色地完成了各种会议和专机任务,经叶剑英副主席提议,华国锋等中央首长在人民大会堂接见我们师的全体指战员。下午4点,我与孝明手持翠绿色的入场证,身穿崭新的军装,和受接见的干部战士步入接见大厅。孝明在军大学习期间,即6月22日曾受到过中央首长的接见,这是他不到两个月的时间内第二次受到中央首长的接见,因此他特别兴奋,遗憾的是我们夫妻没有站在一起。我们女航空员受到特殊照顾,被安排在正中间,我在最前列,紧靠中央首长的位置。下午4点45分,接见大厅里华灯齐放,中央首长们健步走进接见大厅,顿时全场爆发出雷鸣般的掌声。中央电视台的摄像机录下了这难忘的场面,其中有我的特写镜头。当晚播放时,我公公和孩子们看了后都高兴得拍起了手掌。

由于我改飞三叉戟后相继执行了一些专机任务,并参加了中央首长的

第十章 时来运转

接见,所以,我以为那个"资本家"成分不再影响我,我这只长期被捆住翅膀的雄鹰可以展翅自由飞翔了。就在我满怀信心之际,一盆凉水又泼到了我的头上。

20世纪70年代在我国三叉戟是最先进的机型,所以各种重要专机任务都派给三叉戟。一次一位外国元首来华参观访问,机组名单里开始有我,但是在正式下达飞行任务时把我撤换了下来。上一次将我从机组名单上撤下来,我的报告没批我忍了。但这次不同,这次是发生在粉碎"四人帮"之后,所以我特别气愤,就怒气冲冲地跑到我的老同学、当时主管空中防线工作的王善富副政委那里问个究竟。王副政委是个沉稳内向的人,说话慢声细语又总是带着几分微笑,和我的外向急躁性格形成鲜明的对比。她劝我耐心等待,不是粉碎了"四人帮"就一切问题都马上能解决的,落实政策、澄清问题要一步一步走,在我们部队像我这样的问题,甚至比我更复杂严重的问题还有不少,而且这些问题的解决还要看有关的规定……

我看王副政委那不急不忙的样子,心里又气又没办法,虽说是老同学,但毕竟人家已是师的副政委,我也不好再说什么。晚上回到家里,我也失去了往日对孩子的亲昵,一个人待在自己的房间里发愣,孝明回来见我满脸"乌云",忙赔着笑脸小声问道:"啥事把你气成这样?"

"明天有趟重要专机任务,作战科报的机长是我,我都准备好航线了,今天下午又突然通知不让我去了。"

"机组调整是常有的事,你别胡思乱想。"

"那你给我一个不胡思乱想的解释。"

"你争强好胜,不甘人后,想多飞是好事。但凡事有个度,过了就走向反面,容易疑神疑鬼。"

"不是我疑神疑鬼,是某些领导仍然不信任我,还有人搞极'左'路线这一套。更可气的是，我无端受人歧视，你作为宣传科副科长，不但不替我'鸣冤叫屈'，主持正义，反而板起面孔教训我。"

"不是教训你，我是实话实说。为一次专机任务没飞上就扯到极'左'路线上去，我看是你的虚荣心在作祟。"

"我有虚荣心，我是资产阶级小姐，配不上你这位根红苗正的放牛娃，那就分手吧！"

我越想火气越大，便打开樟木箱子，拿出两张结婚证就要撕（那时的结婚证是一张纸，不是红本本），孝明忙上来抢，晚了，结婚证变成了碎片。这时隔壁房间的两个孩子，听到我大声嚷嚷跑了过来，一看地上的结婚证碎片和我生气难过的样子，都抱着我哭开了。孝明一看事情闹大了，知道是我10多年委屈的大"喷发"。他赶紧认怂，先哄走孩子，回头再哄我："对不起，我刚才错怪你了。你在单位受了那么大的委屈，自然只有回家找我出气。我不该和你较真，你还有啥怨气统统发出来。你的冤屈我会向有关部门和领导反映，争取早日还你清白。"

这是他惯用的招数，我慢慢平静下来，弯下身去，捡地上的结婚证碎片，一边捡一边落泪。

何孝明说到做到，第二天一上班，他就找了王善富副政委。她说："晓红找过我，让她别急，上面已有文件，对"文革"以来的冤假错案要一件件查清落实。你们放心，用不了多久，晓红的问题就会解决。"她对孝明说的是实话。半

作者与儿子立峰（11岁）、女儿立颖（6岁）在颐和园合影

个月后，王副政委找我谈话，当面从我档案袋里取出1964年工作组所做的更改我家庭成分的决定并将它交给我。就是这张薄薄的公文纸，整整压了我13年，我终于又成了一位党组织完全信任的共产党员。1977年10月22日，又是一个令我终生难忘的大喜之日。

1977年也是孝明大丰收的一年。为纪念周恩来逝世一周年，师党委决定以部队全体指战员的名义，写一篇纪念伟人的文章。这一光荣任务，落到了分管新闻报道工作的何孝明头上。为了写好这篇文章，他采访了几乎所有执行过周总理专机任务的机组成员，查阅了有关的历史档案资料。在掌握了大量第一手素材的基础上，他写出了《万里长空且为忠魂舞》一文，首先发表在1977年1月4日《空军报》第二、三版上，1月10日《解放军报》转载。以后被人民出版社、中国青年出版社收入纪念周总理文集。由于孝明掌握的周总理的素材较多，至今发表了大量怀念周总理的文章。1998年2月17日至20日，他有幸参加了由中共中央宣传部等单位联合举办的全国周恩来生平和思想研讨会，会上他代表空军发表了《周恩来建设人民空军的理论和实践》的论文，该文已收入由中央文献出版社出版的《周恩来百周年纪念》论文集。

何孝明对周恩来总理有特殊的感情，有诉不完的崇敬和怀念。

二、鸿运当头

俗话说人倒霉时，喝凉水都塞牙；好运来时，黄土都能成金。自组织恢复我原来的家庭成分后，我们家是喜事连连。首先是我结束了12年的参谋生活，1977年7月，我被任命为某团三大队副大队长。官虽不大，但我可以多飞了，对飞行员来说这是天大的好事。

改装三叉戟飞机之后,我就像个刚学会开汽车的司机,总想开着汽车在马路上跑一样,也想成天驾驶着高速喷气客机在蓝天上飞。而司令部机关却如同一座无形的城堡,束缚着我的手脚,难以满足我强烈的飞行欲望,于是我便向领导提出了到飞行大队当飞行员的想法。司令部的领导和首长很理解我的心情,很快我的愿望就实现了。1977年冬天,我被任命为飞行大队副大队长。我所在的大队共有4名女航空员,都是我同期的姐妹,也都是我的好朋友,她们是领航员李丽真、张筱龙,通信员芦德芬。从此我又过上了连队式的战士生活,只有星期六才能回家过夜,平时都必须住在大队的集体宿舍里,我与张筱龙同住一宿舍,那年我已40岁,是大队里年龄最大的一名飞行员。

作者在机下小憩

我虽是一名四种气象的老机长,但在三叉戟飞机上,我还是一名新兵,再加上十多年的机关工作,我的飞行技术和飞行经验已大不如人。为了尽快提高我的技术,使我成为一名合格的三叉戟机型的机长,团、大队领导将我列为重点培养对象。大队长王长富经常亲自带我执行飞行任务。王长富同志后因支援民航建设先转业到厦门航空公司,是该公司的创始人之一,任副总经理,主管飞行业务。组建新华航空公司时,又调入该公司任副总经理。他对这两大航空公司的创立和发展都做出了重大贡献。1998年因血癌逝世。王大队长是飞三叉戟的尖子飞行员,我和他一起执行过不少重要专机任务,其中包括一次送李德生去西北观看核爆炸的绝密任务。

那次任务是在沙漠高原机场起降,我们对每个起降机场都进行过认真的研究，以便充分发挥三叉戟飞机的性能，在确保安全的基础上，调整使用各种数据，尽量使飞机在航行和起降时保持平稳，使乘机首长感到舒适。李德生对我们机组非常满意，刚到目的地，他就派专车送我们机组去第一颗原子弹爆炸现场参观，我这个长期被"控制使用"的对象，对获得如此殊荣特别兴奋，带着机组乘车颠簸了4个多小时，才到达那个坑坑洼洼的大沙丘上，那里堆放着原子弹爆炸时被破坏的各种实验物。在现场我们一面认真听解说员讲解，一面仔细地观看每件实物。我还十分好奇地这里摸摸那里摸摸。晚上当我们疲惫地回到驻地，王大队长问我参观印象时（那天因有事他未去现场），我就绘声绘色地给他介绍参观时的种种情景。他听后非常惊讶地问道："你摸过那些实物？"我点了点头。"戴没戴手套？"我又摇了摇头。他苦笑着说："你怎么一点儿防护知识都不懂。原子弹爆炸时所产生的有害辐射物若干年后都不会消失。"我听后直埋怨他为什么不早提醒我，可我这个傻老帽既然摸过了，也只有听天由命了。不承想20年后，他却得了白血病，早早地离开了我们。

　　核试验那天，我们早上4点就起了床，草草地吃过早点后就上车跟着浩浩荡荡的车队向观察场驶去。到达现场后我们按照广播里的统一指挥，戴上护目镜，等待那惊心动魄时刻的到来。上午9点以后现场气氛开始紧张起来，人们停止了交谈，静静地望着那即将升起火球的方向。不久，清晰的倒记时的声音从喇叭里传了出来，"987654321"。此时我按现场指挥员的要求赶忙戴上耳塞，心脏仿佛停止了跳动，眼也近乎凝固，呆呆地注视着前方。忽然一颗火红色的圆圆的火球迅速地蹿上了天，大地也开始微微颤抖。当我取下耳塞，便听到广播喇叭里不断传出"实验成功了！实验成功了！"的欢呼声。随即我们也跟着人群一起高声欢呼雀跃起来。人们相互拥抱祝贺，折腾得全身都沾满了沙土。按照惯例，每次核实验成功之后，便要举行庆功宴会。那天我们机组沾试验成功的光，也美美地饱餐了一顿，我第一次尝到了鲜嫩的烤全羊。

我飞里-2型飞机时也来过大西北，那时从北京起飞要飞整整一天，中途还必须在兰州加油吃饭，可这次驾驶三叉戟飞机3个多小时就到了，也不再受航线上雷雨云层的影响，因为可以在万米高空、从云层顶上飞越。这使我再一次认识到了三叉戟飞机的优越性，也为自己能改飞这种飞机而庆幸。

在此之后我和王大队长还一起执行过送方毅副总理去西双版纳考察的任务。我们从北京起飞经昆明而后到思茅机场降落。昆明机场标高近2000米，又临近西山，起降难度较大，思茅机场不但标高高而且跑道短还三面环山，只有跑道北端较平坦，所以飞机只能由南向北落地，起飞时只能由北向南爬高。在这种净空条件的机场起落，对飞行员的技术要求非常严格。为了提高我的实战技术和增强在这种复杂条件下起降的信心，大队长让我坐在正驾驶的位置上，而他却坐在副驾驶的座位上观察和协助我。因为准备充分，又加上有大队长给我保驾护航，我飞得很有信心，技术发挥很好。这次任务完成得非常出色，受到了方副总理的高度赞扬。首长还邀请我们一起参观西双版纳的亚热带椰子林、橡胶园和各种苗圃果园。望着挂满枝头的香蕉、芒果，真有一种置身仙境的感觉。北京已是寒冬时节，这里却是一片夏日风光，我再一次感受到了祖国疆土的辽阔，它同时拥有四季。

我飞得最过瘾的时候，枝头的喜鹊又叫了，何孝明也离开了师机关，被任命为西郊场站政委，那时该场站是团属场站，我俩在一个团。官虽不大，责任却不小。周总理说过，西郊机场无小事。因为机场有任何一点疏忽，很可能出大问题。

孝明上任后，我在天上飞，他在地上忙。如果我星期六飞行或值班，往往半个多月不能在一起。好在他的办公室就在空勤灶旁边，一日三餐都要从他办公室门口过，偶尔能碰到他聊上几句。这样的见面机会半年后也没有了。当年9月他被送往空军学院（后改为空军指挥学院）学习。

三、飞往前线

在团和大队首长的直接关心下，我很快就单独执行任务了。记得我在三叉戟飞机上当机长执行的首次任务是一次战备任务，同时执行该任务的还有在另一个大队任副大队长的老姐妹韩淑琴。我们两人各自驾驶一架三叉戟飞机从北京飞到杭州。

第二天我们载着满满的战备物资和人员向云南边境某机场飞去。因为载重量大，中途我们在湖南零陵机场加油吃饭。接近黄昏时，我们安全到达目的地。那里正处在临战状态，气氛有些紧张，已经嗅到了火药味。不到半小时，满货舱的战备物资全部卸完。正当我们准备返回北京时，机场调度部门通知我们，老韩机组回北京，我们机组却要飞往郑州机场接受新任务。说心里话，当时真没觉得累，对新任务不仅没有丝毫厌倦，反而十分高兴，这是我第一次执行真正的战备任务，也是第一次亲临前

韩淑琴在驾驶三叉戟飞机

线，我为自己能执行这样的任务而自豪。当时，我们以十分兴奋的心情抓紧研究新航线和郑州机场的资料。很快我就迎着夜色驾机起飞了，到达郑州时已是深夜。下飞机后，我们又领受了第二天飞赴新疆某机场的战备任务。大家顾不了连续飞行、长途跋涉的劳累，又抓紧时间准备第二天的航线，对降落机场的情况进行了细致详尽的研究，上床休息时已是凌晨2点多钟了。

第二天一早我们又起飞了。在一般情况下，由东向西飞多是逆风，那天更是遇上了大顶风，加上飞机载重量大，飞机仿佛成了老牛破车，中午过后我们才赶到预定机场。飞机加完油，机组人员简单就餐后，我们又奉命赶回北京。似乎飞机也想快点儿回家，往北京飞时赶上了大顺风，三叉戟飞机像流星般划过天空，下午5点多钟我们就顺利地回到了北京。

第一次在三叉戟飞机上带领机组执行战备任务，就从北京飞华东，再到西南前线，又辗转华中、西北，飞遍了大半个中国。两个白天一个晚上，只在郑州睡了4个多小时，地面空中连续工作了30多个小时。我们发扬连续作战、不怕困难的作风，任务完成得干净利落，得到了兄弟部队的赞扬，讲评会上大家喜气洋洋，十分开心。

那天正值周六，空勤灶晚上按惯例要小会餐，机组成员纷纷举杯，为我的初战告捷而祝贺。晚上回到家里还余兴未减，将自己的喜庆带回了家。但当我兴致勃勃地打开在湖南买的装有橘子的纸箱时，才发现橘子已烂掉了一多半。好在孩子们只要妈妈能回家陪他们度过周日，他们就满足了，有没有带什么好吃的他们倒不太在乎。

1978年年底，我们部队进行了调整，我由三大队调到了一大队，又和老战友韩淑琴住在一起了。我们大队还有第四批的王建华、白玲、邵桂簇小妹妹们。同在一栋楼里的还有二大队的汪云、张筱龙、刘凤云、孙透玲等十多位战友。女飞行人员住在一起，显得特别热闹，楼道里经常回荡着

第十章 时来运转

我们女飞的笑声、歌声和嬉闹声。

1979年6月孝明从空军学院毕业后，又回到宣传科任科长。他还没在科长的椅子上坐热，空军学院便来人找他，准备调他去当教员。当晚他将我叫回家商量。不知为啥，这几年他成了香饽饽，此前也有两个单位想调他。

1975年盛夏，孝明要好的战友老孙来我家做客，他原是我们师某团宣传股股长，后调到空政话剧团当创作员兼演员。他一进门便笑得合不拢嘴，说："给你们带来一个好消息。"我边给他倒水边问："啥好消息？劳你大热天大老远地跑来。"原来是准备调孝明去话剧团任副政委。面对晋升机遇，孝明毫不犹豫地回应老孙："只要晓红还在飞，我这个'家庭妇男'就不可能离开机场，我不能让她带着'家庭包袱'上天。"孝明说得斩钉截铁，字字铿锵。

老孙被惊得下巴摇动，我也被惊得嘴巴张动，感动从心田涌入眼眸。为了我的飞行事业，他不惜牺牲自己的美好前程。

一年后，相似一幕重现，孝明用婉拒老孙的话，婉拒了空政派来考察筛选干部的尹处长，尹处长要调他去空政组织部当干事。这次，我没落泪，感动从眼眸融入心田。从心入眼、由眼入心，孝明助力我穿云破雾、搏击长空，做出的牺牲太多了。

这次孝明再获调动机遇，我表示大力支持，原因一，学院与机场只隔一条马

何孝明（前右二）在回答学员的问题

路，回家骑自行车用不了 10 分钟，不影响照顾家。原因二，当教员能发挥他能讲能写的特长。原因三，我不能太自私，总让他为我的事业牺牲，我也快到飞行的最高年限，也该为他的前程考虑了。就这样，何孝明于 1981 年 3 月调到空军学院政治理论教研室任教。

  这几年，我与孝明顺风顺水。俗话说人无千日好，花无百日红，没有想到父亲（公爹）突然在老家病故。

  1975 年秋，将父亲接到了北京，我们利用节假日领着他观赏首都的市容，游览北京的名胜古迹，老人家乐在其中，成天笑呵呵的，倒也愉快。但始料不及的是，1978 年初冬，父亲却提出要回老家，我们自然是极力挽留。

  "北京是我国的首都，多少人想来都来不了，你在北京养老有什么不好。"孝明留他。

  "好呀，北京没么子不好，北京好！"

  "北京好，那你老人家为啥要走？"我留他。

  "北京好，老家莫就不好嘛。老家好，老家有地种，有工夫做，有人讲白话（桃源话即聊天），人又自在，还是老家好。"

  望着父亲那张笃实憨厚的脸，听着他那发自肺腑的质朴乡音，我与孝明只好答应父亲的要求。

  万万没有想到，父亲回家不到两年却得了老年痴呆症，1981 年秋天的一个晚上，父亲走山路时不幸摔下山坡，后经抢救无效过世，享年 65 岁。

  父亲走后，有一个问题一直纠结着我们：如果我们不将老人接到北京，不让他离开他深爱的故土家园，不改变他多年形成的勤劳习惯，不让他享清福，他也许不会得老

父亲遗像

年痴呆，也就不会发生意外。如果他来北京后，我们不过分地关爱、干预他的生活，不改变他勤劳好动的生活习惯，他也许不会提出回家。

父亲来北京后，常去四季青公社的菜地里帮社员干活，有天干到天黑才回家。我们怕他劳累，便劝阻他，不让他再帮社员干活。1976 年 4 月的一天他不打招呼，独自一人跑到天安门广场，晚上 9 点还没回来，因怕他走失，从此不让他单独出远门。还有一次，他为了做老家的腊肉，在家属区的一角架灶烧柴熏肉，遭到有关部门的指责，我们只好尽量不让他做家务活。

总之，我们将父亲当小孩，这也不让他干，那也不让他去，使他产生了强烈的失落感与孤独感。而父亲又把这些感受深藏在心底，从不表露。我与孝明只知道从物质生活上最大限度地满足父亲的需求，对他的精神需求却很少关心。因此他才想离开不开心的城市，重过农村的田园生活。可是回到农村后，过了几年轻闲日子的父亲，已失去了往日的体能，一下子很难再融入乡村环境中，又产生了新的不适应，结果得了老年痴呆症。

为此，我们深感内疚，每年清明之际，都要面对父亲遗像忏悔，并进行深刻反思。通过对父亲痴呆的反思，我们改变了养老观念，懂得了养老的真谛。老年人不过度轻闲，不过度依赖儿女，不远离社会与大自然，而且根据自身的特点，参与一些有益于心身健康的活动，老年不易得痴呆。

四、女性天地

经过 4 年多的飞行锻炼，我不仅成了三叉戟飞机的主力机长，而且当上了指挥员。不久，我们大队便接受了 6 名飞行员改飞三叉戟的训练任务。在这 6 名飞行员中，有一名第四批女飞行员，她叫底建秀，回族人。

蓝天的女儿

从左至右学员底建秀、教员韩淑琴、指挥员苗晓红（作者）

说到小底，我与她还真有些缘分。

底建秀1969年入伍，入伍后分到哈尔滨空军第一航校学习飞行。

前文说过，她毕业时，正好我到一航校为我们部队选飞行员。我看过第四批所有女飞行员的资料，从中看中了底建秀，她的综合素质很好，是一位很有潜力的女飞行员。为了证实我的判断，我还亲自登上她驾驶的飞机，在空中实地考察她的飞行驾驶技术，看她飞了两个起落。她的飞行动作和反应都极佳，这更加坚定了我对她的看法，于是便毫不犹豫地将她选到了我们部队。

不承想几年后，她又被调到了我们大队，也和我一样改飞三叉戟飞机。当时我国飞高速喷气运输机的女飞只有韩淑琴、汪云和我三个人，她是第四位改飞这种飞机的女飞行员，我们见面自然分外高兴。

改装飞行开始之后，底建秀由韩淑琴带飞，我是这次改装训练的指挥员。这样的组合，在我部历次训练分队中尚属首次，是一次创历史的组合，说明师团领导很信任我们女飞行员。

这也是我飞行生涯中的黄金时段。以前虽也在塔台指挥过飞行，但像这次全过程地指挥一次改装飞行还是第一次。我一方面感到责任的重大，另一方面也有一种女人的自豪感。小底本来就聪明灵巧，飞行基本功扎实，再加上老韩的专心施教以及我这位指挥员及时、准确的提示，她的改装训练完成得十分出色，在6名飞行员中，她成绩最好。我们只用了一个多月的时间就安全圆满地完成了6名飞行员的改装训练，受到师、团两级领导的表扬。

20 世纪 70 年代末 80 年代初，我们部队的女航空员已

作者苗晓红（左一）与部分年轻女飞行员合影

成为一支能遂行各种飞行任务特别能战斗的队伍。仅飞三叉戟的女航空员就有十多位，在伊尔 -18、子爵、安 -24、米 -8 等机型上，都有女航空员，李秀云、沈本华、曾月英、汪云、韩淑琴等都是主力机长。而且，我们中有指挥员、教员，有机长领航员、通信员，有的还走上了师、团领导岗位。我们执行过党和国家领导人以及外国元首的专机任务，同时执行过大量的抢险救灾、人工降雨、战备值班等任务。我们的航迹遍布祖国的山山水水，村村寨寨。随着我们队伍的壮大、任务的增多，社会影响也越来越大。

1980 年 9 月 10 日，北京电视台来我部拍摄反映我们女飞行员生活的专题电视片。那时我老伴何孝明已是宣传科科长，北京电视台的记者吉天

旭来我部联系时正好找到了他。当得知我也是女飞行员时,吉记者非常高兴,并和他一起研究拍摄计划。当时,正赶上送人大代表,摄制组便跟随我们机组和老韩机组到了新疆和成都,在航线上拍了不少镜头。他们在我们部队断断续续工作了一个多月,镜头涉及女飞生活的各个方面。

10月15日晚,摄制组在吉天旭记者的带领下来到我家里,要拍反映我们家庭生活的一组镜头。老吉是导演,我和儿子立峰、女儿立颖是演员,本来要老伴也加入,但他说他的形象对不起观众,拒不参加。那年儿子14岁,女儿9岁,儿子念初中,女儿上小学。在导演的安排下,我坐在衣柜前面对着镜头,接受记者采访,儿子和女儿坐在书桌旁做作业。我们坐好后,记者发现书桌上空荡荡的,决定放盏台灯,便让孝明把台灯拿来,孝明说:"不怕你们笑话,我们家没有台灯!"摄制组的人开始都不相信,堂堂的女飞行副大队长家里会没有台灯。我忙说我们家的确没有台灯。老吉说那就借一个来吧!孝明只好找邻居借了一盏台灯做道具。在拍摄过程中,我面对镜头,倒不怎么紧张。采访中我有一大段台词,意思是说,我剖腹产之后,是如何坚持锻炼重返蓝天的。这段台词是事先写好了的,又是自己的亲身经历,因此我侃侃而谈十分流畅。吉天旭很满意,他当场夸奖我说:"你不仅是一位出色的女机长,也是一名出色的女

北京电视台原台长吉天旭(右)与作者夫妇忆当年拍摄情景

第十章 时来运转

演员。"这部反映我们部队女航空员风采的电视专题片,片名为《蓝天女战士》,经空军领导和有关部门审查后,先在北京电视台播放,中央电视台和部分省市电视台也先后播放过这部专题片,在社会上引起了较大的反响,它使更多的人了解了我们女飞行员的生活,也极大地调动了我们女飞行员的积极性、荣誉感。

多年后,每当见到吉天旭同志时,我都要说,我们女航空员真心地感谢你,是你的创意,才使我们能目睹自己所走过的路。

第十一章

/

再回青春

20世纪七八十年代，空军规定，女飞行员的最高飞行年限是48岁。按规定1985年我就该停飞了，进入20世纪80年代后，领导上对我们这些接近停飞的女飞行员的训练时间开始减少，基本上处于只用不训的状态。值得庆幸的是，改革开放的春风，给我们即将停飞的老飞行员带来了多飞和延迟停飞的良机。感谢改革，感谢开放，让我们这批天之骄女重回青春。

一、广州航班

1979年6月15日，我们部队迎来了一件大喜事，为了缓解改革开放后民航运力不能满足社会需求的矛盾，中央军委、国务院决定让我们部队派部分飞机和机组参加民航航班飞行。当时广州民航局运力更为紧张，因此确定派两架三叉戟飞机连同机组到广州民航局的白云机场帮助执行航班任务。

这一决定受到了部队的热烈欢迎。因为我们部队在当时来说，算得上兵强马壮，飞机设备先进，人员技术过硬，单纯地执行军

机组全体成员合影，后四为机长作者

第十一章　再回青春

事航空运输任务，运力大量过剩，不少飞机停在停机坪上晒太阳，不少空勤人员也无任务可飞，经常处在一种"吃不饱""飞不上"的状态，这样不仅造成了运力的浪费，飞行人员也缺少飞行实践的机会。因而当这一决定传达到部队时，大家都拍手叫好。特别是我们这些进入倒计时的老飞行员，更是欣喜若狂。

从 1979 年 7 月开始，我们部队便派出两架三叉戟飞机和三个空勤组到广州白云机场执行广州民航局的航班任务，飞机和人员每三周轮换一次。从那以后我常率机组到广州飞航班。飞民航航班和执行专机任务虽有许多共同点，如都要求绝对安全和正点到达，但航班飞行又有自身的特点，从某些方面来讲更能锻炼人，更有利于航行经验的积累和飞行技术的提高。因为航班飞行，没有领导和各业务部门的层层把关，许多事务主要由机长决定处置，有很大的自主权。再者，航班飞行工作量大，几乎每天都要飞行，而且每天都要飞行五六个小时以上。

在飞航班的过程中，我就创造了个人日飞行时间最长的纪录。那是1980 年元旦，下午 1 点，我从广州白云机场起飞到北京东郊机场降落，返回广州后又飞北京，再回广州，在京穗之间往返了两趟，共飞了 11 个多小时，其中一多半时间是夜间飞行，我在里-2 型飞机上一次也没飞过这么长的时间。航班飞行与专机任务最大的不同在于载重量大。航班飞行除确保安全之外，还十分注重经济效益，因此很多情况下都是在满负荷全载重的情况下飞行，因此备份油料就远不如飞专机那样充足，这样就逼着我们精确地计算各种数据，在载重和用油方法上真是"斤斤计较"，起降操纵的每一个环节和动作都要一丝不苟精益求精。

民航放飞条件和飞军用专机比较起来要宽松得多，除极特殊的情况外，一般不得延误和更改起飞时间，更不轻易撤销航班计划，这样对机长的要求就更高。但这既是挑战也是机遇，也是在"暴风雨中成长"的极好

作者（前）飞航班时应邀与乘客合影

机会，我在这方面的体会最深，收益也最大。我是一名飞三叉戟飞机的机长，曾多次率机组前往广州民航局飞航班。在执行航班飞行任务时，我仍按执行专机任务的标准要求自己，以对乘客高度负责的态度对待每次飞行，做到了安全、准时、热情、周到，受到了国内外旅客的赞扬。

　　1980年夏天，我到广州飞航班。有一天，我飞广州—桂林—广州航线。桂林以它得天独厚的碧水青山、奇洞秀石吸引着中外游客，因此这条航线特别繁忙，几乎每次都是满载。这天桂林刚下过雨，雨后的山山水水，清新醒目，青翠欲滴，像一幅壮锦。我们在桂林机场降落之后，便抓紧吃饭和办理返回羊城的手续，半小时后，我们载着100多名国外游客飞往广州。

　　三叉戟是当时最先进的喷气客机，很快便跃升到云层之上，顿时明媚的阳光照满了机舱。飞机平飞后，我打开了自动驾驶仪，忙里偷闲地放松一下自己。头顶是洁净蔚蓝的苍穹，翼下是茫茫无边的云海，航行在蓝天白云之间，是飞行员最享受、最轻松的时刻。但好景不长，地面发来的天气预报称，雷雨正向白云机场靠近。一看预报，我那颗刚刚舒展的心瞬间又紧缩了。

　　当我们到达机场上空时，地面指挥员命令我们尽快做小航线降落，

第十一章 再回青春

说低云大雨即将到达机场。我们在空中也看到东方正有大块云团向机场移动。飞机四转弯对正跑道准备着陆时,突然大片漆黑的云层覆盖了跑道,视野内全是浓浓的云雾,根本看不到跑道。本来我已将油门减到下滑落地的小功率状态,面对骤然变化的天气,我果敢地把油门推到全功率位置,一面拉杆爬升,一面对机组成员高声喊通:"复飞!"因白云机场东侧就是白云山,我们必须爬升到一定高度才能保证飞行安全。这时耳机里也传来了地面指挥员让我们再做大航线降落的命令。当我们按仪表做大航线时,飞机又进入了乌黑的云层,云中紊乱的气团,如同大海的狂澜,时而把飞机轻轻托起,时而将飞机重重按下,金蛇般的电花不停地在舷窗上乱蹿。面对强劲的气流,我紧握驾驶盘,全神贯注地操纵飞机,尽力使飞机保持平稳,减轻颠簸。当我们穿出云层着陆时,又遇到了瓢泼似的大雨。密密的雨帘虽严重影响我的视线,但我凭着多年练就的雨天着陆的本领,在机组的密切配合下,我们战胜了狂风暴雨,安全平稳地降落了。

飞机在指定位置停稳关车后,我长长地舒了口气,这时才感到内衣已经湿透。按要求,机组要等乘客全部离机后才能下飞机,我们便都在座位上没动,等待乘客下飞机。不一会儿,乘务长来到了驾驶舱,见她进来我心里一紧,是不是因复飞颠簸引发乘客不满?她没开口我先问道:"是不是有乘客不愿下飞机?""乘客都不愿下飞机,非要见你机长。"我心想这下麻烦了,但再

飞航班时的苗晓红,民航早期的女机长

大的麻烦也得面对。我正要起身却被副驾驶拦住了:"这种场面哪能让你一个女同志去,我去给老外解释。"乘务长一看我们紧张兮兮的样子笑了:"乘客要见机长不是闹事是好事,是要当面向机长道谢。"听她这么一说,我悬着的心放下了。副驾驶坐下了,并对我笑道:"这事我可代替不了你,还是你自个儿去吧,也让那些老外见识见识咱中国女飞行员的风采。"

无奈,我只好在乘务长的引领下走进客舱。我一露面,乘客一个个都呆住了,都用惊异的目光盯着我,显然他们都不相信我是机长,因为当时民航还没有女飞行员,更没有女机长。乘务长一见这情景忙用英语介绍道:"这位就是大家要见的机长,苗晓红女士,全天候飞行员。"她话音刚落,客舱里顿时爆发出雷鸣般的掌声。一位华裔老太太将一面写着"祖国强盛,华人荣耀"八个烫金字的队旗送给我,并拉着我的手激动地说道:"漂亮的女机长,我代表全体乘客向您表示感谢,是您精湛的驾驶技术拯救了我们。更没想到您是女机长,中国女飞行员了不起!"掌声和叫好声再次响起。这时地面一名工作人员上了飞机,他见旅客迟迟不下飞机,不知发生了什么事,便登机了解情况。当他从空姐嘴中得知真相后,忙出面替我解围:"女士们,先生们,请尽快下飞机,机组和这架飞机一小时后还要飞海口,我们不能耽误他们的准备时间。"外宾在工作人员和三位空姐的劝说疏导下,都依次顺着有顶篷的舷梯下了飞机,而后上了接他们的大巴车。他们下飞机时都没忘与我握手道谢。我站在机舱门口,激动的心情难以平静。

"机长,我们也走吧,地面服务员要清理客舱了。"在空姐的催促下,我率机组离开了飞机,50分钟后,我们又要驾驶这架飞机飞海口。

在执行繁忙的民航航班飞行任务中,我更好地实现了自身的价值,享受到了为旅客服务的快乐,感受到了改革开放春风的温暖,我永远怀念那段飞航班的日子。

任何事情都逃不脱辩证规律，有得就有失。飞广州航班也让我留下了还不清的感情债。就是这次我在广州飞航班期间，我婆婆用高压锅煮稀饭时，气没放完就强行打开锅盖，脸被喷出的稀饭烫伤。父亲走后，我们从湖南老家将婆婆接来，让她帮孩子做三顿饭。当时儿子上高中，女儿上初中。母亲烫伤后不能做饭了，还需护理。那段时间孝明既是炊事员，又是卫生员、辅导员、保洁员，还要讲课当教员，忙得他气都喘不过来，但他无悔无怨，始终如一地默默支持我飞行。我们这一代女航空员欠亲人的感情债太多太多了，但我们从未后悔所选择的蓝天之路。

二、哀荣双至

"二九"空难，李丽真大难不死，使她赢得了"福星"的头衔。但她不可能总是幸运者。1981年11月13日上午，她检查两名云雀型直升机领航员的技术。直升机刚提升到300米高度时，发动机突然停车，失去动力和升力的直升机，就像秤砣一样急速坠落。正在做检查记录的李丽真，没来得及做任何反应，便失去了知觉。当她在261医院的病床上醒来时，已是下午3点多了，她在死神的魔掌中整整度过了7个多小时。虽幸免一死，但已是遍体鳞伤。经检查，颅底骨折，耳鼓膜严重破裂，头部出血，牙齿脱落，她疼痛难忍，七天七夜没睁过眼。这次遇险不仅使她饱受伤痛的折磨，而且还使她失去了飞行能力。由于耳鼓膜穿孔医治不及时，导致听力下降，特别是左耳几乎完全失去了听力，航医的一纸身体不适合飞行的诊断书，判处了她的"极刑"。她保住了肉体的生命，却失去了飞行生命，这对一个热爱蓝天的女航空员来说，打击之大，远远超过伤痛。伤痛她可以忍受，停飞的打击却令她无法承受。

李丽真伤情未愈，我也住进了医院。年轻时，我就患有痔疮，一是因为忙，二是认为那是小病，所以一直没有治过。但随着年龄增长，再加上飞行时间增多，它愈来愈严重了，已经严重影响我的飞行。患病时我一挨座椅就钻心地痛。1982年春天我下决心在北京的二龙路医院做了痔疮切除手术，手术后住在西郊机场的休养所里。

在我住休养所的日子里，与我同住一宿舍的王建华，每天给我送饭并报送信息。小王是第四批女航空员，学通信的。自从我俩同住一间宿舍后，便成了无话不谈的好朋友，且这种亲密的关系一直保持至今。小王身材适中，一双眼睛又大又亮，很有女人的魅力。她聪颖大方，性格开朗，人缘很好，她也很爱看书，知识面较宽，也很健谈，每次来都会给我带来各个方面的消息。可是有一天晚上她来时，我发现她脸上出现了少有的阴云，说话时总是支支吾吾，吞吞吐吐，我开始以为她自己遇到了什么不顺心的事，或是我家里出了什么不测。后来在我的一再追问下，她才说了实话，原来是我带飞出来的一名学员也是最要好的一位朋友马森林因心脏病发作抢救无效逝世了。当年他才42岁。他是位很有才华，非常优秀的飞行团长，是大家公认的师首长的接班人。他曾是我的学员，我对他非常了解，是属于那种玩命工作的干部。我也劝过他，要他注意身体，他听后总是憨憨地一笑。他的英年早逝，纯属劳累所致。住院前他多次亲自率机组执行成都到拉萨的航班任务，谁都清楚那是一条最令飞行员头痛的航线，不仅地形复杂，气候恶劣，空气稀薄，而且地面保障条件很差，飞行时间又很长。身为团长的他本可安排年轻的飞行员去飞越世界屋脊，但他是头老黄牛，处处事事都要身先士卒。

在成都执行任务时，他已感到心脏不适，时常有胸闷气短的感觉。可是回北京后，他又紧接着执行了罗马尼亚总统齐奥塞斯库来华参观访问的

第十一章　再回青春

重要专机任务。完成任务后，他也感到了病情的严重，才决定住院治疗，谁知住院还没几天，就永远地离开了我们。部队为失去这样的飞行干部而痛惜，我也为失去这样的优秀学员、好战友而痛心。手术时的疼痛我咬牙挺过来了，没流一滴泪，但听到了马森林同志病逝的噩耗后，我当着小王的面，放声痛哭起来。

作者（左）与王建华在长城留影

我失去好学员、好战友的悲痛心情还没缓过来，谁知更大的噩耗又接踵而至。1982年4月26日中午，王建华气喘吁吁地跑来告诉我："飞广州航班的一架三叉戟飞机在桂林附近失去了联系，估计是出事了，具体情况还不清楚。"我一听顿时就傻了，心脏仿佛停止了跳动。我急忙问道："是哪个空勤组？"作为女飞行员，我最关心姐妹们的安全，当时芦德芬、刘凤云正在广州飞航班。小王回答说，"现在还不清楚。"于是我让她赶紧回去打听消息。小王走后，我像热锅上的蚂蚁坐立不安，小王给我送来的午餐，一口也没吃。

26日下午4点多，王建华拖着异常沉重的脚步走进了病房。她将事故的全部情况告诉了我。那天上午，在广州执行航班任务的三叉戟266号飞机，由广州飞桂林，在桂林降落前由于过早下降高度，飞机撞山坠毁，104名乘客、8名机组人员全部罹难，飞机碎片散落在几里路长的山林之中。机长是我们团的副团长陈怀韶，其他成员是副驾驶陈再东，领航员韩国斌、刘修尧，通信员代桂明，机械师王栓柱，还有广州民航局的两名空姐。除空姐以外，机组成员我都非常熟悉，多数是我们大队的成员。顿时，他们的音容笑貌一一浮现在我的眼前，我不相信他们真的永远离开了。

机长陈副团长，是我们部队飞行技术超群，航行经验丰富的优秀飞行干部，邓小平同志复出后访问日本时的专机机长就是他。那次任务完成得非常出色，受到了首长的好评。副机长陈再东是陈锡联上将的小儿子，也是我们大队的飞行员，他聪明好学，从不以高干子女自居，人品和技术都很优秀，他经常和我开玩笑："苗副大队长，小心我'抢班夺权'啊！"我也总笑着回答道："不用抢，我愿意现在就把权交给你。"虽然这是开玩笑，但在我的内心深处也的确是这么想的，小陈是一名十分理想的接班人。机组除刘修尧外其他都是我们大队的成员，也都是业务骨干，万万没有想到这么强的机组，性能这么好的飞机，竟会出事！

飞行事故的善后工作，是件非常棘手的工作，特别是当死难者亲属提出许多不合理的要求时，很为难。然而266机组的亲人们没有向领导提出任何不合理要求。尤其使我们感动的是陈锡联上将，他痛失爱子后，不仅没有一句责备之言，反而对空军和我们部队派去汇报事故的同志说："我这里你们放心，儿媳的工作我们做，你们要做好其他死难者家属的工作，更重要的是认真吸取事故教训，确保以后不再发生事故，保证好飞行安全。"

5月12日在西郊机场大礼堂为266事故的死难者举行了庄严隆重的悼念大会，空军张廷发司令员、高厚良政委等空军党委常委和民航总局民航广州管理局的负责人参加了追悼会并追认陈怀轺等6名同志为革命烈士。

这一年多，并非全是伤心事。当年秋天，我执行了送某国访问团去桂林参观的任务。这是266号失事后，我们部队第一次执行飞桂林的任务，领导非常重视，反复强调要接受266事件的教训。那天晴空万里，能见度极好，我在空中俯视地面，找到了266撞击的山头。尽管4月26日那天天气不好，266是在云飞行，但具有丰富航行经验的陈怀轺机组，怎么可能会撞在那座山头上呢？更何况，三叉戟飞机上装有各种先进的导航设

第十一章 再回青春

备，地面又有引导雷达，航线也是十分熟悉的航线，机组成员对桂林的净空条件了如指掌。可是就在这么多不可能的情况下，飞机撞山坠毁了。

沉痛的教训证明，飞行事业是来不得半点儿马虎的，不管多优秀的飞行员，也不管是多先进的飞机、多熟悉的航线，都必须谨慎、谨慎再谨慎，认真、认真、再认真。百分之一的错误会导致百分之百的失败，而且是无法弥补的失败，这就是"飞行学中的公式"。

上午11点多钟，我们飞临桂林上空，当地虽下着小雨，但桂林的雨是透明的，不仅不烟雨朦胧，相反沐浴在雨水之中的桂林山水，更显得青翠欲滴，酷似一幅壮锦，清晰可见。飞机降落之后我们沾外宾的光，与他们一道住进了桂林唯一的国宾馆榕湖饭店。

榕湖饭店，位于榕湖西畔，园内湖光山色，小桥流水，鸟语花香，绿草茵茵，桂树成林。金桂、银桂、丹桂、四季桂等争相怒放，芳香四溢。住在此人间仙景，不用饮酒，人就醉了。我们这些大兵也美美地享受了一次国宾的待遇。

游桂林自然少不了漓江，第二天有关部门便安排客人游漓江，我们也沾光前往。我多次到过桂林，也曾游过漓江，但属这次玩得最过瘾、最痛快。那天天高云淡，秋高气爽，是漓江最美的时候，江水清澈见底，两岸山峦青翠，阳光和煦明媚，江风轻柔凉爽。船在江面走，人在画中游，漓江两岸的秀丽风光与从山村飘来的阵阵桂香，使外宾沉

作者（右一）与外宾在漓江游船上合影

醉，醉得他们"手舞足蹈"，他们在甲板上跳起了奔放欢快的舞蹈，哼起了悦耳优美的本国民歌。歌声、笑声伴着桂香，随着江风在空中飘荡，给幽静的漓江增添了无限活力与欢乐，使山清水秀的漓江更加醉人。

外宾醉了，我也醉了，醉得"异想天开"，想让地球停转，想让游船停驶，想手握一本《徐霞客游记》，"对号入座"，细品他的游漓江日记，也想像他那样在漓江上待上十天。面对如诗如画的迤逦风光，不忍匆匆离去。漓江是一杯醉人的酒，至今回味起来，心中仍醺然荡起醉意。

为了奖励安全飞行的飞行人员，空军党委下发文件，对不同机型作出不同时限的奖励规定。运输机飞行人员每安全飞行1500小时记三等功一次，每安全飞行3000小时记二等功一次，对保证安全有突出贡献的人员随时给予更高的奖励。1982年年底我已安全飞行2900小时，上级给我记三等功一次，这是我一生中第三次立三等功，后来我飞到3000小时时又立了一次二等功。我们这批姐妹都得到了这样的奖励。

三、刀下有情

随着国民经济的飞速发展，交通运输越来越不适应经济形势的需要，已成为制约经济发展的瓶颈，民航运输与铁路、公路和水路运输一样，急需大力发展。要缓解民航运力不足的矛盾，光靠我们两架飞机协助飞行，不能解决根本问题。于是国务院、中央军委决定，从我们部队抽调部分飞机和空勤人员支援地方各民航局。我们部队陆续向沈阳、上海、广州等民航局输送了一批飞机和人员，还抽调一批骨干帮助地方组建了厦门、黑龙江两个航空公司以及后来的新华航空公司。

在支援地方民航的空勤人员中就有我们女航空员，如上海东方航空

第十一章 再回青春

公司的许君清，厦门航空公司的底建秀、洪连珍，新华航空公司的李燕生、丁华荣、刘红，青岛直升机航空公司的王春等，她们对我国民航事业的发展做出了很大贡献。

第一、二批蓝天姐妹看望韩淑琴

我们部队除抽调人员和飞机支援民航建设外，还直接承担中国联合航空公司的航班飞行任务。这样一来，我们飞行人员的工休矛盾就突然尖锐起来，因为，一方面飞行人员和飞机减少了，另一方面飞行任务却大量增加了。我们要承担军运和民运两大任务，而民用航班飞行量又相当大，一般一年平均每名飞行人员要飞500小时左右，是原来飞行量的1.5倍。飞行工作是一项繁重的脑力、体力并重的特殊劳动，对空勤人员身体要求很高。陡然增大的工休矛盾，给空勤人员的健康带来了一定的负面影响，对我们中年妇女的影响更大。在体检中不少女航空员均发现身上有肿块。首先是韩淑琴，检查发现她患有乳腺癌，而且到了晚期，沈本华、白玲等都发现身上有这样和那样的肿块。

我是背上和子宫两处有肿块。我首先切除了后背上的一个鸡蛋大的脂肪瘤，后又在空军总医院做了子宫肌瘤切除手术。当时，空军总医院对飞行员的疾病是非常重视的，对我们女飞行员更是倍加照顾。我除生孩子外，还没住过院，但因为经常体检，和空军总院的妇科医生比较熟悉。住院后，她们对我的身体进行了多次全面检查，最后决定进行子宫肌瘤切除手术。这种手术不是什么大手术，但她们还是进行了周密的准备，并将手术方案向我们部队的领导和航医做了详细汇报。部队领导对她们提出的要求是:"手术后,一定要保证苗晓红重上蓝天继续飞行。"这也是我自己的强烈愿望。医生们对此做出了肯定的承诺,保证让我手术后能尽快恢复飞行。

部队首长的关怀和医生们的承诺使我非常感动,隐蔽在脑海深处的恐惧心理有所缓和。说心里话,手术前嘴上总说自己能正确对待疾病,心里却一直在犯嘀咕,总认为医生们说的不是实话。我猜想着长的不是一般子宫肌瘤而是子宫癌。如果是癌,它不仅威胁我的生命,更主要的是将终结我的飞行事业,这对我来说,比失去生命更可怕。停飞与死亡的双重压力使我失眠了。

1983年1月15日,是个星期六,我在空军总医院做了子宫全切手术,妇科主任孟医生亲自主刀,切除的子宫上长着大大小小16个肌瘤。为了慎重起见,切除后她们当即又进一步做了切片化验,化验结果为良性。听到化验结果后,在手术室门口等了半天的孝明才真正放下了悬在心里的一块石头,而我自己因注射了麻醉剂直到半夜醒来时才知道手术情况和化验结果。看到丈夫陪在床前,听着化验结果,我淌下了激动的热泪。生病住院是坏事,但也是好事,住院时能享受到比平时更多的友情、亲情和爱情。

师、团首长为了让我早日恢复飞行,开春后又专门安排我去杭州疗养了一个月。在疗养院里我巧遇了航校同批的老同学杨艳彩。航校毕业后,她被分配到十六航校任教,我俩多年未见面了,这次相聚真是喜出望外。为尽快康复早上蓝天,每天我俩都要从疗养院出发经过岳王坟走上苏堤,绕西湖步行两个多小时再回疗养院。我们一面唠嗑聊天,畅谈别后的一切,一面尽情享受春暖花开的西湖美景。有时我俩走在细雨霏霏的苏堤之上,望着烟雨朦胧中的断桥,自然就会想到许仙和白娘子,想到西湖的种

第十一章 再回青春

种传说。有时我独自一人,去花港观鱼,羡慕鱼儿的自由,欣赏它们游动的样子。我这条蓝天上的鱼,何时才能重获自由?空军杭州疗养院依青山傍秀水,院内鸟语花香,繁花似锦,院外绿树成荫,碧波荡漾,是名副其实的人间仙境。但不知为什么,这种神仙般的生活却拴不住我的心,我还是急于回到北京,回到蓝天白云中去。

作者疗养时在湖边喂鱼

"五一"劳动节前我提前回到了部队,结束了难忘的美丽杭州的疗养生活。一回到北京,我就跑到空军总医院,要求体检,想让医生们尽快做出"体检合格"的结论。虽然我自己清楚,我的身体已恢复到最佳状态,恢复飞行没有任何问题,但没有空军总医院医生的结论,部队领导是不会让我上天的,这是为了对飞行事业也是对飞行人员本人负责。通过检查,医生们都说我的手术非常成功,身体恢复得也很好,但不知为什么就是不签"体检合格,同意飞行"这8个字。后来才知道,她们是担心,因为我做过两次大手术(1971年做过的剖腹产),再加上背后瘤子和肛门痔疮的切除手术,一共挨了4刀,而且我已是46岁的人了,已接近女飞行员48岁停飞的年限。让像我这种情况的女飞行员重上蓝天,她们不敢贸然签字。成天待在地面不让上天,这比动手术挨刀躺在病床上还难受。不行,我不能就这样结束空中生命,我得想办法。正巧我入院时为我做检查的王医生是空军总医院妇科门诊部的主任,她的女婿就是我们大队的一名政工干部。通过他反复给王主任做工作,介绍我各方面的情况,最后终于感动了王主任,她在我的体检结论栏中签上了"体检合格,同意飞行"8个大字。我终于再一次获得了飞往云端的通行证。从此以后,每当我驾驶银燕翱翔在万里长空的时候,我都会在内心深处,默默地感谢那些为我治病康复以及上天付出过辛劳给予过关照和温暖的领导、朋友和亲人,没有他们的共同努力,就不会有我的第二次"飞行生命"。

四、日本友人

按空军规定1985年4月我本该停飞,但因支援民航建设,调走了一批飞行人员,加上联航正值旺盛时期,飞行任务很重。最重要的一点是我们虽近半百,但我们技术成熟,经验丰收,身子骨还很硬朗,加上我们蓝天姐妹都有强烈的求飞欲望,正是当飞之年,谁也不愿停飞。因此空军有关部门决定延长我们的飞行年限,这是我们最期盼的事,打心眼儿里一百个拥护。

在"超期服役"期间,我执行了不少外宾任务,其中有一次充满了喜剧色彩,难以忘怀。

1986年5月,为庆祝空军第一所航校东北牡丹江航校建校40周年,应中国国际友好联络会的邀请,以林弥一郎为团长的一行50人,代表当年在老航校工作过的日本友人来华访问。他们先后到沈阳、长春、哈尔滨、牡丹江、北京等地参观游览。我作为机长,驾驶三叉戟飞机,荣幸地执行了送日本友人去上述各地的参观访问专机任务。在哈尔滨,黑龙江省政府设晚宴招待50名日本客人,我们机组也应邀参加。宴会上,我这位女机长自然成了"明星",客人们纷纷前来向我敬酒。客人中有一位中等身材、年逾六旬的老人对我特别热情。他用熟练的汉语问我:"请问机长

第十一章　再回青春

您贵姓，是哪一批的女飞行员？"

"我叫苗晓红，是新中国第二批女行员。"我微笑着回答。

"你认识秦桂芳吗？"

"当然认识，她是我改装里-2飞机的飞行教员……"

日本教官长谷川正（左三）向作者（右三）敬酒

还没等我把话说完，他便异常激动地、紧紧地握住了我的手，脸不停地抽动着："太好了，太好了！你既是我学生的学生，那我该是你的师祖了。"

"你就是秦大姐的教官、大名鼎鼎的长谷川正先生？"我也激动地反问道。

"对，对！我就是秦桂芳航校时的主任教官长谷川正。"

这时闪光灯不停地闪动，随行记者频频地按动快门，摄下了这极具传奇色彩的难忘瞬间。

分别时，他还让我在他的纪念册上题词签名。后来我得知，他曾拿着我的题词给他的学员看，并夸我飞得好。遗憾的是我没带笔记本，没有请他给我签名题词。

至今，我还精心保存着与长谷川正教官以及日本友人的合影。

我做梦也没想到，能见到老大姐的教官长谷川正。她们给我讲过大量有关长谷川正的故事。由于故事太多，仅选两例。

命名的故事

周映芝是14名女飞行学员航校学飞行时的班长。当她见到负责带飞

周映芝（后）、戚木木（左）和周真明（右）看望长谷川正

她们的教员中有两名日本教员宫田忠明、长谷川正时，她的怒火一下蹿上了脑门。"长沙保卫战"时期，她目睹过日本飞机狂轰滥炸的悲惨场景，她恨死了日本鬼子。为了改变她对日本教官的看法，连长找周映芝个别谈话："宫田忠明、长谷川正的飞行技术都很棒，也有丰富的经验。更重要的是他们经过改造教育，真心愿意为新中国空军建设出力。你是班长，不仅自己要想通，还要做好大家的思想工作，不能把日籍教官当外人，更不能当敌人。"经过各级领导做思想工作，周映芝仇视日本教官的情绪有所缓和。俗话说，"日久见人心"。在往后的带飞过程中，周映芝和女飞行学员彻底改变了对日本教官的看法，建立了深厚的师生情，这种真挚的感情经受住了时间的考验。1952年春夏之交，宫田忠明、长谷川正回到了日本，他们回国后，一直惦念着中国的女弟子。1978年夏天，长谷川正来到中国，看望久别的学生，周映芝到友谊宾馆看望恩师。师生久别重逢有说不完的离情别意。因为周映芝是女飞行学员班的班长，长谷川正对她的印象极深，他告诉周映芝，为了纪念他在中国航校带飞女飞行学员的难忘岁月，他特地给他的小女儿取名为"长谷映子"，中间用了周映芝的"映"字。他还送给周映芝一个洋娃娃、一双日本筷子和一张写有"友谊永存"的硬纸卡片做纪念。周映芝也回赠了礼物，是一本写有"师生久别喜相逢"的挂历。与周映芝同时

第十一章 再回青春

探望的有戚木木和周真明。

乌龟的故事

进入外场飞行后,天天打交道的是带飞教员。带飞秦桂芳的是长谷川正。因而她与教员之间的矛盾最多,故事最经典。

无论连长、校长怎么做秦桂芳的思想工作,她死活不同意让日本教官带她。校长最后火了:"你翘什么尾巴,如不想跟日本教官学飞行,可以打起铺盖卷回家去!"校长这句话吓得秦桂芳软了下来。因为她可以不怕天、不怕地,就怕不让她学飞行。

长谷川正以严著称,姑娘们背后叫他铁面教官。他对飞得好的女学员更严、更无情,秦桂芳就深受其"害"。秦桂芳是女飞行学员中飞得最好的,但也是最有个性、最淘气的。长谷川正对她严到了"整人"的地步,对她的过错从不宽容。有一次着陆时,秦桂芳忘了报告,飞机刚刚停稳,教官便将写有"停飞"二字的评分表摔给她,并毫不留情地将她赶下飞机。气得秦桂芳跑到队领导那里告状,说日本鬼子整她。还有一次空中平飞后,她的手松开了油门杆,随便搭在座舱的边沿上,长谷川正见后,在后面大声吼了起来:"你的手往哪里放?"尽管她立即将手放到了油门杆上,可仍没躲过停飞检讨。为这么个小动作让她停飞,秦桂

长谷川正专程到成都看望秦桂芳(中)和何月娟(左)

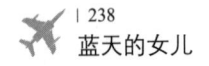

芳心有不甘，更加认定长谷川正这个日本小鬼子不是真心实意教中国人学飞行，而是找碴整人。

一天飞行后，长谷川正将秦桂芳叫到身边，语重心长地告诫她："飞行是非常严肃的事，马虎的不行，随便的不行，骄傲的不行，不守纪律的不行。"他的四个不行，让秦桂芳铭记终生，终身受益，也彻底改变了她对日本教官的看法。在此后的飞行训练中，她与教官建立了深厚的师生之情。

时间和空间割不断在蓝天上、在风雨中建立起来的师生情谊。1987年10月，长谷川正利用到中国参观的机会，专程到成都看望秦桂芳和何月娟。久别30多年的师生，终于又见面了。年逾七旬的长谷川正，回国后一直为日中友好忙碌着，他是日本和平友好协会的常务理事。临别时，秦桂芳将她精心选购的两只用玉石雕刻的乌龟送给自己的教官，并恭恭敬敬地给他行了一个军礼。

第十二章

／

最后冲刺

飞行事业就如同马拉松赛跑一样，有起点就有终点。运动员接近终点时，往往要做最后冲刺，以争取最好的成绩。我和马拉松运动员一样，接近飞行终点时也发起了最后冲刺，想在这最后一段里程中多飞一些。领导考虑到我们老飞行员的身体条件和反应能力，从20世纪80年代中期开始，对我们第二批女航空员采取了限飞措施。在这种限飞的情况下，我就更加珍惜每一次飞行机会，总想把每一次飞行飞成经典之作，给自己的飞行事业画上一个圆满的句号。

一、当回国宾

1986年国庆节前夕，大队其他机组都要执行机群任务，只有我作为备份机长在大队值班。每当这个时候我作为大队干部都是脸上含笑，心里叫苦。球场上总当替补队员坐冷板凳，总不是滋味，机场上总做备份机长更不是滋味。明知这是规律，但对领导还是一肚子意见。正在我闷闷不乐之际，却意外地接到了专机任务。上级决定让我们机组执行送外宾去广州参观访问的任务。10月1日从北京起飞，3日返回北京。这样一来，我的节日就好过多了，不仅能过上飞行瘾，还能在花城住两个晚上，见识见识改革开放后的广州新貌，采购一些在京难以买到的商品，真是喜出望外。

执行任务的前天晚上，接待单位在钓鱼台国宾馆宴请外宾，我作为专机机长被邀请作陪。宴会中间，中外客人都纷纷向我这位女机长举杯敬酒。我这人平时虽很少喝酒，但酒量不错，因此面对众多的敬酒者，我显得豪爽大度，展现了中国女飞行员的风采。没承想面临退出蓝天舞台的

第十二章 最后冲刺

我，居然在钓鱼台当了一回主角，并赢得了满堂彩。

翌日，天空晴朗，万里无云。我的心情和天空一样，

作者（左一）与机组合影

也是充满了阳光。起飞后我精心驾驶，准确计算，中午12点整我们分秒不差地降落在广州白云机场。做完飞机检查和再次起飞的准备之后，我们机组被接到了外宾下榻的白天鹅宾馆。我虽在广州长期执行航班任务，飞专机时也来过，也在东方宾馆住过，但住五星级的白天鹅宾馆还是刘姥姥进大观园头一回，过足了贵宾瘾。10月3日，我们按计划返回北京。落地后，外宾和陪同首长对机组一再表示谢意。外宾回国前还专门派人给机组送来了一个非常精致的玻璃瓶，并再次向我们致以谢意。

在执行外宾任务时，如果外宾对机组的飞行很满意，他们都会送给机组一些具有本国特色的礼物。凡是外宾赠送的礼物机组都会自觉地交给上级机关，但我至今还保存着一件外宾送的小礼物。那是在执行这次专机任务后不久，我又有幸执行了送苏联最高苏维埃联盟院主席的专机任务，航线是北京—大连—上海—杭州—广州—北京。这次任务点多线长，我是飞得好，玩得也痛快，我又风光了一把。外宾对我们机组非常满意，特别是对我这位女机长，给予了很高的评价，并单独送给我一对造型别致的牛骨耳环。归队后当我上交耳环时，政治处主任说："老苗，这是外宾送给你

作者在驾驶三叉戟专机

个人的,你就留作纪念吧!"

此后,我还安全圆满地完成了美国某访华团、美国商团、美国通用电器公司董事长、奥地利专家组等一系列外宾的专机任务。我做梦也没有想到,在我即将告别蓝天的日子里,能执行这么多外宾任务,能赢得众多外宾的点赞,为中国女飞行员争得了一份荣耀。感谢改革开放,是改革开放为我提供了施展飞行技能的平台和机遇。没有改革开放,哪会有这么多外宾来中国访问参观,我赶上了好时代。

在我春风得意的同时,我的好姐妹李丽真创造了奇迹,她恢复了听力,又重返蓝天了。她摔伤后,为了康复,每当东方刚刚露出玫瑰色,绝大多数妻子还在酣睡,许多母亲还在为子女上学准备早点的时候,李丽真就离开家登上了开往香山的360路首班公共汽车。下车之后她径直朝香炉峰又叫鬼见愁的山峰而去。鬼见愁海拔557米,是香山的主峰,它陡峭险峻,极难攀登,多少游人在它面前望而却步,为了炼身体,炼意志,李丽真几乎每天都要攀登一次。登上顶峰还不算完,她还要顺着西山山顶的崎岖小路向南跋涉,直到八大处才下山乘车返家,全程40多里。她日复一日、月复一月,从不间断。可是一年过去了,她的听力并没有明显的增强,家人对此都失去了信心,然而她毫不气馁。自受伤后,在她心中就树起了一面效仿的旗帜,那就是苏联卫国战争时的无脚飞将军。一个失去了双脚的人,经过锻炼尚能驾着战鹰升空作战。李丽真坚信自己经过锻炼也

第十二章　最后冲刺

一定能重返蓝天，引导战鹰远航。她要用自己的汗水，写一本中国的《一位女领航员的笔记》。有人劝她："你都快到停飞年龄了，何苦还这么痴恋蓝天。就算听力恢复了，你还能飞几天？"她回答得很干脆："哪怕只飞一天，我也不会放弃。"她仍然攀登着、跋涉着，她这种锲而不舍、坚韧不拔的精神感动了领导，感动了亲友，也感动了"上帝"。奇迹出现了，她的左耳听力恢复到了能飞行的程度。1985年5月，她重返蓝天的美梦终于实现了。李丽真真的创造了医学史上的奇迹，也创造了航空史上的奇迹。当然，她知道这奇迹中包含着战友家人、组织和医生的无限关怀与照顾。

李丽真长期坚持登香山

二、喊声无价

我们飞行的年代，飞机上还没有现代化的自动导航系统，飞行员主要根据领航员给的航行数据飞行，领航员是飞机的眼睛。我当过几十年的机长，机组里如有位领航技术过硬，经验丰富的领航员，心里就踏实，有安全感。陪我改装三叉戟的刘凤云就是一位让领导和机组放心的领航员。她反应快速敏捷，观察周密细致。她给的数据准确及时，话语简洁明了，声音清晰悦耳。在她32年的领航生涯中，从未发生过错忘漏，不仅自己领

刘凤云小照

航无差错,还帮助他人纠错。我与凤云有奇缘,她刚来队时,我是她们集训队的队长;我改装三叉戟放单飞时,她是领航员;我当副大队长时,我俩虽不在一个大队,但同住一栋楼,而且在一个楼层;再往后我们调到了同一个大队,还成了室友。总之我俩是"缘缘不断",成了亲姐妹,时髦的话叫闺密。她在为我的飞行鼓掌助威,她的一声"拉起来"挽救了100多名乘客的生命。

刘凤云有个她独有的习惯,只要在飞机上,飞机着陆前15分钟,她都要到驾驶舱观看机组飞行(飞行训练和重要任务往往派双领航员,两人轮换领航)。她到驾驶舱不是看热闹,而是专注飞机状态。她这个体现高度责任心的好习惯,至少有3次避免了可能发生的重大飞行事故。

有一次,刘凤云所在机组驾驶三叉戟型飞机,载着近百名乘客,由广州飞银川。机组共12人,含3名空姐,有两名领航员。这段航线由另外一名领航员飞。飞机着陆前15分钟,她习惯地由飞行人员休息舱走进了驾驶舱。这时飞机还在云中飞行,她看了看高度表,不到3000米,而且还在下降,机场导航台的信号也没收到。刘凤云心里很清楚,在银川机场西侧10公里处的贺兰山,山高3600米,按规定在看不见地面的情况下,飞机必须保持4200米的安全高度,通过机场建立航线落地。可飞机已大大低于安全高度,还在继续下降,这时飞机正从东南方向飞向贺兰山。刘凤云毫不犹豫地大喊一声"拉起来",并让机组立即联系地面开放导航

第十二章　最后冲刺

台。她这一嗓子惊醒了"梦中人"，机长赶紧将飞机拉升至安全高度，她按照预测时间引导飞机改向跑道着陆方向，这时，机组收到了导航台信号，飞机右转加入两边航线，保持高度，飞行两分钟后通过跑道上空，建立航线安全着陆。也就是说飞机由西向东飞行20公里，正从贺兰山上空飞过，由于刘凤云一声"拉起来"，并及时引领飞机爬升至安全高度，避免了一次可能发生的空难。

刘凤云准备远航

桂林历史上发生过三次大的空难，其中有一次的情形与这次几乎完全相同，所不同的是那个机组没人喊"拉起来"，结果撞山，酿成上百名乘客遇难的大悲剧。而这次由于刘凤云的一声"拉起来"，飞机平安飞越贺兰山，100多名乘客与死神擦肩而过，安然无恙。为表扬刘凤云，部队授予她飞行安全奖。

在32年的领航生涯中，刘凤云在危急情况下，还喊过两次"拉起来"。这都是刘凤云悄悄跟我说的。她不张扬，不炫耀。她说，做力所能及的事，过内心坦然的日子，保证飞行安全是自己的职责所在。

世界上，创造生命和财富的人是伟大的，守护生命和财富的人同样也是伟大的。刘凤云三声"拉起来"，使几百条生命和家庭免遭不幸，上亿元国家财产免受损失。她的"拉起来"三个字，字字千金。这是一个女领航员对国家、对社会的最大贡献。我为凤云骄傲、自豪！

作者（右）与刘凤云在研究航线

这三次"拉起来"，主要体现的是她对飞行安全高度负责的精神，而真正考验她领航技术和心理素质的是一次专机飞行。

20世纪80年代初期，一架三叉戟飞机从福州起飞，向北京疾驶，机上的领航员是羽毛已丰、有了"金凤凌云"雅号的刘凤云。飞机起飞不久，便遇到大面积雷雨天气，只能向雷雨较弱的西面绕飞。面对这样极端复杂的天气，地面指挥员很紧张，命令沿途地面雷达全部开放。因为雷雨和飞机在雷达屏上，显示的都是白色的亮点，地面雷达员很难在大面积雷雨中及时辨别出飞机位置，便不间断地向机组询问。当时飞机设备比较落后，没有卫星导航。

刘凤云在不断改变飞行方向绕飞雷雨的情况下，还要利用地面导航台和广播电台，用飞机上的无线电罗盘确定飞机位置。由于雷电干扰，罗盘指针摆动很大，她凭着丰富的经验读取平均值，并根据测得的风向风速推测出飞机位置提供给地面，地面雷达每次都能根据她提供的位置及时发现飞机，为地面指挥部门掌握空中飞机情况提供了可靠依据。

当飞机在西郊机场安全降落后，领导告诉机组，空军指挥部门对机组在绕飞过程中准确掌握位置提出表扬。危难时刻，方显一个优秀领航员的价值，谁还敢轻视那个年代的女领航员！"金凤凌云"，真棒！

空军为表彰刘凤云的特殊贡献，给她颁发了"特殊贡献奖"。后来，

第十二章　最后冲刺

"特殊贡献奖证书"和二等功立功喜报,她都捐赠给了军事博物馆。

三、极限飞行

有人称飞行员是刀尖上的舞者,飞机离地三尺,随时有可能遇到险情,特别是起飞着陆阶段,发生险情的概率较大。自有飞机以来,中外飞行事故,多数都发生在这两个阶段。用行话讲,这是事故多发阶段。因为飞机起降时,高度低,飞行员没有处理的时间,稍一犹豫或动作迟缓,就会发生等级事故。我们部队几乎所有飞行事故,均发生在这两个阶段。1957年4203号伊尔-14飞机着陆时高度过低撞树坠毁;1962年3246号伊尔-14飞机起飞时发动机故障撞山坠毁;1968年3584号直-5型飞机着陆时尾桨故障触地坠毁;1973年3281号伊尔-14型飞机降落时撞树造成二等事故;1974年3787号云雀型直升机起飞时与着陆的3885号直-5型机相撞,双机坠毁;另外部队摔的三架三叉戟飞机,一架在起飞时坠毁,另外两架都是在着陆时失事。血的教训证明,起飞着陆是飞行员的两道生死关。我在晚期驾驶三叉戟飞机,执行航班和紧急任务时,就经历了两次生死的考验。一次发生在起飞阶段,另一次则发生在降落阶段。

有一次,我飞北京至上海江湾机场的航班。我们从北京南苑机场起飞,当飞机爬高到150米左右时,左侧的发动机突然停车失去了马力,飞机急速向左侧偏转,并向地面栽了下去。在这千钧一发的关键时刻,我下意识地加大右发动机的油门,一面蹬舵拉杆,使飞机恢复正常状态并让右座副驾驶向地面报告:飞机左发动机故障,立即返航着陆。当时飞机上只有40多位客人,载重量较小,加上我处理果断及时,飞机很快恢复了正常状态。同时地面指挥员及时指挥其他飞机避让,使我们做小航线安全着

作者正驾驶三叉戟飞机

陆。当我们滑回停机坪请客人换乘其他飞机时,他们竟不知道去了一趟鬼门关。当乘客下飞机后,我仍坐着没动,一股股凉气还在脑门上蹿,这时我才后怕。如果有半秒钟的迟疑和一个动作的失误,后果不堪设想,3246号飞机坠毁的悲剧就可能重演。

在我的飞行生涯中,最后一次历险是在1987年深秋。那段时间我飞得很少,一直在家过夜。有天深夜,一阵急促的敲门声将我惊醒,并听到大队庞副政委在门外喊道:"老苗,快回大队有紧急任务。"我立即穿上飞行服骑自行车赶到大队,还没进大队营房门,就看到机组其他成员都已着装整齐等待上车去机场。很快接机组的车就来了。在车上吴稼祥团长给我们下达了具体任务:"你们去山海关接一位突发重病的老红军来京抢救。"

到机场后我们以最快的速度检查完飞机,办好飞行手续。这时,301医院的救护人员也赶到了飞机旁。凌晨两点多钟我们从西郊机场起飞,迎着夜雾向山海关机场急速飞去。

我们安全着陆后,看到病人已在机场等候。我们又以最快的速度做完了连续起飞的准备。在山海关我们只停留了十多分钟便起飞了。航行中一切顺利,返回北京时已是清晨4点多钟。当我们进入五边下滑,准备着陆时,耳机里传来了吴团长的声音:

"429,注意收听雷达的指挥,按仪表和雷达指挥进行着陆,地面有雾,能见度只有1公里,而且正在变坏。过近距导航台还看不到跑道,可

第十二章 最后冲刺

复飞去南苑降落。"

机舱内本来就很紧张的气氛，这下就更紧张了，如果复飞去南苑机场，又要延误半个多小时，而接病人的救护车和人员已到了西郊机场，让他们再转到南苑机场，要一个多小时。机上的病人正处在垂危之中，随时都有生命危险，对病人来说，时间就是生命。怎么办？我们当即下定决心，只要有一线希望，就不去南苑。

飞机在下滑，高度在降低，速度在减小，已经接近近距导航台了，地面雷达指挥员报出："429，方向好，高度好，继续下滑。通过近距导航台了。"当飞机下降到40米时，我们仍然看不见跑道，前面是雾蒙蒙的一团灰暗。突然我隐隐约约地看到了一溜闪动着的灯光，躺卧在飞机下滑的延长线上，我判断那就是跑道中心延长线上的引导灯，这说明飞机已对准跑道。此时耳机里也传来吴团长的声音："429，方向高度好，减油门落地！"在团长的指挥下，飞机穿过重重晨雾，在超极限的气象条件下，安全降落了。

当病人被救护车接走之后，我们机组也下了飞机。这时我才发现自己已是一身冷汗，内衣都湿透了。当我们乘车离开机场时，雾更浓了，能见度更差了，周围的一切被浓雾所笼罩，汽车在地面行驶都必须开大灯。仰望云天，我暗自叫了一声："好悬，真险！"

1988年3月8日的《解放军报》，报道了我这次历险的简要经过。文章的标题是：《女机长—苗晓红长空破雾救病员》。

记者将这次超极限气象条件下的成功降落，归功于我，我受之有愧，主要功劳应归于指挥员吴稼祥团长。能不能降落的决定权在他手里。他要不是一位有担当，有责任心，有爱心的指挥员，决不会在超极限气象条件下，冒着丢乌纱帽的风险指挥我降落，肯定会让我们去南苑落地。当然他不是盲目冒险，他也有一定的依据，一是对我的信任，二是对机场指挥系统的了解，三是自信。他是一位经验非常丰富、头脑十分冷静的飞行指挥员，他仅凭飞机的声音，就能判定出飞机的距离和航向。后来他能当上专机师师长，靠的就是风雨中锤炼出的真本事。

四、姐妹聚散

新中国第一批女航空员除武秀梅外，其他人早就离开了飞机。但时间的流逝，没有冲淡她们对航空事业的挚爱，她们的心仍留在蓝天之上，她们时时刻刻关注着女航空员队伍的发展。她们将满腔热血倾注在后来人身上，非常怀念以往的飞行岁月，总想再回老部队看看老首长、老战友和年轻的蓝天小妹妹。

在我的老教员、老领导、老朋友伍竹迪的积极倡导下，我们部队领导同意在她们飞越天安门35周年的日子里，请她们回部队团聚。这对我来说无疑也是一个天大的喜讯，因为我又能见到久别的老大姐了。

1987年"三八"国际妇女节前夕，即2月25日，50多位新中国第一批女航空员从祖国的四面八方来到了北京，走进了她们曾经战斗过的西郊机场。3月3日，在机场礼堂举行了隆重的纪念大会。第一批女飞行员中飞行年限最长的武秀梅代表老大姐们发言。她回顾了第一批女航空员在党和毛主席的关怀下，从普通女学生、女军人飞上蓝天的光辉历程。她的讲话真实感人，给我们第二、第三、第四批的小妹妹们上了一堂生动的传统教育课。会场气氛非常活跃，反响也很强烈，大大超过了部队领导的预

任师长时的吴稼祥少将

第十二章 最后冲刺

从左至右阮荷珍、施丽霞、伍竹迪、邱以群、周映芝、戚木木、武秀梅、王坚、黄碧云、秦桂芳、何月娟

想。空军的高副政委、全国妇联的负责人，以及中央电视台、人民日报社、解放军报社等新闻媒体的记者参加了大会。人民日报以《空军某部庆祝首批女航空员飞行三十五周年》为题，发表了长篇通讯和两幅女航空员欢聚以及登上天安门城楼的大幅照片。中央电视台在3月4日的新闻联播中，也播放了纪念会的盛况。之后，领导给她们安排了一系列集体活动，游览长城、参观北京市容、登天安门城楼等。上述活动，我都是全程陪同。她们还拜访了在京的老首长、老战友。我还在家里宴请了我的老教员秦桂芳、伍竹迪以及武秀梅、阮荷珍、黄碧云、魏砾等老大姐。第二天，正赶上我要外出执行任务，她们就像欢送亲人一样，到机场为我送行。我便利用这一难得的机会，领着她们一同做飞行前的检查工作。我一边检查飞机，一边介绍三叉戟飞机的各种构造和性能。当她们看到三叉戟飞机上先进的现代化设备时，又是羡慕又是眼馋。伍竹迪大姐还感叹地说："要是领导同意，我一定能驾驶这种先进飞机再飞十年。"

作者（左一）给第一批老大姐介绍三叉戟飞机

遗憾的是，这次聚会有一位第一批的飞行员万婉玲大姐没能来。她是我刚到部队时同在一个大队的战友。聚会时，她因患肺癌正在治疗，她人虽躺在长沙医院的病床上心却飞到了北京。她给与会大姐们写了封长信，表达了她对老姐妹的深深怀念和对飞行事业的无限眷恋。

万大姐是湖南长沙人，我们是半个老乡。她性格内向，为人忠厚，从不计较个人的得失，因此很受我们的尊敬。她的缺席，更引起了我们对她的关注，惦念着她的病情。次年春节，中央军委、空军和我们部队组成联合慰问组，带着我们对大姐的祝福专程去长沙慰问万大姐。得知她身体恢复得很好，我们很欣慰，并衷心祝愿她像战胜飞行困难一样，战胜病魔，更多、更好地享受新生活。万婉玲大姐于2006年病逝。

正当我们沉浸在新中国飞行姐妹欢聚一堂的大喜之中时，传来了噩耗，我最要好的同批姐妹韩淑琴永远地离开了我们。老韩自1982年年底做了乳腺癌切除手术之后，一直坚持治疗和锻炼，她本人和我们众姐妹都企盼能创造奇迹重返蓝天。人们说癌细胞切除之后，要经受

万婉玲

第十二章 最后冲刺

3年、5年、8年这三个关口的考验，只有过了8年，才能摆脱癌魔的阴影。3年这个坎老韩已冲过来了，眼看5年这一关就要闯过了，可是1986年底她的病情突然恶化，再一次住进了空军总医院。住院后治疗效果甚微，她的身体日渐虚弱。老韩原来身体很好，是篮球场上的虎将，曾代表空军参加过全军篮球比赛。但这时的她以往的风采已荡然无存，当第一批老大姐前去看望时，她虽异常兴奋激动，但说话已极为艰难。她拉着老大姐们的手，满含热泪轻轻地说道："谢谢，谢谢大姐们的关心。"当大姐们问她有什么希望和要求时，她只说了一条："希望我们女航空员更加团结，我们的队伍更壮大，事业更兴旺。"

在老韩最后的日子里，我和张筱龙、李丽真以及她丈夫吴大威轮流到医院看护她，给她讲一些她想听的飞行趣闻。开始我们还能做简单的交谈，后来只能是我们讲，她默默地听。不久之后她便去世了，享年48岁。

老韩的去世，给我们留下了一个深刻的教训。早在20世纪80年代初期，空勤人员体检时，她就发现乳房上有个小小的肿块，航医也多次督促她去总院做进一步的检查，但是一贯大大咧咧的她，却没把小小肿块当回事。我也催促过她，而每次她总说："它又不影响我吃，又不影响我飞，有什么可检查的。"她就这么总拖着，当她感到问题严重时，又正赶上有批从航校来的飞行员进行改装训练。她是带飞教员，心想如果住院检查，领导上肯定不会让她参加改装训练了。这样的机会，她是不会放过的。她虽然参加了飞行训练，满足了多飞的欲望，却耽误了病情。我们都说过，老韩是要飞不要命的人，不幸被我们言中了。

第十三章

/

告别军装

1986年冬，我到青岛疗养院疗养，这是我作为飞行员最后一次享受这样的待遇。当我从青岛回来后便陆陆续续听到有关我们第二批女航空员停飞的事。我这个人多年来都以一颗平常心对待自己，我有自知之明，我们离停飞越来越近了。虽然就我个人的身体条件、技术水平再飞5年、10年都不成问题，我有这个自信。1988年12月18日，停飞的命令下来了。1989年5月19日我们又接到了退休命令，从此我33年的军旅生活结束了。告别了蓝天，脱掉了军装。但我仍住在军营里，因为当时何孝明已是副师职副教授，而且还没退休。军队规定，退休双军人只能购买一套军队统一盖的经济适用房，购房标准就高不就低。按此规定，退休后，我们家又在西郊机场住了10年，直到老伴2008年交地方军休所后，我们家才搬离西郊营区，住进空军指挥学院统一盖的经济适用房，开始了真正退休的生活。

一、编写师史

停飞退休后，我最不适应的一件事，就是不能天天和老姐妹一起说笑了，因此我很想念在一起战斗了30多年的姐妹们，这时我才真正体会到了第一批老大姐为什么强烈要求聚会的心情。

为了姐妹的重聚，我向部队首长写了一份书面报告，建议领导在1991年"三八"节，邀请曾在我们部队工作过的第二批女航空员回部队团聚。在我和一些姐妹的强烈要求下，部队领导采纳了我的建议。"三八"节前夕，上海的许君清、南京的俞亚琴、福建的刘道义，以及分散在北京各地

第十三章　告别军装

的姐妹都纷纷来到了西郊机场。"三八"节那一天，我们第二批的15位老姐妹又欢聚在一起了。我们这批久别的姐妹，相见后，竟和小姑娘一样，乐得又唱又跳。一天的欢聚，了却了多年的夙愿。为了在我们的晚年能免去思念之苦，我们相约，以后每年的"三八"节都聚会一次。在京的众姐妹从未失约过。实践证明，流失的岁月，

空军第二批女飞行员回访老部队（左一为作者）

并没有冲淡我们在蓝天上凝成的友谊。

我停飞之后，并没有在家闲居，而是被部队返聘到飞行训练中心工作，负责整理部队的飞行资料，并担负一部分飞行理论课的教学，因而生活很充实。我安心地在训练中心工作，想发挥一个老飞行人员的余热，给部队多创造点实实在在的精神财富。

此后，我参加了师史的编写工作。我们部队自组建以来，没有编写过部队史，很多重要的历史事件和史料没有详尽系统的记载和整理，而不少当事人已经离休或退休，少数老人已过世，因此编写师史，保留珍贵的历史资料，就显得十分必要。

20世纪90年代初，师党委决定编写师史，成立了以副师长陈克功为组长的编写小组。成员有原工程部部长吴鑑清，原后勤部政委向玉朴，原训练科科长我的同期姐妹黄秀清等。

何孝明在统稿

编写组工作一段时间后,感到工程浩大,人力不够,建议增加力量。师党委决定,特邀我老伴何孝明参加,他当时任空军指挥学院政理教研室主任。邀请他来的主要目的,是请他负责全书的统稿工作,另外负责《女航空员》一章的编写任务,因为他对首批女飞行员的情况非常了解,写过一些女飞体裁的文章。同时我也应邀进了编写小组,负责撰写专机任务部分。退休后,我找了好几种工作,其中编写师史最合我的胃口,为日后的创作积累了丰富的图文资料。

在近一年的编写时间内,我们查阅了所有的历史资料和档案,走访了曾在我师工作过的绝大部分团以上干部和老空地勤人员。通过查阅资料和采访,我对我们部队的成长过程有了更清晰、更全面、更真切的了解,对我们部队的特殊地位作用和贡献有了更明确的认识。该书完成后选定书名为《暴风雨中见成长》,为什么起这么一个书名?这7个字是毛泽东主席第一次

我家珍藏的全套《师史》稿

乘坐我们部队飞机时,对机组说的一句话。1956年6月4日,毛泽东乘坐8205号里-2型飞机飞回北京,临近河北衡水时,专机遇上了雷雨,里-2型专机在这种恶劣气象条件下飞行,飞机与地面的联络中断了40分钟。落地后,毛泽东笑指云天对机组说:腾云驾雾,暴风雨中见成长。这句话的含义非常清楚,也非常深刻。实践证明我们部队就是在各种暴风雨中成长起来的,因而编写组的同志一致认为"暴风雨中见成长"这7个字能准确、贴切地概括我们师的成长史。师党委常委讨论师史时,也认定了这个书名。由于师史涉及许多党、政、军的机密,因而没有公开出版,只作为重要资料保存。

编写师史是一件极为严肃和艰巨的工作,同时也是一次难得的受教育的机会,一些重大事件给我的印象极深。我在文学创作上之所以有所收益,与编写师史的实践和资料积累有着密切关系。我家至今保存着全套《师史》打印稿及各届师首长审阅意见稿,它是我家书房的镇房之宝,极为珍贵。

二、姐妹情深

人一生中,都会有许多亲朋好友,但有莫逆之交的知己少之又少。而我有幸拥有一个胜过亲姐妹的知己凤云。我们俩从集训队初见至今,快半个世纪了。在这漫长的岁月里,我俩曾同处一室,曾同机飞行,总之从未分开过。

我离开军营后,和蓝天姐妹虽有来往,但不经常,唯有刘凤云,依旧常来常往。因为我俩不仅是战友、室友,还是书友。我家书多,凤云爱看书,常来我家借书看。她和我一样喜欢中外名著,我家这方面的藏书,她

苗晓红（左）与刘凤云姊妹照

少说看过几百本，如外国小说《战争与和平》《钢铁是怎样炼成的》《静静的顿河》《简爱》《高老头》《悲惨世界》《红与黑》《绞刑架下的报告》《乱世佳人》等。中国著作有四大名著、"三言两拍"和《鲁迅全集》《巴金文集》《茅盾文集》《金陵春梦》《官场现形记》《可爱的中国》《青春之歌》《林海雪原》《红岩》等。

有一天，我问凤云："你为啥喜欢看书？"

她说："我性格偏静，从小就喜欢看书，而且喜欢摘抄书中的经典句子，或是励志的，或是抒情的，很享受。16岁当兵，离家时，姐姐送我一本《欧阳海之歌》，我看了好多遍，我喜欢这本书。"

"你看了那么多书，有何收获心得？"

"看书的好处太多了，我能从书中看到厚重的历史、感人的故事、精彩的文笔，还能看到很多高尚纯真的灵魂。读书使我知识丰富，心胸宽广，视野开阔，意志坚强。总而言之，书教会我从容面对纷繁的人生。清心看世界，寡欲度人生。"

"你要出家。"我俩都笑了。

孝明的父亲走后，我婆婆从湖南桃源老家来京，帮我们照看两个孩子，她见凤云常来我家，便问我："晓红，那妹子是你家么子亲戚？"

我笑答："么子亲戚都不是，是天上一起飞的战友。"

"战友？那么亲热？"

婆婆的问话我没回答，只微微一笑。因为我与凤云在云海书山之间

第十三章　告别军装

建立起来的不是亲姐妹胜似亲姐妹的特殊感情，是婆婆难以理解的。

后来时间长了，凤云和我婆婆渐渐熟悉了，凤云也常给老人带些水果点心，两人也建立了很深的感情，情同母女。婆婆离京返乡时，她还到北京车站送行。

从右至左刘凤云、陈社长、作者苗晓红、陈佩文

写到这里，再颠倒一下时空，插一段后来事，以保持故事的连续性。凤云不光借书看，也帮我出书。《我是蓝天的女儿》一书的封面和部分插图，就是她联系并领着出版社陈社长和摄影师在西郊机场拍摄的。2019年我编著的《一代天娇》，策划人就是刘凤云。为了宣传此书，她编写了《沿着书的跑道起航腾飞》剧本，由她爱人韩郑制成15分钟电视片做成二维码，附在《一代天娇》的封底，供广大读者观看。

我俩为了传承红色基因，重温党的历史，还一道南下南昌、庐山、井冈山，北上西柏坡参观。在井冈山黄洋界参观时，我们在朱德题写的黄洋界纪念碑前留影。

回程途中，我问凤云："我们部队流传过的顺口溜'井冈山的扁担，专机上的枕垫'，你听过吗？"

"井冈山的扁担我知道，后面一句没听说过。"

于是我给他讲了"枕垫"的故事。

朱老总坐飞机与毛泽东、刘少奇、周恩来等领导人不同，他在飞机上办公看书的时间不多，也不与随行人员长谈，更不上床休息。飞机起飞不

作者（右）与刘凤云在西柏坡展览馆参观

久，他便到驾驶舱，坐在机械师的位置上，兴致勃勃地与机组一起"飞"，直到落地。伊尔–14型飞机的机械师座位是一把活动的小椅子，没有坐垫，没有靠背，也没有扶手，而且窄小，坐久了腰酸背痛。年高体胖的中国第一帅，放着飞机上的沙发床不躺，沙发椅不坐，非要挤在驾驶舱里"受罪"。有一次机长见老总难受的样子，便让空姐给他拿了个枕头当坐垫，朱老总感到舒适多了，下飞机时特意表扬了那位空姐。从此以后，凡朱德坐飞机空姐都会给他准备一个当坐垫的枕头。后来专机师官兵戏称朱老总有两宝：井冈山的扁担，专机上的枕垫。

专机师的飞行员都特别喜欢执行朱老总的专机任务，因为老总平易近人，和蔼可亲。朱老总坐在驾驶舱里，飞行不寂寞。不过，与朱老总同"飞"，机组也有紧张的时候。因为他坐在驾驶舱不光是看，还喜欢问。某个问题回答不出来难免尴尬。因而凡执行朱老总的专机任务，除按正常专机程序准备外，还要准备一份相应的地面资料。

1960年1月，尚登峨机组送朱老总由贵阳去重庆，这条航线正好是当年红军长征的路线。领航员刘国辉为了不被朱老总问住，专门绘制了一份红军长征路线图，背记了各种地形数据和有关战例等相关资料。

翌日，飞机刚刚滑行，朱老总就拎着一个枕垫进了驾驶舱，坐到了他的专座上。机组的人都知道，凡朱老总拿着枕垫进驾驶舱，就知道他要打持久战，陪机组飞到底。飞机起飞后，刘国辉打开地图准备给朱老总介绍航线下的地标地物，朱老总推开地图道："今天我给你们带路，带你们重走长征路。"很快飞机飞临娄山关，朱德指着前方高声道："看，前面就是娄山关，是遵义会议后，红军打的第一个大胜仗。"此次航行，朱德从遵义会议一直讲到红军过雪山草地，给机组上了一堂别开生面的革命传统课。

何孝明（左）、作者（中）与刘凤云于黄洋界留影

听我讲完朱德枕垫的故事后，凤云感慨道："刚才在黄洋界，你应给参观者讲讲这个故事，保证受欢迎。这个故事能感动我，也一定能感动每一个听众。"

俗话说，读书破万卷下笔如有神，满腹经纶的凤云文笔很好，至今已在报刊上发表不少文章，特别擅长写诗，有多篇作品获奖，这是她多年热衷看书的回报。

总之，共同的信仰事业、情趣爱好，使我俩的心越贴越紧，成为分不开的好姐妹。

三、老家巨变

退休后有人感到失落，感到沮丧；有人感到轻松，感到自由。我和孝明退休后从未有失落感，但也没感到轻松，似乎仍像上班一样忙碌，有许多事情要干，日程表上总是安排得满满的。

何孝明是个乡巴佬，重乡情，入伍离乡的60多年间，常抽空回老家看看。近几年因事务缠身没有回去。他妹妹也不断发信息邀请我们回家看看，说今非昔比，如今的老家怎么怎么好。在孝明兄妹怂恿下，我终于动心了，同意回婆家一探究竟，我也有十多年没回婆家了。

2018年得闲，利用国庆长假回了趟老家湖南桃源。9月28日上午7时30分，我们坐上了由北京开往长沙的高铁，6个多小时便到达目的地，长沙的大弟春初和弟妹淑兰到站接我们。在长沙休息一晚后，由春初开车，我与淑兰、孝明一行4人，于9月29日清晨从长沙出发，走长（沙）张（家界）高速，途经益阳、常德，在常德下高速时，没注意路标，下错了出口，只得绕道桃源县城回九溪。本来只需两个多小时的路程，因绕道，多走了一个多小时才到达桃源九溪凉桥村老家。

如今农村水泥公路四通八达，小车直达家门口。下车后，首先映入眼帘的便是新建的楼房，红瓦白墙，两层楼外加一阁楼和一侧房。大门前还有两根巨大的罗马柱支撑的门廊。宏伟新颖的外观已令我们惊讶，进楼参观之后，已不只是惊讶而是震撼。门廊后是大客厅，约40平方米，层距高达3米多，几乎是城里楼房的两倍。地面铺着大理石砖。正面墙上贴着一米见方的毛泽东彩色画像，右侧是30多寸的彩色电视；西墙窗户前是沙发和两把藤制摇式躺椅；北面墙上挂着一大型电子钟。一楼还有三间卧室，两个洗手间，一个洗手间安有坐便和太阳能淋浴器；侧房是饭厅与厨房。厨房面积很大，有20多平方米，而且很有特点，它有四灶一坑，四灶是电气灶、煤气灶、蜂窝煤灶和木柴灶，一坑是火坑。火坑单独设在一间10多平方米的房间里，火坑保留了传统的式样和功能，在房间正中砌一米见方的地坑，凹入地面20多厘米，烧木柴木炭。冬天烧火可以取暖，烟可以熏烤梁上的鸡鸭鱼肉等腊货。其他季节可以用炉锅熬饭，炉锅饭又

第十三章　告别军装

香又软，别有滋味。这种"四灶一坑"的厨房在大城市是绝对找不到的，在这里长大的孝明也是第一次见到，看得他直咂舌。二层楼上有3间卧室，一个客厅，

左为堂弟楼房，右为老家"别墅"

两个卫生间，一大一小两个阳台，大阳台30多平方米，小阳台8平方米左右。三层阁楼是储藏室，堆放各类杂物。阁楼左侧屋顶上安有一人多高，直径一米左右的圆形水塔，水塔外面涂有蓝色油漆，里面盛满从屋前古井里抽上来的泉水。婆家一切皆变，唯独这口古井依然，仍冬暖夏凉，清澈甘甜，无论天旱天涝，无论多少人打水，它的水位始终不变。春初问妹妹："你家卫生间是不是也用水塔里的泉水？"妹妹说是。春初听后调侃道："你家冲厕所的水比我们城里人喝的水还干净。"

参观时我问妹妹："这么大的房子，除你们两口外（孝明还有一小弟在老家务农，他另有住处），哪个住？"

她笑答："给后人住，他们不像你们，终究是要落屋的。"

妹妹有两女一儿，两个女儿均有家有房，唯有儿子儿媳带着孙儿、孙女在深圳打拼，她指的后人便是儿子一家。

看完房子，春初自嘲道："如今你们在乡下住别墅，我们在城里住鸽子笼。"

他的话不假，孝明是技术4级教授，我们的住房，在北京算是中上水

平，可与老家新楼一比，真是"鸽子笼"。老家不仅房子好，周围环境也很美。我回过四次婆家。首次回婆家，前后山基本上是秃山。据孝明说，他参军离家时，山上也是青松遍野，屋对门的山上还有一处罕见的红松林，门前堰堤上长着一人抱不拢的老柏树，菜园南边是栗子林。可惜孝明记忆中的松柏果林已经没有了。20世纪70年代开始封山造林，才慢慢恢复了原貌。

老家有个习俗，客人来了要设宴招待，当地人叫接风酒。我和孝明与春初、淑兰是远客，我更是稀客，妹妹和小弟自然要摆四钵八碗的接风席。由于厨房灶多，蒸的蒸，煮的煮，炒的炒，炖的炖。一桌丰盛的菜肴很快就拾掇好了。菜全是从自家菜园子里现采、现摘、现挖的。楼的南头，有一亩多地的菜园子，里面种有各种蔬菜。鸡是自家放养的真正的土鸡，鸡蛋是放养的母鸡生的，蛋黄鲜红。席上只有两样菜的原料是从小街上买的，即野生鲜蘑菇，老家人叫菌子，这道菜只有乡下多，城里很难寻。另一样菜是炖小鸡的板栗。席间妹妹特意提到当晚做菜的茶油，这种茶油比豆油、花生油要珍贵得多，是食用油中的极品，它有极高的营养，却无丝毫的污染，是

自左至右前排大弟妹、作者、妹妹、小弟妹，后排大弟、老伴、妹夫、小弟

当地年轻农妇进深山捡野茶子榨出的油。我首次回婆家时，婆婆给了我5斤，深知它的诸多优点。

这顿晚餐虽无山珍海味，都是地道的家乡菜，但全是绿色食品，吃得可口，在城里花多少钱也吃不到这一顿饭。春初怪话多，饭后他又冒了一句："如今乡下人吃绿色食品，城里人吃灰色食品。"

久别重逢的兄弟姐妹，有太多的离情别意要相互倾诉。晚饭后，全家人围坐在门廊的一张小茶桌旁。这晚是农历八月十七日。十五的月亮十六圆，乡村十七的月亮比城里十五六的月亮还大、还亮、还圆。银河泻下的星光，与月光交汇在一起，点亮了山乡的夜。我躺在摇椅上，沐着山野的清风，闻着桂花的清香，吸着从松林与堰塘散发出来的清新空气；看萤火虫在夜空中飘飘荡荡，听小鸟在树林里低鸣浅唱；嗑着瓜子，嚼着花生，品着古井水泡出的大叶茶，吃着柴灶里烤出的桐叶巴；叙着亲情，拉着家常。此时此刻，我虽滴酒未沾，却醉了，不仅我醉了，孝明、春初、淑兰也醉了。孝明知道淑兰歌唱得不错，便起哄让她唱歌，干公安的弟妹也不忸怩，面对屋前盛开的木芙蓉花，淑兰唱起了《又见山里红》，她将"山里红"改为"芙蓉红"。"又见芙蓉红，久别的芙蓉红，你把太阳的色彩，浓缩成故乡情……"妇唱夫随，春初也一道哼唱。他俩的歌，唱出了我们的心声。

回家方一日，四个久居闹市的城里人，便似当年的渔翁，步入了桃源仙境。老家巨变，一叶知秋。

四、玉碎竹林

停飞之后，人离开了蓝天，心却没有离开，常忆的往事是飞行，常在梦中穿着飞行服，拎着飞行图囊在停机坪找飞机，找呀找呀，却怎么也找不着，急得我大喊大叫，结果被老伴推醒。有时心情不好会做噩梦，噩梦也离不开飞行事故。没想到有一天真的从南方传来噩耗，我的蓝天小妹王春在飞行中遇难，献出了宝贵的生命，令人扼腕痛惜。

王春，1953年出生于山东青岛市，1969年3月入伍，1970年被选为空军第四批女飞行员，进空军哈尔滨第一航校学习飞行。1974年年底毕业后被分配到北京专机部队。听说被分到北京飞专机，她兴奋得一宿没睡。可现实与想象却大相径庭，专机部队有好几个团，王春被分到远离市区的沙河机场直升机团。直升机团全是无翼的直升机，以执行抢险救灾任务为主，去的地方大都是戈壁沙漠，林海草原，荒郊野岭，都是苦差事，危险性也大。个别飞直升机的飞行员，想改飞有翼飞机，执行中央首长的专机任务。

王春在《蓝天梦蓝天情》一文中写道："没想到飞上了'远看一朵花，近看癞蛤蟆'的直升机，当时内心难过极了。"她的消极情绪，自然瞒不过领导的双眼。政委给新分来的女飞行员讲了我国首批飞直升机的女飞行员陈志英、潘隽如、韩淑琴的故事。她们三人的事迹使王春对直升机的认识有所改变。特别是一次救灾任务，彻底改变了她对直升机的看法，打心眼里爱上了直升机，并为当一名直升机飞行员

王春航校飞行照

第十三章　告别军装

而自豪，从此与直升机结下了不解之缘。

灾民的跪拜让王春爱上了直升机

王春中等身材，鸭蛋形的脸上，皮肤细嫩红润，两个小酒窝总是透出笑意，是位大美人。她不仅青春靓丽，而且聪颖过人，飞行悟性极高，不仅很快完成了改装训练，两年后便成了三种气象条件的机长。1978年年初，内蒙古锡林浩特遭遇了百年不遇的暴风雪，骤然而至的大雪灾，封堵了草场、道路，大批马牛羊群被冻死，广大牧民龟缩在零下40摄氏度左右的蒙古包里，忍饥挨冻，危在旦夕，急盼救援。群众危难时刻，王春所在直升机团，奉党中央、中央军委之命，满载救灾物资前往救灾。刚被任命为机长的王春，率机组参加了这次既艰巨而又光荣的救灾任务。

王春驾机起飞后，按预设航线向灾区飞去。前一段航线天气晴朗，她飞得很轻松，但好景不长，一进入内蒙古境内，大地白茫茫一片，所有地标地物全被厚厚的白雪覆盖。放眼望去，地平线消失了，天地一色，分不清哪是天，哪是地，在这种条件下飞行，极易产生错觉。初当机长的她，难免有些紧张。但王春很聪明，她一方面按仪表指示保持航行，一方面紧紧跟在老机长后面。终于在老机长的带领下，她驾驶的直升机在灾区安全降落了。

直升机刚一停稳，牧民们就拥了过来。因天寒，飞机降落后没有关车，旋翼仍在转动。牧民们没敢太靠近直升机，只是远远地围着直升机欢呼着、雀跃着。当王春打开机舱门时，忽见一位穿蒙古袍的老人，踩着深雪向她走来，走近后，他双手合十，跪了下去。面对这感人情景，她不知如何是好，迟疑片刻后，王春赶忙将老人搀扶起来。此时老人抬头看清王春的脸后，他立刻转身向人群跑去，嘴里不停高喊着："神女天降了，神女天降了！"

这是王春第一次率机组执行任务，也是一次受教育最深、终生难忘的

作者（右）给王春佩戴军功章

任务。她在《蓝天梦蓝天情》中写道："从那以后，老人的目光牢牢地刻在我的心里。我不再感觉飞直升机有什么不妥，相反，直升机与人民的关系更贴近，有翼机能去的地方直升机能去，有翼机去不了的地方直升机也能去。我爱上了它，米–8型直升机。"

是金子在哪里都发光

1995年，为了支援地方民航建设，王春转业到青岛直升机航空公司。王春到地方后，凭借在专机部队练就的过硬飞行本领和顽强泼辣的作风，以及丰富的航行经验，很快便成了公司的主力机长，开始续写新的篇章，出色地完成了灭火救灾等一系列艰巨任务。

1996年4月王春驾驶直升机在呼伦贝尔的红花尔基地区，冒着生命危险，深入火海救出了失联多日的15名森林警察。王春飞临林区上空时，只见茫茫林海无边无际，从烟雾弥漫的天空鸟瞰，见不到明显的地标。这时天不作美，厚厚的云层低低地压在林海之上，能见度400米。为了尽快找到失踪的森林警察，王春推动驾驶杆开始下降高度，从500米下降到100米，当她还要继续下降时，副驾驶提醒道："机长，不能再降低高度了，火场上空氧气稀薄，飞行高度太低，离火场太近，发动机会因缺氧而熄火。"

"放心吧，我心中有数。"王春果敢答道。说完她冒险将高度降到80

第十三章 告别军装

米，又沿火场转了两圈，终于在一个山沟里发现了失踪者，她兴奋地高声叫道："找到了！找到了！他们就在左下方的山沟里。"说完她即推杆向目标地缓缓下降。

王春驾驶通航直升机

直升机在一块较为平整的山脚下降落，飞机刚一接地，王春第一个下了飞机，急忙向15名森林警察走去。见到一位女飞行员，森林警察激动得热泪盈眶，但都坐在地上没起身，他们连站起来的力气都没有了。他们全被大火燎烤得面目全非，身上的衣服千疮百孔，有的人头上还缠着绷带。面对15名奄奄一息的森林警察，王春当即让机组成员从直升机上搬来食品与饮料，分发给他们。经过进食和休息，森林警察的体力有所恢复，有的站了起来拉着机组成员的手说着感激的话。有位年纪稍大的森林警察对王春道："你真是救苦救难的观世音菩萨，你们再晚来半天，我们就要葬身火海了。"说完，他从怀中掏出一只狍子角送给救命恩人做纪念。王春见森林警察们都缓过气来了，便让机组人员搀扶着或背着他们登机，以便尽快将他们送往医院救治。

自1996年参加护林后，王春在林海上空大放异彩，她飞遍了大小兴安岭，多次参加扑灭森林火灾的战斗，受到国家林业局、内蒙古自治区的通令嘉奖，多次授予她"航空护林先进个人""航空护林模范机长"等荣誉称号。当地群众与森警则尊称她为"火海飞将军"。

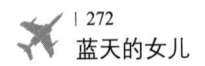

2004年9月16日下午,王春驾驶B7009号EC-135型直升机,执行杭州和宁波电视台合制的《天上人间看杭州》的航拍任务。飞临浙江禾姚天下玉苑景区时,直升机发生意外,坠入竹林之中,机上7人,4人牺牲,3人受伤。王春不幸遇难,时年50岁,飞行34年,4000多小时。

　　王春将她宝贵的生命献给了祖国的蓝天,我永远怀念这位充满蓝天情的小妹妹。

第十四章

驭笔飞翔

我退休后忙了好几年，在师训练中心管过资料；在外国语学院当过班主任；在火器营居委会当过工作人员；在某化妆品商店干过出纳等。开始感到新鲜，忙忙活活，感到日子过得很充实，但干着干着，劲头越来越小，干啥都没兴趣。

老伴发现我情绪不对劲，知道我是想蓝天了，患了蓝天相思症。

一个星期六的晚上，孩子们都睡了。他将我拉到书房里开导我："你甭像没头苍蝇乱飞了，你离不开蓝天，还是回到老本行上来吧！"

"停飞了，回不去了。"我感叹道。

此时他从书柜里拿出《一个女领航的笔记》和《钢铁是怎样炼成的》两本书，指着书说："这是你最喜欢的两本书，两位作者是你崇拜的偶像，你停飞了，失去了蓝天这个战场，失去了飞机这件武器，但也可以像拉斯阔娃和奥斯特洛夫斯基那样，用笔做武器，创作出中国版的《一个女领航员的笔记》和《钢铁是怎样炼成的》，为共产主义事业继续奋斗。中国还没有一本真正写女飞题材的文学著作，许多蓝天姐妹的感人故事还鲜为人知。勇敢地站出来写吧，相信自己，你有得天独厚的条件，一定能承担起为中国女飞历史留书、为蓝天姐妹立传的重任。再者，对你来说，写作是最好的养老方

向孙女学用电脑写作

第十四章 驭笔飞翔

式，你往后的岁月也才不会虚度。"

丈夫的一席话犹如醍醐灌顶，使我茅塞顿开。此时夜色愈来愈浓重，而我的脸色却愈来愈明朗。星期六的"书房夜话"，决定了我后半生的命运，我又沿着书的跑道冲上了蓝天。

一、蓝天女儿

由手握驾驶盘在空中飞，到手握小笔杆在文海里游，这个转变看起来很轻松，没有了飞行时的劳累，没有了与暴风骤雨搏斗的风险。然而，小小笔杆和初学飞行一样难以驾驭，沉甸甸的，不听使唤。有时半天写不出几行字，写出来的也是干巴巴的，自己都摇头。投出去的稿件石沉大海，无人问津。好在家里有位启蒙老师，老伴何孝明是空军指挥学院教授，1964年便开始发表文学作品，虽成就不大，但当我的小教员还是蛮够格的。在他的指引点拨下，加上我是老高三，又当过多年参谋，有一定的文字基础，因此入门较快，退休后的第二年便开始在《中国妇女》《中国妇女报》等报刊上发表文章。又经过8年多的努力，1998年

《我是蓝天的女儿》一书封面

完成了《我是蓝天的女儿》的创作，2000年12月由蓝天出版社出版发行。

《我是蓝天的女儿》，是我国首部由女飞行员写女飞行员的传记。主要讲述我由一个普通女中学生，在党的阳光照耀下，在第一批老大姐的精心帮带下，历经千难万险，成为一名女专机飞行员的真实故事。书中还用我的成长经历证明了，只有共产党领导的新中国，妇女才能展翅蓝天。是党给我插上了钢铁翅膀，是人民哺育了我的双翼，没有共产党和劳动人民就没有我的一切。该书还衷心表达了我对党和人民的感恩之心，我要永远忠于党，永远践行入党誓词，全心全意为人民服务，为共产主义奋斗终生。

总而言之，《我是蓝天的女儿》是一本真实的、充满正能量的、对年轻人有一定激励作用的纪实著作。

该书出版后，受到空军首长和机关的好评，空军政治部将其作为传统教育教材下发飞行部队，飞行人员人手一册。该书在社会上也产生了较大影响，一些报刊包括国外的华文报刊摘登了该书内容。为表彰我永不停飞的精神和取得的一点儿成绩，我被空军政治部评为2006—2007年度先进离退休干部。

更可喜的是2003年8月，中央电视台4频道《让世界了解你》栏目组编导，看中了《我是蓝天的女儿》一书，让我参加该栏目的录制，另外还让我推荐两位在职的重量级人物做嘉宾。并要求我将嘉宾的主要事迹报给他们，台里要审查，每份事迹材料不超过1000字。

第十四章 驭笔飞翔

这是我首次上中央电视台，既兴奋又有压力。首先是推荐谁做嘉宾？书中重量级人物不少，健在的有秦桂芳、伍竹迪、武秀梅等，可她们早已离休。最后我选定了我国第一位少数民族女飞行员底建秀，另一位是有"空军第一空姐"之称的庞守华。她俩的事迹都很多，1000字很难概括，这道减法题让我犯难，只得勉为其难，忍痛割爱，按编导要求交了稿。现将两份材料转载如下。

底建秀简要事迹

底建秀，1953年2月出生于河北保定市，祖籍石家庄藁城县，回族。1969年3月应征入伍，成为一名话务兵。1970年9月，空军到底建秀所在部队招收女飞行员，她被录取，成为我国第四批女飞行员。1973年12月，底建秀以全优的成绩从航校毕业，毕业后，被分到北京市郊的沙河机场，改飞伊尔–14型飞机。

底建秀很快便成了该机型的机长。她的出色表现，受到了部队领导的高度重视，1978年2月，师里决定将她调往西郊机场，改飞该部队的主力机型"三叉戟"飞机。1978年年底时底建秀双喜临门，除改飞三叉戟飞机外，还因为她各方面表现优秀，光荣地当选为全国人大代表，出席了第五届全国人民代表大会。

1986年8月，底建秀脱掉军装，转业到厦门航空公司飞行。报到不久，底建秀便到美国波音公司接受培训。她的飞行悟性和拼搏精神感动了美国教官，对她做了"最

底建秀在驾驶民航班机

好的成绩属于底建秀"的最高评价，还将她飞行动作的自动记录纸当作最珍贵的资料收藏起来。这是留在美国的唯——份中国女飞行员的航行资料。由于成绩突出，底建秀提前1/3的时间完成了全部训练科目，成为我国第一位取得美国联邦航空局和中国民航总局颁发的波音737型飞机双重驾驶执照的女机长。

1993年6月，她出色地完成了将波音737-500型飞机，由挪威奥斯陆机场，横跨欧亚大陆、连续飞行20多个小时到福建厦门高崎国际机场，圆满地完成了史无前例的调机任务。当她驾驶的波音飞机飞越北京首都上空时，地面人员通过电台向她表示由衷的钦佩与赞赏，热烈祝贺她又创造了一个中国女飞行员"长途连续飞行"时间最长的新纪录。

1995年5月的一天，底建秀驾驶载有100多名乘客的波音-737客机，从重庆机场起飞。不久，她那鹰隼般的眼睛发现液压A系统漏油。面对这威胁100多名乘客生命安全的严重故障，她没有一丝惊慌，驾驶带有严重故障的飞机在重庆机场安全降落，保证了飞机和100多位乘客的安全，书写了中国女飞行员空中紧急处置的新纪录。该年，她被厦门市政府评为"共建文明积极分子"。她是民航具有高级职称的一级飞行员和功勋飞行员，是安全飞行金质奖章获得者。2005年底建秀被评为第四届福建省"十大杰出女性"，福建省"三八红旗手"，福建省党代表。

后续说明：底建秀已于2013年2月停飞，共飞行42年，总飞行时间为22600小时。她先后飞过运-5、伊尔-14、三叉戟、波音737-200、300、500、700、800等机型。停飞后仍担任模拟机教员，带飞新改装的飞行员和定期复训的飞行员。至今已在模拟机上飞行了8000多小时，继续为我国的航空事业做贡献。

庞守华经典事例

庞守华，1962年12月出生于山东沂蒙山区的沂水县。1974年年底

第十四章 驭笔飞翔

参军来到北京，成了一名电话兵。半年之后，由于她各方面条件优异，被选为空军专机空姐，进了西郊机场乘务队。因她在空军空姐中飞行年限最长，飞行时间最多，事迹最突出，影响最大，故有空军第一空姐之称。她的玉照上过《中国妇女》杂志的封面，她的事迹多次刊登在各种报刊上，中央电视台拍过她的专集。她长相俊美，身材苗条，气质高雅，服务周到，深受旅客喜爱。她已在军旅中度过了25个春秋，在万里长空飞行了12000多小时。她那甜美的微笑、亲切的话语，打动和温暖过无数乘客的心。她用爱在无垠的蓝天演绎出了一串串闪光的故事。因故事太多，字数有限，仅讲一个她在唐山救灾的感人故事。

《中国妇女》杂志封面照

唐山地震后，她曾五天五夜很少休息，在飞机上救护伤员。小庞在这五个昼夜的奋战中，没吃过一顿热饭，没睡过一次安稳觉，更没洗过一次澡，身上那件原本洁白的衬衫已被汗水染黄。她与机组其他男同志一样抱着血糊糊的儿童，背着脏乎乎的老人上下飞机。飞行中，她用吸管给伤员喂水，用小勺给他们喂食、喂药，用小毛巾替他们擦拭汗水、血迹和其他脏物。她用全部的爱温暖着每一位伤员的心。伤员们做梦也想不到，眼前这位不是亲人胜似亲人、充满爱心的姑娘，竟是中央首长专机上的空姐。

有一次，她在躺满伤员的飞机上，发现了两个男孩，一眼就可以看出，他们是亲兄弟。他俩坐在后舱门的地板上，哥哥紧紧地搂着正在哭

作者（左二）与庞守华（右三）同一机组执行任务

泣的弟弟，小弟弟在哥哥的哄劝下没敢哭出声来，只是默默地流泪。小庞在小哥俩面前蹲了下来，亲切地抚摸着哥哥的头，问道："小朋友，你多大了？"

"我 12 岁，他 8 岁。"哥哥睁着红红的眼睛回答道。

"你俩受没受伤？"

哥哥摇了摇头。小庞本想问他家里还有什么人，但这几天的经历使她明白，他俩肯定没有亲人了，否则是不会被疏散的。望着身边的两个孤儿，怜悯之心油然而生，对他俩也就多了一份格外的关爱与亲情。她除了照顾他俩的饮食外，还抱着他们凭窗鸟瞰机下风光，给他俩讲大海、讲黄河。在她的精心照料下，他们暂时忘却了失去亲人的痛苦，脸蛋儿上又有了天真与笑容。

飞机在青岛流亭机场降落后，小庞领小兄弟俩下了飞机，准备送他们去收容所。谁知，当他俩得知就要与解放军大姐姐分开时，都紧紧地抱住庞守华不放，小庞也舍不得放他俩走，护送人员只好连哄带逗地将他俩拽开。他俩在护送人员的怀抱里，拼命挣扎着、哭号着："我不走，我要解放军大姐姐，解放军好，我要当解放军！我不走，我不走……"车开远了，小庞还站在机翼下凝望着，布满红丝的秀目中饱含着泪水，那哭喊声久久地在她耳边回荡，震撼着她的心。

第十四章 驭笔飞翔

此后,庞守华执行了一系列抢险救灾、军事运输和专机任务。1978年,邓小平出访缅甸、尼泊尔、朝鲜、日本专机上的服务员就是庞守华。中国联航成立后,她任副总经理兼乘务队队长。

后续说明:庞守华的总飞行时间近 30000 小时,是中国飞行时间最长的空姐。庞守华因积劳成疾,于 2004 年 3 月 20 日病逝,年仅 48 岁。

2003 年 8 月 4 日,北京小汤山航空博物馆的停机坪上异常热闹,在毛泽东曾乘坐过的伊尔-18 型飞机下面,坐满了许多航空爱好者,中央电视台国际频道《让世界了解你》栏目在这里现场直播。到场的嘉宾有作者、底建秀和庞守华,以及远道而来的美国私人航空博物馆收藏家史密斯等。现场,底建秀成了主角。镜头对着她,主持人正在向现场观众和国内外电视机前的人们介绍她的骄人事迹。那天的底建秀一身便装,没加任何修饰,显得朴素大方。要不是主持人介绍,谁也没有想到这位看上去极为普通的女性,竟是在蓝天之上创造出一个又一个"女飞"之最的巾帼英雄。

主持人介绍完后,现场中的年轻人便纷纷举手要求向底建秀提问。

北京航空航天大学的一名小伙子问:"您在飞行事业中,成就了很多'第一',您怎么看待由您创造的这些'第一'?"

底建秀回答:"人的命运是一半对一半。50%是人力不可违的,从这点来说,机遇很重要,比如我刚好碰到那年招女飞行员,再比如我刚好碰到苗大姐代表专机部队到航校招学员,我又赶上空军支援民航建设的契机等,从这点来说,我

底建秀(左)台内录制时与作者亲切交谈

拍摄现场作者（左二）、底建秀（左三）、庞守华（右一）

赶上了许多机遇，我是幸运的。但也有50％是靠自己努力去争取的。刚开始我常听说男飞行员飞得很好，我不服气，我认为女飞行员不比他们差。后来发现某些时候男女在思维方式、身体条件方面的确存在差异，在承认这些差异的同时，觉得争论谁强谁弱也就没有意义了，关键是汲取别人的长处，发挥自己的优势，做好自己想做的事，结果无意中反而成就了很多第一。"

另一名姑娘问："您认为幸福的女人是怎样的？事业和家庭哪个更可以给女人带来幸福？"

底建秀回答："对我而言，家人的理解支持，家庭和睦；有一份自己喜欢的工作，得到认可；同时身体健康，这就是很幸福的了。女人也分很多种，有的女人就把经营家庭当成自己一生的事业，只要她经营得好，她也会觉得很幸福。关键是，女人要知道自己的梦想是什么，要清楚自己想要什么，然后付出努力，为实现梦想而努力，要活出自己的精彩。"

通过《让世界了解你》这个栏目，使国内外观众了解了《我是蓝天的女儿》这本书，了解了书中两位人物底建秀、庞守华的感人故事。

二、首批女飞

《我是蓝天的女儿》出版后，各级领导、主流媒体和读者的鼓励，更加激发了我的创作热情，我又开始《共和国首批女飞行员》一书的创作。《共和国首批女飞行员》，是我国至今唯一一本比较全面、系统、真实反映共和国首批女飞行员工作、战斗、生活的纪实作品。

1951年春天，党中央、中央军委决定培养新中国第一批女航空员（现统称为女飞行员）。新中国女飞行员队伍自诞生以来，便在党中央的亲切关怀下，在空军党委的直接领导下，茁壮成长。她们没有辜负党的期望和人民的重托，她们抱着为祖国争光、为党争光、为中华民族争光、为中国妇女争光的坚强信念，闯过无数道难关，飞上了蓝天。她们牢记毛主席"要训练成人民的飞行员，不要训练成表演员"的教导，在茫茫云海中辛勤耕耘，播洒热血与汗水，奉献青春与爱情，甚至宝贵的生命。她们在万里空疆，创造了许多中国第一与世界之最，留下了无数道闪光的航迹，为社会主义建设和国防建设做出了不可磨灭的贡献，为中国妇女开辟了一条通天大道。男人能办的事，新中国成立后的中国妇女也能办，而且办得很精彩。新中国的开天女是中国妇女的榜样，是中华民族的骄傲！她们所创立的"不畏艰险、不怕牺牲、顽强拼搏、勇于奉献"的女飞精神，连同她们

新版《新中国首批女飞行员》

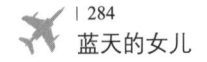

的名字将永载史册!

我是新中国第二批女飞行员,自进入女飞行员队伍的那一天开始,就得到了第一批女飞行员老大姐无微不至的关怀、帮助与教诲。她们是我们第二批女飞行员的好领导、好老师、好大姐、好朋友。她们教育我们热爱蓝天与白云,激励我们战胜艰难与险阻,告诫我们淡泊名利与权势,帮助我们寻求爱情与幸福。在半个多世纪的相处中,我们结下了深厚的战斗友情。

70多年来,不少媒体报道过第一批女飞行员的英雄事迹,在社会上产生了一定的影响。但由于受时代和各种条件的限制,我感到在以往的宣传中,并没有反映出她们的全貌。特别是她们的婚恋生活,以及一些大姐与坎坷命运抗争的感人故事,至今鲜为人知。同时,在过去的报道中存在一些失实之处,有必要澄清,还历史以本来面貌。因此,我作为历史的见证人,有责任用自己的亲身感受和所见所闻,力争全面真实地书写她们的多彩人生,讴歌她们的丰功伟绩,弘扬她们的蓝天精神,展现她们的靓丽风采,将它们作为最宝贵的财富,保存起来,传承下去。以上既是我写《共和国首批女飞行员》的初衷,也是该书的主要内容。

为写此书,我不仅付出了大量精力,度过了不少不眠之夜,还付出了大量财力。到广州、长沙、天津及北京各区县,采访健在的第一批老大姐及她们的家人,全是自费。收集图片资料,与国内外当事人联系花费也不少。仅与身在澳大利亚的黄碧云大姐的越洋电话就不知打了多少次。那段时间正赶上我腿不好,行动不方便,外出采访都是由老伴

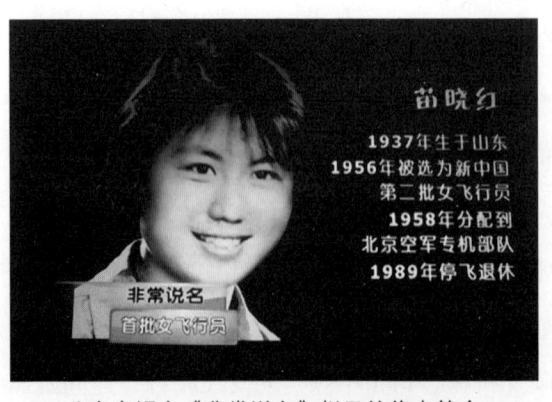

北京电视台《非常说名》栏目的作者简介

何孝明代劳。好在他和第一批老大姐都很熟悉。前文提过,他去广州采访时就住在秦桂芳大姐家里。他认识秦大姐比我还早,1957 年,他俩就在一个飞行大队工作。秦大姐的老伴王效英老将军更是孝明的直接领导,当过他的大队长、团长。

在老伴协助下,2010 年我完成了《共和国首批女飞行员》一书初稿。后经健在的首批女飞行员大姐和空军机关审阅,2011 年 9 月由人民日报出版社出版发行。

《共和国首批女飞行员》出版后,社会反响很大,《北京青年报》等十多家报刊连载或转载。北京、河北、重庆等电视台录制了专题片。《人民日报》《北京青年报》等报纸发表了书评文章。同时得到空军领导和机关的肯定和鼓励,空军政治部购买了 1000 册,并专门派人来家慰问。2012 年"三八"节,我作为特邀代表,出席了空军举办的"纪念空军第一批女飞行员首飞 60 周年"活动,受到空军首长接见。

《共和国首批女飞行员》出版后,受到一些电视台栏目组的青睐。首先是北京电视台的《非常说名》栏目组,邀请我和新中国首批女飞行员武秀梅大姐做了一期节目。这期节目是现场直播。我和武大姐分别回答了主持人和观众提出的问题,现场气氛分外活跃,《共和国首批女飞行员》在荧屏上火了一把。

河北卫视《读书》栏目,邀请我和老伴去他们台做一期节目。我这人在名利方面一贯低调,但在宣传自己作品方面从不低调。我有一个观点,我写文章和写书的目的是啥?不就是让更多的人看到并喜欢我写的文章和图书,让读者从中受益吗?如果自己都不喜欢,为啥费时费神地写?所以凡有单位请我讲写书的故事,我是有求必应。有时还毛遂自荐,给报刊投稿,这是推销自己作品的常用方式。因此,我对河北卫视的邀请自然是满口答应。

河北卫视拍摄现场，左二为著名主持人曹景行

在河北卫视摄制现场，见到了我国著名主持人曹景行。我一见节目由他主持，更增添了做好节目的信心。果不其然，在曹景行的主持下，拍摄过程十分顺畅，现场气氛十分活跃，观众笑声掌声不断，效果超过预期。

该影视片播出后效果很好，编导给我们寄来了光盘。不久，我从网上看到不少大型网站都转播了河北卫视的节目。老伴何孝明的母校，湖南桃源一中在课堂上给同学们播放了该片。同学们一面看一面议论，说老伴讲的桃源普通话很亲切，影视片给同学们留下了较深的印象。

2020年4月，记不清是哪一天，一位老战友打电话给我："老苗，你快看中央电视台科教频道《读书》栏目，刚播完你写的《共和国首批女飞行员》一书，共4集，你看了吗？"这个

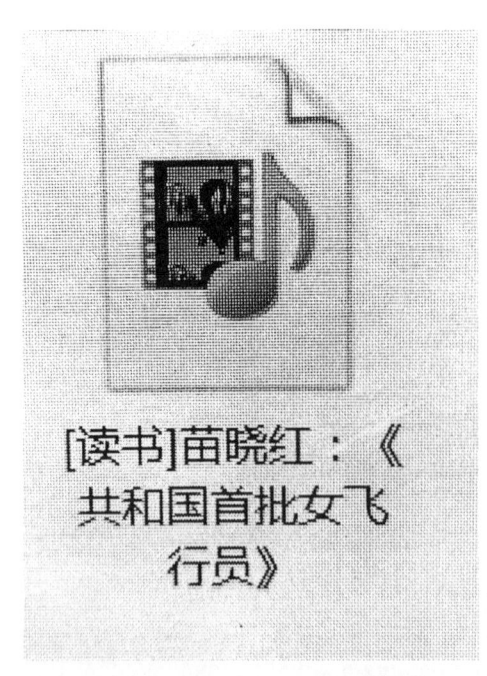

中央电视台10频道《读书》栏目播放的U盘

第十四章 驭笔飞翔

消息传来我还不太相信。

"没错,就是中央台新拍的,制片人李潘,主讲人也是她。你要不信,我用回放给你录下来。"

"好的,麻烦你给我全录下来,发到我的电子邮箱里。"

第二天,他就将4集电视片发给了我。我当即与老伴一口气看完了。央视与北京、河北卫视不同,没有嘉宾,没有观众,也没过多的背景画面,全由李潘老师一人朗读书中的原文,原原本本地在"读书",在读《共和国首批女飞行员》这本书。但经她一朗诵,书中的文字顿时有了生命,活了起来。一点儿不感到枯燥乏味,反而是一种从未有过的听觉盛宴,听得我如痴如醉,我甚至怀疑,李潘朗诵的文字是我写的吗?没有想到,听央视著名主持人朗诵自己的作品,竟会产生如此强烈的成就感、幸福感。创作时的一切艰辛,顿时烟消云散。感谢央视《读书》栏目组,使我再次享受到了"大丰收"的喜悦。

我还沉醉于电视片未醒时,又一件喜事降临到我的头上。人民日报出版社编辑部主任通知我,《共和国首批女飞行员》要再版,合同她已拟好,很快就会寄给我,让我审阅。

谁说天上不能掉馅饼,一块大馅饼突然砸到了我的头上,差点儿将我砸晕。对一个作者来说,再版比出书更令人兴奋。书能出版固然是作者最期盼的事,但再版,特别是在当前纸质书面临多种因素挑战的情况下,再版是一般作者不敢做的梦。做梦都不敢想的事,突然降临,我的心好几天没落下来,直到《共和国首批女飞行员》的再版合同拿到手,我才清醒过来,看都没看合同条款就签了字。

2021年8月新版《新中国首批女飞行员》正式出版发行。

时间转瞬即逝,《共和国首批女飞行员》出版已十多年了,当时健在的8位老大姐身体都大不如前。新中国第一位单独驾机飞天的阮荷珍大姐因病于 2022 年 6 月 13 日在上海逝世，享年 90 岁。她的离去，使共和国失去了一位优秀的蓝天女儿，中国女性失去了一位开创新中国女飞历史的老大姐，作者失去了一位曾比翼长空的好战友、好榜样、好大姐。万分悲痛之余，我写了一篇悼念阮大姐的文章（见 2022 年 7 月 21 日《中国妇女报》）。阮大姐临走时还创造了一个奇迹。6 月 13 日既是她逝世的"白喜日"，也是她结婚的"红喜日"。这不是巧合，更不是什么天意，而是阮大姐的最终选择，她要在带给自己一生幸福的结婚纪念日，含着微笑与丈夫及其亲人告别，带着喜庆离开这充满爱的世界。

阮荷珍遗像

三、一代天骄

有一次，我执行一外国军事代表团去南方参观游览的专机任务。有位外宾夫人得知我是女机长，便问我中国第一位飞上蓝天的女性是谁。我茫然不知，无以回答，场面非常尴尬，幸好翻译反应快，不知她用什么话给搪塞过去了。此事对我刺激很大，于是我下定决心补中国女飞历史这一课。

世界上第一位女飞行员是谁？中国第一位女飞行员是谁？中外早期女飞行员在浩瀚的天空中，创造了多少个世界第一、中国之最？她们演绎出了哪些传奇故事？做出了哪些牺牲？命运如何？她们对世界和中国妇女航空事业有何贡献？在世界妇女航空史上处于什么地位等等。半个多世纪以来，国内

第十四章 驭笔飞翔

外有关专家学者，对上述问题进行了较深入的研究，出版和发表了一批有价值的图书文章，中外早期女飞行员的神秘面纱逐渐被揭开。

然而，由于远隔重洋，年代久远，信息闭塞，加上文化差异，意识形态、社会环境不同等原因，有关外国早期女飞行员的图书、文章等史料极少进入中国。因而，国人对于外国早期妇女航空的历史了解极少，近似盲区。对中国早期妇女航空的研究，也因战乱不断、资料散失、思想禁锢、性别歧视等历史原因，虽取得了一些成果，有一些图书和文章，但只是冰山一角，未能反映出中国早期妇女航空的全貌，还有大量航空女性的英名和感人事迹被淹没在历史的长河之中。而且，在以往反映中国早期妇女航空的图书和文章中，有不少失实之处，有些谬误至今还在社会上流传。

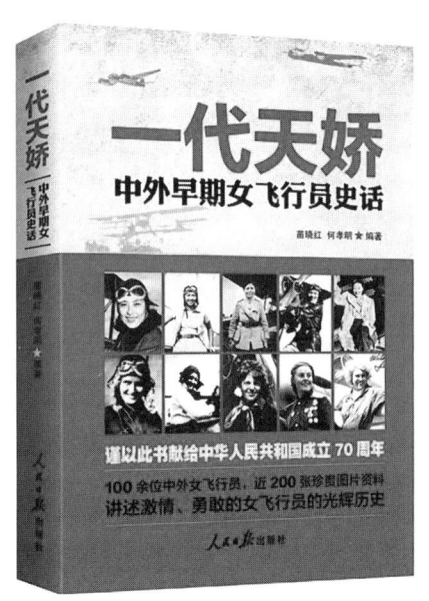

《一代天娇》封面

针对上述现状，我们老两口愿在有生之年，尽点儿绵薄之力，做点儿"拾遗补缺""抛砖引玉"的工作，编写我国第一本《中外早期妇女航空史话》。这既是一本历史读物，也是一本励志图书，供广大读者和编史者参阅。

为了编写好史话，我们先后走访了我国早期女飞行员较为集中的广东中山、开平、恩平、台山、深圳，以及昆明、长沙、湘潭、上海、南京、北京、香港等地，探访了一些知情人，参观了部分先辈的故居，到当地图书馆、文史馆和档案馆查阅了大量史料。并向部分"女飞"后人收集了一

中国第一位驾机上天的女性卢佐治夫人

些资料,汲取了姜长英、关中人等老一辈专家的科研成果,参阅了大量有关文献。国外史料不可能像国内那样去实地采访收集,主要通过以下四个渠道获取:一是请国外亲友帮忙收集;二是购买有关外文图书;三是向国外图书馆发问询函,仅向美国国家图书馆、纽约大学与加州大学图书馆,以及加拿大、韩国等发出的问询函就多达 30 余封;四是请国内相关机构帮助征集。通过以上各种形式和渠道,我们收集到了大量中外早期航空女性的图文史料,在此基础上,编纂了这本书。

为收集资料,我们不仅付出了大量财力,付出的精力更是无法量度,特别是老伴,去外地采访和收集资料的工作绝大部分都由他承担。他最后一次去外地是 2018 年,那年他 82 岁,独自一人背着双肩包,去了深圳、香港地区、广东的中山等四市,最后去了云南昆明。

他在昆明两天,包了一辆出租车,走访了省市的档案馆、图书馆、博物馆、陆军讲武堂、西山聂耳纪念馆等地。出租车司机小李,话多,也很热情,除给老伴开车外,还陪同老伴参观访问。接待方还以为他是老伴的秘书或亲戚。有次两人聊天,小李问:"古人言,七十不留宿,八十不留餐。老爷子,您 82 岁了,又有心脏病,一个人还满世界到处跑,家里人放心吗?"

"有啥不放心的,火车、飞机上有服务员照顾,其他地方都有亲朋好友接待,昆明虽没亲朋好友,但有你这么热心的小伙子陪同。何况我小挎包里还装有急救药和求救信息卡片,安全得很。"

"老爷子,您可甭夸我,我是为了您一天给我700元车费钱。提到钱,我问您一个不该问的问题。您拼老命写这本书能挣多少钱?"

何孝明在香港中央图书馆查阅资料

"小伙子,说了你也许不信。我写的书,能出版就很好了,哪敢想挣钱。我们这些作者,如靠写书吃饭,早饿死了。"

"老爷子,我又不向您借,您用不着装穷。"

"我就知道你不信,不懂书市行情的人都不信。你买书看吗?"

司机此刻无语,他肯定是个不买书不看书的主儿。

老伴外出,除带回大量图文资料外,每次都会带回一些这类旅途中的花絮。

十年磨一剑,经近十年的准备和写作,2019年9月,《一代天娇》出版发行。该书出版后,社会反响远不如前几本书。

除殷宇澄在《同心刊》上发表过一篇读后感外,没见其他媒体的反应。这也是我们预料之中的事。老伴在写这本书时就说过两句富有哲理的话。他说:"写这本书,是我俩一生中干得最自不量力的一件事,但有意义;这本书肯定是我俩所写书中最不成熟的一本,却是最有价值的一本。"自不量力是指这个历史题材比较厚重。但我们明知不可为而为之,而且有了"毛坯砖",这就是意义。书不成熟与自不量力是因果关系。凭我俩的综合能力，不可能将《一代天娇》写得完美无缺，尤其是外国篇，错漏肯定少不了。说最有价值，是因为我俩千辛万苦，做出了中外早期女飞行员的"毛坯砖"，虽然粗糙，但它可以引玉，而且是独一份。老伴不止一次对媒体说过："老苗82岁'重返蓝天'可以复制，82岁的老飞行员只要身体好，都可以飞，而且还可以打破她的纪录。但是她主写的《一代天娇》却无人能复制，很可能是中外的孤本。"

所幸的是《一代天娇》生逢其时，它刚一问世，就赶上两次具有历史意义的中外女飞文化交流。

2019年9月28日，丹麦大使馆在文化交流中心举办该国女艺术家、纪录片导演、女飞行员西梦娜的"中外女飞行员画展"。我与好姐妹刘凤云、尚爱萍、胡银娣以及孙女何雨菡（我让她做我的翻译）等应邀参观了这一具有历史意义的展览。其间，还观看了西梦娜在丹麦飞行的纪录片。

自1909年世界上有女性飞行员以来，在这110年的时间里，来过中国的外国女飞行员屈指可数。第一位来中国的女飞行员是美国的史天逊。早在1917年她就在上海、天津进行过飞行表演。第二位是多国籍的卡莱，1931年前在中国生活过几年。第三位来中国的是美国著名女飞行家南希。二战期间她曾驾驶C-54运输机，飞越驼峰来中国昆明考察。新中国成立后，有个别外国女飞行员来过中国，改革开放之后，才有少量外籍女飞行员来中国

作者（中）与西梦娜（右）亲切交谈，何雨菡翻译

飞行。但她们都是为飞行而来，为生计而来，像西梦娜不远万里专门来中国传播"女飞文化"，她是第一人。她用绘画的艺术形式，介绍了世界女飞发展的历史，简述了数十名中外女飞英模人物的传奇故事，展示了自己飞翔的无限乐趣。

参观画展期间，我向西梦娜赠送了我与老伴何孝明写的6本书，包括刚刚出版的《一代天娇》。真是无巧不成书，西梦娜的画展内容和《一代天娇》的内容竟不谋而合，都是讲述中外女飞行员的故事。所不同的是她是用图画，我是用文字。我喜欢她的画，她欣赏我的书，她还表示要向我学习写作。西梦娜的"空中姐妹"画展，和我的《一代天娇》图书，是中西"女飞文化"的首次交汇，是"女飞文化"的纽带，将中、丹两国蓝天姐妹紧紧地连在了一起。

2019年11月6日至9日，我又应邀参加了在成都召开的"志在蓝天2019国际女性飞行员大会"，这更是一次开创中国航空历史的盛会。有近百名来自国内外的优秀女飞行员参加。外国女飞行员中有吉尼斯世界纪录创造者、美国无臂女飞行员杰西卡·考克斯（Jessica Cox）；有2017年美国古典飞行比赛冠军获得者玛瑞莎·贝尔博士；丹麦女艺术家西梦娜再次来到中国。

大会开幕式在成都"四川西南航空职业学院"大礼堂举行。会上我与无臂女飞行员杰西卡·考克斯做了主题报告。杰西卡·考克斯讲述了非凡的人生经历。她天生没有双臂，然而先天的不足，并没有使她沉沦，她以超人的毅力，不仅能生活自理，还掌握了开车、游泳、跆拳道等高难度技能。更令人难以置信的是她竟用双脚学会了开飞机，成了一名获得飞机驾照的无臂女飞行员，创造了航空史上的奇迹，创造了吉尼斯世界纪录。她的报告震撼了上千名听众的心。我也介绍了我82岁重返蓝天等事迹，同样赢得了热烈的掌声。我俩携手留下了一段很难复制的中美"女飞"同台

交流的人间佳话。

杰西卡·考克斯不仅能用双脚开飞机,还能用双脚写书。她创作了一本题为《突破你的极限》的自传。为丰富大会内容,主办方特别安排我与杰西卡·考克斯给四川西南航空职业学院的男女学员签名赠书,在广场设立了签赠台。杰西卡·考克斯签赠的是她的自传,我签赠的是出版不久的《一代天娇》。给学员签赠前,我俩先相互赠书签名。杰西卡·考克斯用右脚在《突破你的极限》一书的扉页上,熟练地签上了她的名字并题词:"满怀着爱意赠予苗晓红"。我也回赠了《一代天娇》,我的题词是:"爱你的中国女飞苗晓红",而后两人合影留念、合影左边抱着鲜花的女士,是大会主办方99S中国区主席陈静娴,她是中国第一位环球飞行的女飞行员。这张极其珍贵的照片,是中外"女飞文化"交流最好的见证,也是历史的珍藏。

作者(右)与杰西卡·考克斯(中)、陈静娴合影

四、四代飞女

2019年11月,《中国妇女》杂志社在北京隆重召开了纪念创刊80周年大会。全国妇联主席沈跃跃及其他领导和机关负责人出席了大会。出席

第十四章 驭笔飞翔

大会的还有中国妇女报、中国妇女出版社等媒体。大会嘉宾是部分《中国妇女》杂志的封面人物,如李素丽、邓亚萍等。我荣幸地应邀出席了大会。

会后,一些媒体人士与我进行了交谈,谈话中我提到过去曾在《中国妇女》杂志和《中国妇女报》上发表过多篇文章,对她们表示感谢。她们听后,有人建议我将这些文章集中成册,由中国妇女出版社出版,这样由全国妇联主管的三大媒体就都有我的作品了。

回家后我和老伴商量,觉得这个建议不错,于是便从以往发表的 200 多篇文章中,筛选了 60 篇文章、100 多张图片,编成《留住天娇芬芳岁月》一书。全书分 6 章,附 6 篇书评,共计 27 万余字,编好后打印成册,交给中国妇女出版社。

社领导很重视,亲自审阅,并请该社已退休的资深编辑过目,听取他对书稿的意见。她们审阅书稿后指出,每篇文章都很生动、很真实,作者很会讲故事,文章有较强的可读性,特别肯定了作者质朴简洁的文风。但认为部分文章已不合时宜,不宜再公开发表。另外所选文章虽有分类,但主题思想不突出、不集中,比较零散。出版社提出以下具体建议:打破原稿框架,另起

作者出席《中国妇女》杂志创刊 80 周年纪念活动

炉灶，在《我是蓝天的女儿》和《共和国首批女飞行员》的基础上，新写一本《共和国蓝天的女儿》。前两本书中的经典桥段可以保留，增加大量新鲜内容。新内容需要到退休的各批女飞行员中去寻找。出版社对这本书的期望值很高，他们将《共和国蓝天的女儿》列为向党百岁生日献礼的重点书目。他们给出的时间表是：2020年10月前交稿，2021年7月出书。

出版社的修改意见很中肯，很有见地，很有价值，给我们的启发很大，从中学到了不少新的创作理念，

送出版社的《留住天娇芬芳岁月》书稿

了解了当前的创作动态与形势，受益匪浅。同时出版社对我们也很信任，信任既是压力也是动力。

建议很美好，落实很艰难。在不到一年的时间内，要撰写出这样一本献礼图书，困难重重。不仅时间紧，而且采访收集素材的量很大。因为发表过的作品一律不用，全部内容都得是原创。没有退路，只能迎难而上。我一方面对原写过的人和事进行改写，另一方面大量增加新人新事。而这部分人和事过去之所以未写，不是因为不知道她们的事迹，也曾想写过，但她们多是名人忙人，不便贸然打扰她们。如中国首位女飞将军岳喜翠；唯一荣获过"优秀女飞行员"称号的诸惠芬；全国劳动模范洪连珍；首飞台湾包机的女机长、红二代李燕生；著名女强人邢淑华等。这次在出版社领导的策划下，才斗胆与她们联系，结果出乎我的意料，她们都很热情，都寄来了我需要的图文资料，接受我的当面或电话采访。都和我建立了微

第十四章 驭笔飞翔

信联系，随时保持沟通。更可贵的是，她们拿出大量时间认真审阅我写的初稿，并亲自反复修改，直到本人和家人满意为止。岳喜翠将军对文稿要求严、标准高，提出了"四个负责"，即对历史、读者、作者和本人负责。本着"四个负责"精神，对写她的书稿不仅在电话和微信中提出了不少修改意见和建议，并且四次发来了她亲自修改过的文稿，连一个标点都不放过。将军的认真精神感动了我，教育了我、她的"四个负责"成为我创作这本书的指导思想和攻艰克难的动力。

我国首位女飞将军岳喜翠

她们之所以高度信任我、大力支持我，是因为她们都理解我。我写她们不是利用名人资源捞名捞利炒作，而是为宣扬女飞行员群体，是为了留下新中国前期女飞行员艰苦创业的历史，以激励后人。我感谢蓝天姐妹的支持，没有她们的大力支持帮助，本书难以面世。我更感谢她们的理解和信任。本书的写作过程也是增进姐妹感情的过程。人间重晚情，蓝天姐妹的晚情更珍贵。

岳喜翠将军写给作者的信和 12 页修改意见

原书稿《留住天娇芬芳岁月》，由我和老伴两人发表过的文章编成，署我们两人的名字。新书《共和国蓝天的女儿》由谁写？怎么署名？我的意见是仍由我们两人写，仍署我们俩人的名字。但老伴不同意，老伴认为该书应用第一人称写，这样亲切，又和《我是蓝天的女儿》《共和国首批女飞行员》保持一致。新书只署我一人的名字。他虽不署名，但仍像对待自己的著作一样，全身心地投入本书的创作之中，为本书创作出谋划策，帮助收集资料、采访等。他之所以能如此无私相助，是因为他的写作目的非常明确。他从事女飞题材创作几十年，既不为名，也不为利，只为留下女飞历史，讲好女飞故事，弘扬女飞精神，传承女飞文化，署不署名在他眼里并不重要。在众姐妹的大力支持下，在老伴的鼎力协助下，我于9月底写完了初稿。初稿写成后，为慎重起见，我和老伴专门去了一趟中国妇女出版社。正、副两位社长亲自接待我们。我们将创作的各个环节，做了详细汇报，他们听后非常满意，廖副社长的一句"你们是为历史留书"给我印象极深，她仅用5个字，就将我们写书的动机、目的及功效等都说清楚了。"为历史留书"很经典，我曾多次在文章和讲演中引用。有一篇文章的大标题就是《为女飞历史留书 为蓝天巾帼树传》。

回家后，我们又对初稿进行了修改完善，2020年10月中旬将正稿发给了出版社。《共和国蓝天的女儿》如期完稿。编辑对初稿很满意，社领导审稿后也大加赞赏。廖副社长审完稿后，专门打电话说："春节放假，我啥也没干，一口气就将全部书稿审完了，中间哭了好

正版书（左）与样书封面

几次。谢谢你为我们提供了一本传世书稿。"

中国妇女出版社对《共和国蓝天的女儿》的确很重视，正式付印之前，先出了样书。样书送社领导、作者、主要撰主和有关部门审阅。我和老伴除发现个别字有误外，对编辑、封面、版式、纸质都比较满意。

中国妇女出版社按计划于中国共产党诞生100周年时的7月，正式出版《共和国蓝天的女儿》。正版封面与样书大相径庭。正版以人物为主，色调以黑红为主，样书则以飞机图案为主，颜色以蓝黄为主。为何做这样的改动，正在上大学的孙女儿发表了看法，她说正版好，突出了历史图书的特点，庄严厚重，有时空的立体感。不知她的理解对不对。

《共和国蓝天的女儿》写了些什么？正文前有四句话：牢记党的宗旨；重温党的历史；感恩党的培养；永做党的女儿。这四句话既是本书的主题词，也是本书的核心内容，书中30多位人物的故事，都是围绕这四句话展开的。

《共和国蓝天的女儿》出版不久，我就收到了一些蓝天姐妹的来信。例如我国第一位女飞行员将军岳喜翠来信写道："大姐，为您艰辛付出的才能智慧而钦佩。咱们女飞行员七十年历程中锻造成长出的唯一飞行员作家。咱空军和飞行员，特别是女飞行员集体都会由衷地祝贺您。我和一些姐妹都感受到您的作风实，讲个真字。内行写内行，令外界人信服。大姐，您是我学习的榜样……"

第一批女飞行员的佼佼者伍竹迪老大姐，也来信写了她的感慨，她说："晓红，书（指《共和国蓝天的女儿》）刚拜读完，我是含着热泪看完全书的。它把我又带回那个激情燃烧的岁月。有幸女飞中有你这位才女把女飞的历史记录下来。我很感动，你不是用笔写，而是用心写、用命写，要知道你也是个80多岁的高龄老人了，太不易了，我代表第一批老大姐谢谢你。"她俩信中有不少溢美之词，令我惭愧，但她俩的鼓励使我

作者（左）在央视摄影现场与大姐伍竹迪久别重逢

无比激动、无比欣慰。近两年的艰辛付出没有白费。因本书只用原创稿，以前发表过的几位姐妹的文章未收入本书，非常抱歉。

除以上4本著作外，我与老伴何孝明合作，还出版过3部长篇小说，即《女飞行员》《女飞行员之恋》《女人的天空》。《女人的天空》实际上是一部电视剧的文学剧本，主题十分鲜明：人民群众用血汗培养出的女飞行员，就应该回报人民，全心全意为人民飞行。该书刚一问世，便被一家影视公司买走版权，他们准备将该书改编成电视剧。

第十五章

/

夕阳无限

退休之后,除了几年打杂之外,其他30多年,我与老伴主要就是与书打交道,悠然过着我们的"四书"生活,即看书、买书、藏书、写书。晚年则以写书为主,包括写文章。30多年的写作生涯,有苦有甜,有累有乐,有哭有笑,有失有得。有春播就有秋收,年过八旬,已是人生的秋季,正是丰收的黄金季节。悉心盘点,才发现,我最大的收获竟是失忆,忘了自己的年龄。这就是书赐给我最珍贵的礼物。

一、重上云霄

在撰写《一代天娇》时发现,外国有些女飞行员,80多岁还在飞行,有个名叫埃德娜的,80岁还参加飞行比赛,7个单项比赛项目,她拿了4个单项的冠军。还有个名为马尔旺的女飞行员,她80岁开始学飞直升机,86岁还驾驶直升机远航。她们的事迹感动了我、激励了我,同时也触动了我、刺激了我。我是共产党员、人民空军培养的女飞行员,应该不比她们差。中国是"女飞"大国,不能留下无高龄"女飞"的空白。再者,知行合一是读书的

80岁参加飞行比赛的美国女飞埃德娜

第十五章　夕阳无限

最高境界，我不能光学不练。自己不能光当"女飞"精神的宣传员，更应当"女飞"精神的践行者。"敢为人先，挑战自我"是"女飞精神"的重要内容，于是我萌发了"重返蓝天"的意向。

2019年是新中国成立70周年，人民空军建军70周年，还是世界妇女飞天110周年。在家人和蓝天闺密刘凤云夫妇的大力支持帮助下，我决定用重返蓝天的实际行动，向三大节日献礼。也是为了挑战自我，激励后人。经过近半年的身体锻炼、心理调整后，我根据刘凤云和韩郑及华安通航公司康总制订的飞行计划，5月21日开始第一个飞行日的训练。

上午9时，我乘坐儿子何立峰开的小轿车，前往平谷石佛寺机场。右座坐着策划人兼摄影师韩郑。我坐在后座左边，右边是老伴何孝明。这天是我停飞30年后，重返蓝天的日子。

汽车离机场越来越近，我的心跳也愈来愈快。虽然我是一名有着30多年驾龄的"老飞"，但仍像当年在航校首飞一样激动，还有少许紧张。上午10时10分，小车驶到公司办公大楼门前，新华社3名参与策划的年轻记者早到了。飞行部孙戈菲小妹在门口等候。戈菲将我们领到会议室，简单介绍当天的飞行安排：上午教员带我体验飞行，飞两个起落，中午座舱实习，下午再由教员带我飞1小时空域，教

第一天飞行训练，老伴（右）送作者上飞机

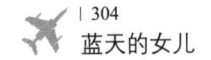

我掌握飞机的驾驶技术。

上午 10 时 30 分左右，我们按计划来到机场，教员、指挥员都已就位，飞机也准备好了，是一架泰克南 B-10PJ 型上单翼轻型飞机。上单翼飞机我从未飞过。在航校飞的是雅克-18，到部队飞的是里-2 和三叉戟，都是下单翼。教员是位年轻帅哥，名叫郭佳峰，他让我坐到左座学员位置上，自己坐到右座，即教员座。因是体验飞行，他简单介绍一些注意事项后就开车滑行。此时我倒忘了紧张，也没时间激动，精力全在飞行上。眼睛盯着各种仪表，双手紧握驾驶盘，细心感受教员每一个动作的要领与力度。

两个起落很快就结束了，飞机滑回指定地点停稳关车后，地面等待的众人立马围了上来，纷纷表示祝贺。我实话实说："这有啥好祝贺的，我就是坐了两个起落，都是教员飞的。"人们都说我精神不错，驾机重返蓝天没问题，我自己的感觉也是这样。

按计划午饭后座舱实习，下午飞空域。下午 3 点整，飞机由南向北起飞，起飞后做右航线，进入空域，爬升至 800 米高度。上午是体验飞行，由教员飞，下午则是训练飞行，是教员在一旁指导，上升、平飞、转弯、下降、加入航线等都是由我飞。我飞惯了大型喷气客机，乍一飞这种小型飞机，动作量往往过大，教练不断提醒我："轻点，再柔和点。"在教员指点下，自己不断摸索，飞过一段时间后，基本上掌握了

作者驾驶飞机在北京石佛寺机场上空飞行

第十五章　夕阳无限

泰克南 B-10PJ 型飞机的操纵要领。

飞空域留空时间虽长,但我仍无暇观赏翼下景色,全部精力都用于驾驶飞机,因为我是新学员,要学的东西太多。不知不觉中计划飞行时间到了,我们只好下降高度返航。进入五边后,郭教员从安全出发,不再让我单独驾驶,而是要求我跟着他做动作,动作量不要大,以免影响安全。

第一天的飞行顺利结束,我乘车返家。归途中,老伴、儿子和韩郑都多次问我感觉如何,我信心满满地回答:"没问题,我能飞!"

为了让我更好地消化首次飞行训练的内容,恢复体能,一个星期后即5月28日才安排我正式飞行。这次飞行与上次不同,由于要举行一个简单的庆祝仪式,去的人比较多。飞行活动策划人刘凤云和过去一起飞行的小姐妹孙透玲、张江萍、邵桂簇,都是新中国第四批女飞行员,过去我们一同执行过飞行任务。这天除新华社 3 名记者外,中国妇女报的 3 位记者也闻讯赶来了。

作者在北京石佛寺机场上空驾驶飞行的仍是泰克南 B-10PJ 型,教员仍是郭佳峰。上午 9 点整按时开车滑行,上午 9 点 10 分左右,飞机滑到跑道南头,然后调转机头,向北起飞。今天按计划飞小空域,高度 800 米,时间 40 分钟。

经过上次的飞行训练,我基本掌握了该型飞机的驾驶技术,心中有了底,飞起来也轻松了许多。本想饱览一番翼下的大好河山,一睹长城的雄伟、雁栖湖的秀丽、会展中心的奇特、世博园的锦绣,等等。虽万里无云,但因飞行航线太小,高度太低,这些著名景点一个也看不到。正感遗憾之时,耳机里突然传来了策划人刘凤云熟悉甜美的声音:"06,感觉如何?"

"太美了,我想唱歌。"那天在机场上空的空域里,只有我一人在飞,我可以自由地歌唱,我便唱起了最爱唱的《我爱祖国的蓝天》,我刚唱完一句松开发射按钮时,耳机里便传来了"晴空万里阳光灿烂"的"女

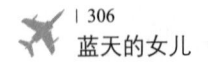

声小合唱"，这是姐妹们的歌声，她们难道都在塔台时刻关注我的飞行？歌声在耳机里振荡，热泪在脸颊上流淌，我人在天上飞，心却随着《我爱祖国的蓝天》的歌声在天地间飞扬。

天地同唱一首歌的乐趣，唯我独享。感谢凤云，感谢她的团队成员韩郑、孙透玲、张江萍、邵桂簇等。是他们把我重新送上了蓝天，享受古今中外无人享受过的快乐。

欢愉时间短，40分钟转瞬即逝，我驾机返航。飞机着陆关车后，刚一打开机舱门，老伴第一个给我献花，我俩还没来得及说话，他便被姐妹们挤走了，她们将我连拽带抱弄下飞机，而后发疯似的拥抱我，比我还激动。这时新华社、中国妇女报的6名年轻记者挤到我身旁，让我谈重上蓝天的感想。由于激动，我都不知说啥，也不知说了些啥，大概说了我最想说的两句话吧："外国女飞行员80多岁还能飞，今天我82岁也飞了，证明中国女飞行员不比她们差。我老太婆能飞，年轻的中国女同胞们只要有志拥抱蓝天，都能驾机直上九霄。"

他们还未采访完，华安通用航空公司康董事长便挤入人群，向我表示祝贺，我再一次向他表示感谢，是他为我提供了最好的飞机、教员和指挥员。这时他的一位助手对我说："康总对你的飞行非常重视，每一个细节都亲自检查，他要求绝对保证安全。从你们起飞开始，康总一直在控制室关注飞行动态，直到你落地，他才走出

作者胜利返航后受到众姐妹的热烈欢迎

第十五章　夕阳无限

控制室。"我也曾组织指挥过飞行,知道组织指挥者肩上的分量。不到飞行结束,心总悬在嗓门上,这种滋味只有当过飞行指挥员的人才能体会到。何况今天他组织的是一个82岁的老太婆重上云霄,有很多不确定性。想到这些,我让记者们给我们照了一张合影,留下这创纪录的瞬间,以做永恒的纪念。康总看了看围在四周的人群,才松开了一直握着我的手,让开空间。这时华安通用航空公司的男女飞行员和其他保障人员才和我一一握手祝贺。康总最后提议,大家聚在"八十二岁女飞行员苗晓红三十年后重返蓝天"横幅后面,高唱《我爱祖国的蓝天》,歌声在首都的上空飘荡。

上午11点左右,在众人的掌声中,我恋恋不舍地离开了石佛寺机场。

2019年5月28日这一天,是我最幸福也最值得骄傲的一天。我想高呼:祖国啊!您82岁的女儿,今天又飞上了蓝天。

2019年11月6日至9日,我应邀参加了在成都召开的"志在蓝天2019国际女性飞行员大会"。根据大会安排,8日上午10点左右,在驼峰通用航空公司车总的安排下,我由教员刘全友带飞,在成都金堂机场,驾驶意大利火神型飞机再上云天。刘教员原是八一飞行表演大队的飞行员,飞行技术过硬,飞行经验丰富,因飞到队里的规定年限,转业到驼峰通用航空公司飞行。火神型

作者在成都上空飞行

飞机也是上单翼，机体比泰克南 B-10PJ 型大一点。当天飞的是三角航线，高度 700 米。航线上有碎云和轻雾，能见度较差，我主要按仪表飞行。由于有了前两次飞小型飞机的经验，今天我飞得很轻松。按计划飞完 30 分钟后，我驾机返航。飞机穿过云层，冲破雾幕，平稳降落。

飞机在指定位置停稳后，我一出座舱，便被人群团团围住，有记者、有公司领导，更多的是参加会议的中外女飞行员。今天我在外国女飞同行面前，展现了一下中国高龄女飞行员的风采，受到众多中外女飞的夸奖。2019 年 11 月 8 日，同样是值得我骄傲的一天。

我的冲天一飞，社会反响巨大，中央电视台的 4 个频道对我的重返蓝天事迹进行了大量报道，给予了极高的评价。特别是《新闻联播》，用 5 分钟播放了我重返蓝天的事迹，在国内外引起轰动，我很快成了"网红"，成了"硬核奶奶"。面对人们的好评点赞，我在异常激动的同时，仍保持一颗平常心。面对媒体，我反复强调自己只是普通的老人，重返蓝天也是平凡小事，任何一名老飞行员，只要身体硬朗，只要想飞、敢飞，都能飞。如果祖国需要我，我这个蓝天女儿还要展翅蓝天，为妇女航空做贡献。纵使身体条件不允许，我也要用我的笔，继续书写女飞行员留在蓝天上的故事，我不老的心永系蓝天。

作者着陆后被媒体人士包围

二、芳华专访

2021年9月上旬，北京广播电视台城市广播《老年之友》栏目著名主持人芳华，来电话说她们准备做一期《她为新中国女飞行员树传》节目，想来我家采访，问我近期有没有时间。我当即表示欢迎。我之所以答应得这么痛快，一是她是老朋友，多次主持过我参加的节目。二是她要采访的内容我感兴趣。前面写过，与我谈其他内容我能推就推，但一谈书，我是求之不得，来者不拒。

当月11日下午，芳华与摄影记者来我家采访，说是采访，其实就是老朋友聊天，很轻松。

华：苗奶奶，您82岁重返蓝天的壮举，在社会上引起了轰动，被网友称为"硬核奶奶"，但我听您的一位老战友说，82岁重返蓝天只是您人生中的一个亮点，您一生最大的贡献是文学创作。为了让更多人了解您这方面的成就与付出，我们台准备为您做一期《她为新中国女飞行员树传》的节目。今天就专门聊聊您写书的事。

据我所知，您退休后一共发表了近百篇文章，出版了6本著作，还协助老伴撰写了两部长篇

芳华（右）为作者主持节目

小说。这可不是个小数目，您能具体介绍一下吗？

苗：我1989年5月退休。退休后开始文学创作。32年来我除发表近百篇文章外，还写了7本书。

华：苗奶奶，您能简要介绍一下7本书的主要内容吗？

苗：一本一本介绍要费较长时间，我总体归纳介绍一下吧。7本书主要写了两方面的内容。一是为历史留书，写女飞的历史，分三部分，即外国部分、民国部分和新中国部分。外国部分从1909年世界第一位女性埃莉斯·德罗什驾机升空开始，至1945年二战结束。民国部分从1915年中国第一位女飞行员卢佐治夫人学会飞行开始，至1945年抗战胜利为止。新中国女飞史从1951年首批女飞行员诞生起，暂时写到第四批女飞行员停飞退休为止。

二是为女飞立传，主要是为党培养起来的新中国女飞行员立传。7本书中有6本是写新中国女飞行员的。写她们为国守疆、为民服务、英勇善战、攻坚克难的事迹；写她们热爱民族、热爱祖国、热爱人民、热爱蓝天的情怀；写她们不怕牺牲、无私奉献、挑战自我、敢为人先的精神；写她们艰苦奋斗、顽强拼搏、大胆泼辣、不让须眉的作风；等等。

芳华（右）与作者聊天式的采访

华：苗奶奶，您退休后不选择清闲舒适的退休生活，而选择异常艰苦的文学创作，这不是自找苦吃吗？

苗：你说得对，我的确是自找苦吃。我写书全是自愿，而且是自费，没花过国家一分钱。但我仍

第十五章　夕阳无限

义无反顾地选择了写作，因为有太多原因让我走上文学创作之路。

一是热爱。我热爱蓝天，心系蓝天，我是蓝天的女儿，择其一业，终其一生，一辈子都不愿离开蓝天。1988年停飞时，我才51岁，正是年富力强的年龄，停飞了，不能在天上为祖国人民服务了，要和我热爱的飞机驾驶杆告别了，心有不甘，有很强的失落感。在人生转变的重要关头，老伴启发了我，让我发挥一名老女飞的优势，拿起笔杆子，继续在蓝天空域里"飞翔"，延续蓝天情，让自己的人生更充实、更精彩。

二是使命。退休后，不再上班，有了自己选择退休生活的自由和权利。但对共产党员来说，却没有停止奋斗的权利。习近平总书记在庆祝中国共产党成立100周年大会上号召我们每一名共产党员，要始终牢记初心不忘使命，永远践行党的宗旨。我是一名有着60多年党龄的老党员，退休后更不能停止前进的脚步，要用笔杆子继续奋斗，这是党赋予我的历史使命。如果我不将知道的"女飞历史"留住，不将一大批蓝天女英豪的故事讲出来，让极其宝贵的精神财富如烟消失，那我就是没有尽到一个党员的责任，有负党的使命。

三是感恩。我由农村的一个穷丫头，成为一名女飞行员，全靠共产党的哺育培养。是党给了我驾驶杆，我才能在天空中飞翔；是党给了我笔杆子，我才能在文海里遨游。今年为了给党的百岁生日献礼，我出版了新书《共和国蓝天的女儿》，该书的主题词是"牢记党的宗旨，重温党的历史，感恩党的培养，永做党的女儿"。我发表的《大汤山抒怀》一文的结束语是"党恩如山"。我还创作了一首歌，名叫《蓝天女兵》。其中有这样四句："昔日贫贱弱女子，今日威武飞将军。飞天全靠党培养，不忘初心为人民。"歌词虽没啥文采，却是我的心声。

我写的每一篇文章、每一本书，字里行间都充满了对党的无限感激、对社会主义的无比热爱，我是在用文字报答党的深恩。

四是养老。老人退休后，有多种养老方式可供选择，其中文化养老最适合我。也许我受齐鲁文化影响较深，从小就喜欢书，不仅爱看书，还喜欢买书、藏书，退休后还迷上了写书。写书虽很辛苦，但写作过程也是受教育净化心灵的过程，写到动情处，往往会情不自禁地大哭大笑，很陶醉，很享受。当作品发表出版后，那种"秋收"后的成就感、喜悦感难以言表。前面写过，我最幸福的时光是看中央电视台名主持李潘、桑晨等朗读我的作品，那时，我就像进入仙境一般，忘却了一切写作的劳累和尘世的烦恼，忘记了自己的年龄。那种感觉真的是太爽了，真正感受到了"莫道桑榆晚，为霞尚满天"的诗情画意。

五是传承。苏联英雄奥斯特洛夫斯基有句名言："人生最美好的，就是在你停止生存时，也还能以你所创造的一切为人们服务。"我能留给后人的就是我写的书。我是在"为历史留书，为女飞立传"，填补我国女飞历史的空白。我写的每本"女飞"题材的书，在我国都无人写过，具有开创性和史料性，都可作为精神财富传承下去，激励后人。"文以化人，文以载道"，我要为中国女飞文化的发扬光大，尽微薄之力。

以上就是我 30 多年来，日复一日，月复一月，笔耕不辍的原因。

华：苗奶奶，您 32 年如一日，辛勤耕耘，写了这么多好书，它们在社会上产生了哪些影响？

苗：这个问题我没进行过调查，不好回答。

华：那您就谈谈书出版后的一些反应吧。

苗：我出版的著作中，有些得到了空军领导和机关的重视和肯定，受到众多媒体的关注和好评，受到蓝天姐妹的喜爱，特别是受读者的青睐。现在电子图书、网上阅读愈来愈普遍，纸质图书市场受到影响，出版社的效益也大不如前。就在图书市场不景气的情况下，我有两本书再版，说明我写的书有人买、有人看，经受住了市场的考验。

第十五章　夕阳无限

采访中，芳华还问了不少其他问题，在此就不一一详述了。芳华临别前参观了我家书房。老伴给她介绍了书房设计。听完介绍后芳华对靠西墙的书架产生了兴趣："我以为靠西墙摆放的是一层书架，没想到是三层三个书架叠在一起的，这得摆放多少书？"老伴说："没数过，估计有一万多册吧！"

作者老伴何孝明带芳华（右）参观书房

芳华参观完书房后道："本想问您一个问题，您不是专业作家，没上过文学创作类的院校，为什么能创作出这么多高质量的作品？现在不用问了，我从你家书房找到了答案。"

"苗奶奶，今天您用故事和图书给我上了一堂'不忘初心'的党课。您的著作和您家书房，证明您的老战友说得不错，您82岁重返蓝天只是您写书的副产品。我不虚此行，谢谢您！"

三、书房变迁

紧接前节话题，本节专门写我家书房半个多世纪的变化。

我和老伴都出身贫寒，过惯了苦日子，对物质享受没有过高要求，我俩是一对很容易满足的夫妻。然而由于我俩都酷爱知识，喜欢看书，孝明更是个买书藏书上瘾的人。所以能有一间书房，把藏书放置好、保护好，使看书方便，便成了我俩的最大奢望。自1966年1月结婚开始，我俩就在为实现这一奢望而努力奋斗。

20世纪60年代,是我国物资贫乏时期,部队一般干部结婚无营房可住,需自己在营区附近租老乡的房子住。沾我是飞行员的光,结婚时领导分给了一间半平房,总面积20多平方米。有了新房,我们便将我俩的衣物和藏书箱搬进半间房,大间做卧室兼厨房。后来有了孩子,大间由保姆和孩子住,我与孝明只好在半间小屋里用木板拼了一张床住,原有的杂物与书箱全塞到床底下。书箱放到床底下,取书放书极不方便,雨水天气时,书箱里的书受潮很厉害,令我们心疼不已。后来孝明找了些旧木板,自己钉了两个大书架,放在靠墙一面的床边上。书架外挂个布帘,就像现在时尚装修贴在墙上的美丽壁布,煞是好看,这是我家装修的第一代卧式书房。不过书架这种独特的放置法,给借书人添了不少麻烦,被邻居们戏称"到何苗家借书要脱鞋",还闹了一场大误会。

有位姓王的空勤机械师,他爱人是个小学语文教员,30多岁,身材苗条,面目清秀,热情大方,在我们这排住房的家属中算是一号美女。有天我下班回家,进门没见保姆和孩子,推开小屋门,见美女老师和孝明两人正趴在床上翻书看。见我进屋美女老师便放下书,说了句"我是来借书的",说完红着脸尴尬地先走了,孝明赶忙解释。

作者夫妻俩书房共读

第十五章 夕阳无限

我没搭理他，出门找儿子去了。后冷静一想，明白是书架靠床里放引起的误会，冷战几天后就和解了。不过从此以后，那位美女老师没再来我家借过书。

7年后，部队住房有了很大改善，我

收藏在女儿家不常看的图书

家也搬进了楼房，面积也增加到70多平方米，一厨一卫两间卧室，外加能放一张小桌的客厅。大间卧室约20平方米，是我们夫妻的卧室兼书房。人的住房条件改善了，书的"住房"条件也应改善。于是我托人弄到了两张书柜票，买了两张五层的书柜。每层可竖摆两行图书。随着图书的日渐增多，后来又请本部队木材厂的木匠师傅，按原书柜的样式新做了两个书柜和四个顶柜。四个书柜与四个顶柜往卧室的西墙根并排一摆，颇有几分书房的气势，这是我家的第二代书房，在西郊机场找不出第二家。

没过几年书柜已饱和，柜中的一些旧图书逐渐被新添的图书代替，那些失宠的图书再次被塞到床底或壁柜里。

1981年年初，老伴被调到空军指挥学院任教，不久我们家也由西郊机场搬到学院，住房面积虽有所增加，但仍没有设单独书房的条件，仍是卧室兼书房。2008年5月，我家购买了部队修建的经济适用房，总面积150平方米，四卧两卫一厅一厨，外加封闭式南北阳台。

20世纪六七十年代的房子不兴装修，没有装修的概念，也没有装修公司。如今却不同了，买新房后的第一件事就是请装修公司装修。每当新楼交付使用时，各类装修公司便蜂拥而来，运用各种手段拉客户。我家也不例外，请了一家颇有"名气"的装修公司。公司先根据我们的要求制订了装修方案，而后签订合同。在制订方案时，老伴提出，我家书房的装修方案由他自己设计。

有了四卧，我们决定用一间做书房。因藏书太多，书房面积有限，为了最大限度地利用书房空间，老伴设计的书房不再使用书柜，一律用开放式的组装书架。书架高2.55米，宽30厘米，长度各不相同，依各面墙的宽度而定。书架安放采用叠加式，靠西墙的书架是三层叠加，由3个书架紧靠在一起。其他三面墙的书架是两层。里外书架的每格之间有5厘米高度差，站在书架前能看到每本书的书名。书房藏书1万余册。因书房小，图书多，我家有部分不常看的图书存放在女儿家，她家书房靠北墙书架里的图书全是我家的。

老伴设计的书房美观、新颖、实用、经济，可申请专利。

有人说如今有了电子图书，纸质图书已无多大用处。现在北京房价飞涨，四环内每平方米已涨到七八万元，用近20平方米的房子收藏过时的图书，是巨大的浪费，用它出租每月至少收入两三千元。他们不了解，电子图书只是知识的载体，藏书留给我与老伴的不仅是知识财富，更有价值的是书香，是故事。每本书都有一段难忘的故事，这是电子图书与金钱不能代替的。我家的藏书既是物质财

作者在第三代书房查资料

富,也是精神财富,它们是无价的,也是永恒的。

不仅如此,我家书房不仅是藏书之地,也是产书之地。书房北面有一窗户,窗下有个写字台,台面上有一台电脑。除《我是蓝天的女儿》外,其他 7 本书,全是坐在书房北墙窗户下,在写字台的电脑上,用汉王笔一笔一画写出来的。

如今浏览书房藏书是我每天的必修课,每当我站在书房之中,环视满架图书时,一种强烈的满足感、幸福感就会油然而生,仿佛徜徉在知识的大海之中,令我沉醉,其乐融融。

我爱书房,它是我家的聚宝盆、高产田。我将把它装修得更加亮丽,使它更加充实,让它成为我与老伴安度晚年的一片乐土。

四、治癌秘方

2021 年,是极不平凡的一年,是我们党的百年华诞,是我们党带领全国人民实现脱贫、完成第一个百年奋斗目标、向第二个百年奋斗目标发起冲锋的起始之年。我原计划做两件事,向党的百岁华诞献礼。一是参加"环飞红色航线",二是出两本书。但是疫情和不幸之事困住了我的手脚,"环飞红色航线"计划未实现,出

由张雪岩主导设计的方案,因疫情等原因未实现

书的事也拖到"七一"之后才出版。

1月8日，老伴走路时不小心踩在冰上摔了一跤，左腿股骨头骨折，11日住进北京309医院骨科，因生活不能自理，需请护工。当时临近春节，加上疫情，医院护工紧缺。儿女们都很忙，我便决定留院照顾老伴。主任医生看我满头白发，腿又不太利落，便摇头道："您自己已是需要别人照顾的人，怎能照顾生活不能自理的高龄病人。不行，不行。"主任医生坚持让负责调配护工的负责人给老伴找护工。负责人道，院里已无护工可用。医生无奈，只好对我说，那先留下试试吧。就这样我成了医院年龄最大的护工，时年84岁。

人们常说，老人一怕摔二怕呛。据说有个统计，60岁以上老人，严重摔伤后，三分之一没活过一年。我是个从不信邪的另类，只想一心照顾好老伴，配合医生做好他的护理工作，让他尽快出院。我有这个自信，因为我做过左腿股骨头的换植手术，有全程康复的经历。没想到，手术前体检时，老伴心律严重不齐的老毛病又犯了，24小时漏跳近3万次，心脏病这样严重，医生取消了原手术计划，先给老伴治心脏早搏。

心律不齐是老伴的痼疾，起因与我有关。1979年3月，老伴在空军指挥学院学习。14日正在礼堂上大课，上午10点左右，一好友将他叫了出来，说西郊机场刚刚摔了一架三叉戟飞机。他一听急了，因为他知道我上午有飞行计划，他二话没说，找了一辆自行车便往机场奔，一进机场见人就打听，摔的是哪架飞机？得到的回答是："只知道摔了飞机，摔的是哪架飞机不清楚。"快到师部大楼了，遇到一名参谋，他告诉老伴，摔的是我们大队的飞机。老伴一听吓得差一点儿晕倒。不久场站一名干事见他扶树而泣，赶忙过来告诉他摔的是另一架飞机。得知坠机真相后，老伴才长长吐了一口气，又活了过来。因过度惊吓，从此他落下了心律失常的痼疾，一遇刺激就犯，住过4次医院也没根治。

第十五章 夕阳无限

老伴旧病复发，何时才能治好，才能手术？2009年夏，我右腿摔伤胯骨骨折，动了大手术，固定胯骨的钢钉还在大腿里。骨折后锥心的剧痛我深有体会，看着病床上饱受伤痛和病痛折磨的老伴，既心疼又担心。

他的心脏病是因摔跤引起，如果久治不愈，有可能再也站不起来了。85岁高龄的他，会不会成为活不过一年的老人……我不敢再往下想。但我的急和怕，在老伴面前，不仅不能有丝毫表露，还得强装笑颜，找一些善意的谎言宽慰他。

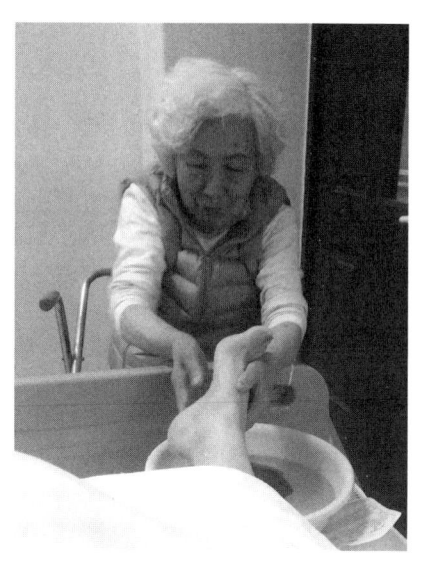

作者在医院给老伴洗脚

老伴很坚强，摔伤后从未哼一声，还一直为自己不慎摔倒拖累全家而自责。他因心脏病发作迟迟不能手术，急得饭都不想吃。急躁是心脏病的大敌，越急病越重。

我这个高龄护工与一般护工不同。除睡在从院方租赁的担架式的又矮又窄的折叠床上；吃病人吃的饭菜；给病人端屎端尿，喂药喂饭；晚上多次起夜给病人换尿袋等护理工作，与其他护工一样外，我比其他护工多了一份对病人的挚爱深情，多了一份心疼忧虑，多了一份自己有过的股骨头手术的亲身经历。这种特殊情感，在病房里就表现为不仅会精心护理病人的身体，更会细心护理病人的内心，我与老伴经常交心，做他的思想工作，让他面对现实，放松心情。老伴耳背，病房里又不能大声说话，我俩便用手机微信聊天。实践证明，我留下来照顾老伴，虽然劳累，却起到了特效药的作用。在我的呵护和"唠叨"下，他的心脏病奇迹般地好转。老伴发微信说："药疗不如心疗，你的安慰、开导、鼓励和'吓唬'比'稳心颗粒''心元胶囊'等良药强数倍。"他还戏称："我不是在生病住院，而是在补我们的蜜月。"这话虽是戏言，却是实情，我俩结婚55年来，像这样24小时腻在一起，一分一秒也不分离，还真没有过。

住院后的第12天，医生给老伴做了手术。手术很成功，老伴很快就能扶着助走器下床行走了。手术半个多月后，也就是2月9日，我们出院了。在医生护士亲切祝福的目光中，告别了55号病床，走出了309医院，走进和煦温暖的阳光里，迎接牛年春节的到来。

然而，老伴的腿伤还未痊愈，更大的不幸降临到我自己头上。

2021年夏天，儿子为使老伴尽快康复，将我们老两口送到承德附近一农家院度假泡温泉。我泡温泉时，无意间摸到肛门处有米粒大的小肉球。开始以为是痔疮。因它不痛不痒，也就没引起重视。加上这期间我有两本献礼图书出版，一本是中国妇女出版社7月出版的《共和国蓝天的女儿》，另一本是人民日报出版社8月出版的《新中国首批女飞行员》。新书出版后，一方面我与出版社有些事务要处理，另一方面沉溺于出书的喜悦之中。

7月、8月、9月三个月，我光顾着忙碌和兴奋，忽略了肛门里的小肉球。它愈长愈大，9月下旬开始出血，血量越来越多。这时我还以为是劳累亢奋使痔疮加重了，涂抹一些治痔疮的药膏就会好转。用药膏治疗一段时间后，"痔疮"不但没有好转，小肉粒反而越长越大，排便也越来越疼痛。

10月18日，在老伴和孩子们的反复劝说下，我才到北京有名的马应龙长青肛肠医院就诊，女儿挂的是院长韩宝的号，他是我国著名的肛肠科专家。韩院长仔细检查后，将陪我去的老伴和女儿叫到诊室，对我们说，老大姐的病耽搁了，现在必须尽快住院做切除手术，让我们做好住院准备，他会尽快安排我住院。10月20日我就住进了医院，21日，韩院长亲

第十五章　夕阳无限

自主刀,做了切除手术。术后他安慰我说:"老大姐,手术很顺利,我切得很干净,你安心休养,不要有思想包袱。"

由于手术很成功,刀口愈合很快,医生告知11月1日我可以出院,这一结果出乎我的意料,好消息来得太快。喜出望外的我,第一时间将喜讯告诉了正在承德农家院休养的老伴。原来,得知我要住院做痔疮切除手术的诊断方案后,老伴一着急,心脏病又犯了,又开始吃药治疗。孩子们怕他病情加重,兵分两路,女儿陪我住院,护理我,儿子带老伴再去承德农家院休养散心泡温泉,儿子还邀了一大帮男女朋友同去,哄老伴开心。开始老伴不同意,坚持在家等我的消息,后经女儿的反复劝说:"疫情时期,医院一律不让探视,你在家除着急外,帮不上任何忙。你放心吧,我会照顾好老妈,你就安心到外面好好休息,把病养好,这是老妈的最大安慰,也是我们做儿女的最大心愿。"我与老伴的两次住院,都真真切切地感受到了儿女亲情的可贵,儿女的孝顺是老人的最大幸福。

住院期间,老伴虽不能像我护理他那样护理我,但每天问候安慰的微信不断,还发一些他在农家温泉生活的照片。有一天,他发来一张独立乡野、举目远眺的照片,附了一段诗不像诗、顺口溜不像顺口溜的文字:人在承德乡间,南望双眼欲

何孝明在承德山村休养的照片

穿。心系病房老伴，务必心胸放宽。

在女儿精心护理和老伴与儿子的关爱下，我的刀口愈合得很快。正当我为自己的病好得这么快而庆幸时，韩院长临别探望时的一席话，如飞行时遇到了风切面，将我由喜悦的顶峰瞬间压至恶浪的低谷。他说："老大姐，你是大家敬重的'硬核奶奶'，也是我敬重的老前辈，没必要隐瞒你的病情，经中关村医院化验确诊（肛肠医院不能做），您的痔疮是直肠癌。不过你放心，手术时我考虑到了这一点，切除得非常干净，一般不会扩散。如保养得好，凭您现有的体质，您可以活到 100 岁。但为保险起见，建议您出院后，到肿瘤医院做进一步检查，进行放疗和化疗。如您不愿遭罪，也可以不做，癌细胞复发和扩散的可能性很小。"

我虽有思想准备，也做过最坏的打算，但当韩院长说出"直肠癌"三个字的时候，我还是被震到了。毕竟就目前的医疗水平而言，癌还是死亡率极高的一种令人恐惧的疾病，癌往往与死亡紧紧连在一起，所以人们才会"谈癌色变"。

出院后，全家人为去不去肿瘤医院治疗争论开了。孩子们主张不去，一是，没必要，相信韩院长的手术；二是，老妈已是 84 岁的老人了，身体再好也经不起放疗和化疗的折磨；三是，只要你去肿瘤医院，少不了过度治疗，没病治成有病，小

作者（中）出院时与病友合影

第十五章 夕阳无限

病治成大病。老伴的意见却不同,他赞成我去做治疗,他之所以赞成,首先,他相信我能经受住折腾;其次,他了解我的心愿,我还有一个远景目标;再次,他深信,绝大多数医院还是治病救人的地方;最后,作为老伴,自然是希望我长命百岁。

一贯处事果断的我,在要不要去肿瘤医院治疗的事情上却犹豫不决,纠结起来。孩子们的想法有一定道理,我已是土埋到脖子上的人了,何苦再遭那大罪。韩院长是名家,他做的手术肯定保险,如果我体内已没有癌细胞,还做放疗化疗,不仅白遭罪,身体还要受损害。可是万一体内还有漏网的癌细胞,复发扩散了咋办?自穿上飞行服那一刻开始,我就将生死置之度外,多少次空中历险都未能阻止我乘风破浪的步伐,陈大姐等蓝天姐妹的牺牲也没能让我畏惧长空风云,难道就因为害怕痛苦而放弃治疗?还是老伴站得高看得远,我应抛弃侥幸心理,像洪连珍、刘文力小妹妹那样,勇敢地接受治疗,与癌细胞争夺生命。

下定决心后,我与老伴一起做孩子们的工作,在我俩的劝说下,孩子们改变了态度,达成了共识,一家人拧成一股绳,同心协力助我抗击癌魔。2021年12月18日,我在女儿、女婿、儿子的陪同下(老伴要去,孩子们以车挤为由没让他去),到北京肿瘤医院就诊,经医生诊断和多项化验后,医生确定先给我做25次放疗,少量化疗。不用住院,每天根据医院安排的时间到院放疗。

12月20日,我开始接受放疗,前几次放疗,没有什么不适的反应,我以为自己体质好,放疗没啥痛苦。为了增强治疗效果,医生开始让我吃化疗药。吃药后反应很大,恶心呕吐厌食。因有思想准备,我拒绝用医生开的治呕吐的膏药,靠意志强忍着,强制自己进食,不仅要吃,而且要多吃,吃好。坚信能吃才能取得与癌魔斗争的胜利。随着放疗次数的增多,放疗也有了不适的反应,开始是肛门红肿疼痛,往后是肛门周围皮肤变黑变焦，不仅疼痛而且瘙痒。随着放疗次数的增多，疼痛瘙痒越来越厉害，最后到了难以忍受的程度。呕吐我能忍，化疗的反应我忍过来了。疼痛我也能忍。此前，我身上已有6处刀疤，剖腹产、子宫切除、右大腿骨折打钢钉、后背肉瘤切除、左腿股骨头植换、左小腿肉瘤切除，加上这次的直肠癌手术，我7次住院，啥疼痛没经受过，啥罪没遭过，我都没皱过眉，叫过苦。然而这次放疗造成的奇痒，却超过了我的忍耐极限。仿佛有千万只蚂蚁在叮咬爬行，让我痛不欲生。这种奇痒既不能挠，又无药可治，多种止痒药，抹上去几分钟后就失灵。我只能咬紧牙关一天天地熬。

孩子们见我如此痛苦，劝我终止放疗，被我拒绝。老伴也支持我继续治疗，但他见我生不如死的惨状，又心痛不已。他翻遍了我家收藏的医书，上网搜遍了各大网站，也没查到对症的偏方。

有天下午，正当我受煎熬的时候，老伴拿着出版不久的《共和国蓝天的女儿》，坐到了床前："今天我要用你写的书治你身上的痒与痛。"

"咋治？"我一头雾水。

老伴打开书本说道：我先念这段，洪连珍——视飞行如生命的'钢铁女飞'。1972年，她患了淋巴癌。医生对部队领导说，洪连珍的病因没及时发现医治，癌症已是晚期，最多只能活半年。医生的话不知怎么传到了洪连珍耳朵里。这突如其来的打击，对只有24岁的洪连珍来说实在是太残酷了。要是一般人在那谈癌变色的年代里，肯定会被突然降临的"绝症"吓倒……"你别念了，我写的书，虽记不住原文，但故事情节我是不会忘的。我明白了，你是让我向我写的人物学习，像连珍那样坚强，战胜难以忍受的苦难，我会的。"

"我知道你会。我念你写的书给你听，还有另一层意思，即'书疗'。""书疗？"我又蒙了。

"你看过《三国演义》，自然记得华佗替关羽刮骨疗毒的故事。刮骨

第十五章 夕阳无限

的剧痛，关公之所以能忍受，除了他有超人的坚强毅力之外，还有下棋饮酒分散他的注意力，减轻他的剧痛。据说有位喜欢女色的登徒子，手术时他不让用麻药，而是让一群美女在场陪伴。怎样才能分散病人的注意力？只有用病人最大的嗜好才能分散其注意力。关公好棋好酒，登徒子好色好美女，而你最大的嗜好是书。所以给你念书一定会分散你的注意力，我叫这种方法为'书疗'法。你试试，肯定管用。"

和老伴这么一聊，不经意间竟忘了奇痒的痛苦。这方法管用。"其实不用你给我念书，我自己冥想就行，我不光想我自己写的书，很多我喜欢的书都是'书疗'的良药。"

当天晚上，躺在床上难受时，我便将注意力转移到《青春之歌》这本红色经典小说和根据小说改编的电影上。仔细回忆与《青春之歌》电影中女一号林道静的扮演者、著名表演艺术家谢芳一同参加"电影党课"时的每个细节。现场看谢芳老师演的电影，听她做的主题报告，与她单独亲切交谈，使《青春之歌》书中的林道静，特别是女二号林红赴刑场前与林道静永别时的镜头，深深地刻在了我的心中。我流泪了，这不是病痛的泪，而是感动的泪。回忆"电影党课"，使我重温了党的历史，减轻了病痛的折磨，感谢《青春之歌》。

白天奇痒难忍时，老伴陪我逛书房，浏览书架上的书目，回忆一些书的故事。有次看到李清照的《漱玉集注》

作者（右）与谢芳亲切交谈

时,在青岛为帮孝明买这本书(那时还未结婚),我差点儿耽误飞行的紧张情景,似高清影片一般,又在脑子里重现。带病逛书房,书房变药房,而且都是特效药。

走进书房见到那台电脑,突发奇想,听书、看书、背书能分散注意力,减轻痛苦,写书精力更集中,更能分散注意力,止痒止痛的效果肯定会更好。果真如此,写书时我经常进入忘我境界,止痒止痛效果奇佳。养病期间,我完成了近30万字的《我是蓝天女兵》一书的创作,这是我撰写的第7本著作,书稿已送出版社,我取得了双丰收,既治了病又出了书。

知母莫若子,儿子何立峰知道我一生离不开两样东西,一是书,二是飞机。我家不缺书,也不缺飞机模型,但缺能飞的飞机。我家是工薪阶层,买不起私人飞机,但买小型民用无人机的钱还是有的,于是他买了一架无人机,要对我进行"飞疗"。因北京城基本没有私用无人机飞行空域,2022年7月25日,儿子便再次带我们老两口去承德"东升温泉",放飞无人机,同时也是避暑。

"东升温泉"是一农家院,"东升"是主人的名字。该院坐落在隆化县七家镇温泉村,该村因地热资源丰富而得名,是国家级乡村旅游重点村。去年我两次来此处,主要是泡温泉。今年来这里,一是为避暑。天道罚人,地球村气温越来越高,今年更甚,进入"三伏"北京成了火炉,温泉村却风清气爽,不

准备起飞

作者操作无人机起降

热不闷，夜晚还须拥着厚被而眠，是名不虚传的避暑胜地。二是来这里过"飞行"瘾，在"飞行"中放飞自我，找回当年穿云破雾、驰骋空疆的欢悦。因为这里有辽阔的天空，任我自由飞翔；这里有巍峨的群山，供我观赏。每天清晨，我就拿着无人机，到三楼宽敞的阳台上，双手握着控制盒，操纵无人机迎着朝阳起飞，在山谷上空翱翔。机下的村庄、田野、河流、群山尽收屏幕之中。此情此景和我当年在地面飞模拟机几乎一模一样，唯一的区别是模拟机显示的是虚幻的场景，无人机显示的则是真实的自然。因此飞无人机更过瘾、更享受、更刺激、更陶醉、更忘我。我忘了自己是位癌症病人。感谢儿子的无人机，它填补了我人生飞行的空白，延续了我的飞行生命，圆了我"蓝天女儿"永远拥抱蓝天的梦。

在"书疗"和"飞疗"特效功能的作用下，我终于战胜了癌魔，很快康复了。经北京市某体检中心进行的肿瘤专项检查，结果各项指标正常。

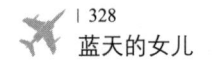

结束语　日月同辉

回望我 80 多年的人生历程，我为祖国和人民做过一些工作，取得了一些成就，赢得了不少荣誉。这一切首先要归功于党。

没有共产党，我不可能翻身解放；没有共产党，我不可能上省立中学；没有共产党，我不可能翱翔蓝天；没有共产党，我不可能著书立说。

总而言之，没有共产党，就没有我苗晓红的一切，党恩如山，永远不忘党恩。

作者与老伴何孝明参加"万家灯火幸福年"节目

我之所以有今天，还要归功于书。没有书，就没有"书为媒"，就不可能有幸福的爱情、婚姻、家庭；没有书，就不会有手中的笔，就不可能"驭笔飞翔"；没有书，就不会了解外面的世界，就不可能重返蓝天；没有书，就没有"书疗"，就不可能战胜磨难。

归根结底，对我而言，一日不可无书（含报），生活中如果没有书，我的生活将失去色彩。

我的人生感悟是：党是我心中的太阳，书是我心中的月亮。日月同辉，沐浴着我的幸福人生。

后 记

本书创作过程中，得到了秦桂芳、伍竹迪、黄碧云大姐，以及刘凤云、王建华等姐妹的大力支持，她们为我提供了大量的图文资料。在此一并致谢！

人民日报出版社出版了三部我写的关于女飞行员的作品。这表明，一方面是他们对宣扬我国女飞事业的热衷，传递正能量。另一方面是对作者的褒奖和鼓励。感谢人民日报出版社领导和编辑们的信任和支持。

《蓝天的女儿》是一本真实、自然、质朴地诉说我和几代蓝天女兵的故事，反映我们百味人生的书。由于本人水平有限，资料积累不够，加之年代跨度大，人又年迈，有些事情记得不准，不当之处在所难免，恳请各方朋友指正。

最后，在《蓝天的女儿》一书的创作和养病过程中，老伴和孩子们给予了我诸多帮助和无微不至的照顾，付出了大量心血。没有他们就

自左至右前排孙女、儿媳、作者、外孙女、女儿，后排儿子、老伴、女婿

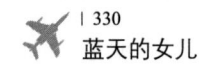

不会有这本书,我也不可能康复如此之快。千言万语的感激之情,归纳成一句话:老伴和孩子们,有你们真好,我永远爱你们!

2023 年 3 月 6 日于北京